30天就攻頂

差一點點，差很多！

N5易混單字
絕對合格！

情境 分類 比較 大全

吉松由美, 小池直子, 林勝田 ◎合著

U0095970

山田社

學日語不再「似懂非懂」！

明明都會，卻老分不清？

那些看起來「很像」的日文單字，為什麼總是用錯？

別再頭痛啦！

《差一點點，差很多！N5易混單字 情境分類+比較大全 絕對合格！》

就是您「秒懂、秒用」日語單字的秘密武器！

● 想讓日本人對您刮目相看？

● 想N5高分輕鬆到手？

學會這些單字的精準用法，分分鐘拿下考場，開啟您的日語新人生！

◆ 這本書有多猛？您一定要知道！

單字不再撞牆，分分鐘搞懂那些細節！

▼ 來看看這些經典日語「靈魂拷問」：

すくないvs.すこし：最近新聞「很少」，這個「少」到底是誰？

つくえvs.テーブル：鄰桌的菜好香，這「桌」用錯會不會鬧笑話？

わかるvs.しる：我不「懂」這題，這「懂」到底是怎麼回事？

◆ 別再「腦袋短路」！

這本書一次幫您釐清399組易混單字，區分語感、用法、情境，讓您用得比日本人還溜！

◆ 本書功能滿點，學習無痛！

● 精準分類&比較：不讓單字搞曖昧！

六大單元，從基礎到日常、動植物到動詞，全面覆蓋N5必備單字！一次釐清語義的微妙差異，分清場合才能用得道地，從此告別「差一點就答錯」的崩潰時刻！

● 場景例句：幫您「對號入座」！

不只解釋差異，還直接塞給您最道地的例句，讓您知道該怎麼用、什麼時候用，說得比日本人還像日本人！

● 實戰練習：讓實力爆棚！

每組單字後面都有練習題，讓您刷題練手感，錯題不要怕，練到熟就能準確「秒懂考官套路」，考場輕鬆通關！

● 專業音檔：隨時隨地養成語感！

附贈的日籍老師朗讀線上音檔，純正東京腔發音，聽著就像耳朵在日本溜達。無論通勤、跑步還是睡前刷題，實力UP就靠它！

◆ 買這本書，您會變成這樣！

• 考場小霸王：看懂每道題的「陷阱」，選對答案不再是難事，信心直接爆棚！

• 日語發音王：日本人都驚嘆「您說得比我們還溜」，怎麼做到的？因為您有線上音檔！

• 單字對答如流：朋友問日語，隨口就是標準答案，隨手就是道地句型！

◆ **學日語像打遊戲，解鎖高分就是爽！**

　　•每一組單字都像關卡，刷完就有成就感！

　　•練習題就是您的「實力點數」，一題一分，輕鬆累積！

　　•到了考場您才會發現，原來高分已經在您的囊中！

◆ **快點行動，讓日語實力火箭升級！**

● 考試無敵？學會用字才是關鍵！

　　這本《差一點點，差很多！N5易混單字 情境分類+比較大全 絕對合格！》
　　就是您的日語「最強助攻」。

● 現在購買，實力開掛！

　　N5高分不是夢，拿下這本書，讓學習變輕鬆、考試變好玩，還在等什麼？
　　立即行動吧！

目錄 Contents

詞性說明

詞性	定義	例（日文／中譯）
名詞	表示人事物、地點等名稱的詞。有活用。	門（もん）／大門
形容詞	詞尾是い。說明客觀事物的性質、狀態或主觀感情、感覺的詞。有活用。	細い（ほそ）／細小的
形容動詞	詞尾是だ。具有形容詞和動詞的雙重性質。有活用。	静かだ（しず）／安静的
動詞	表示人或事物的存在、動作、行為和作用的詞。	言う（い）／說
自動詞	表示的動作不直接涉及其他事物。只說明主語本身的動作、作用或狀態。	花が咲く（はな）（さ）／花開。
他動詞	表示的動作直接涉及其他事物。從動作的主體出發。	母が窓を開ける（はは）（まど）（あ）／母親打開窗戶。
五段活用	詞尾在ウ段或詞尾由「ア段＋る」組成的動詞。活用詞尾在「ア、イ、ウ、エ、オ」這五段上變化。	持つ（も）／拿
上一段活用	「イ段＋る」或詞尾由「イ段＋る」組成的動詞。活用詞尾在イ段上變化。	見る（み）／看 起きる（お）／起床
下一段活用	「エ段＋る」或詞尾由「エ段＋る」組成的動詞。活用詞尾在エ段上變化。	寝る（ね）／睡覺 見せる（み）／讓…看
變格活用	動詞的不規則變化。一般指カ行「来る」、サ行「する」兩種。	来る（く）／到來 する／做
カ行變格活用	只有「来る」。活用時只在カ行上變化。	来る（く）／到來
サ行變格活用	只有「する」。活用時只在サ行上變化。	する／做
連體詞	限定或修飾體言的詞。沒活用，無法當主詞。	どの／哪個

副詞	修飾用言的狀態和程度的詞。沒活用，無法當主詞。	余_{あま}り／不太…
副助詞	接在體言或部分副詞、用言等之後，增添各種意義的助詞。	～も／也…
終助詞	接在句尾，表示說話者的感嘆、疑問、希望、主張等語氣。	か／嗎
接續助詞	連接兩項陳述內容，表示前後兩項存在某種句法關係的詞。	ながら／邊…邊…
接續詞	在段落、句子或詞彙之間，起承先啟後的作用。沒活用，無法當主詞。	しかし／然而
接頭詞	詞的構成要素，不能單獨使用，只能接在其他詞的前面。	御_お～／貴（表尊敬及美化）
接尾詞	詞的構成要素，不能單獨使用，只能接在其他詞的後面。	～枚_{まい}／…張（平面物品數量）
造語成份（新創詞語）	構成復合詞的詞彙。	一昨年_{いっさくねん}／前年
漢語造語成份（和製漢語）	日本自創的詞彙，或跟中文意義有別的漢語詞彙。	風呂_{ふろ}／澡盆
連語	由兩個以上的詞彙連在一起所構成，意思可以直接從字面上看出來。	赤_{あか}い傘_{かさ}／紅色雨傘 足_{あし}を洗_{あら}う／洗腳
慣用語	由兩個以上的詞彙因習慣用法而構成，意思無法直接從字面上看出來。常用來比喻。	足_{あし}を洗_{あら}う／脫離黑社會
感嘆詞	用於表達各種感情的詞。沒活用，無法當主詞。	ああ／啊（表驚訝等）
寒暄語	一般生活上常用的應對短句、問候語。	お願_{ねが}いします／麻煩…

1

寒暄語

1　どうぞ vs. どうもありがとうございました

どうぞ

（副）請；可以，請

説明 向對方恭敬地表示勸誘，請求，委託的心情；或答應對方的要求時使用。

例句 どうぞ、そこに 座って ください。
／請進，請坐在那邊。

● 比較

どうもありがとうございました

（寒暄）謝謝，太感謝了

説明 非常謝謝。「どうも」加在「ありがとう」（謝謝）等客套話前面，起加重語氣的作用。

例句 いただいた 本、とても おもしろかったわ。どうも ありがとう。
／您送我的書非常好看，謝謝您。

☞ 哪裡不一樣呢？

• どうぞ：請求對方做某事。
• どうもありがとうございました：強調感謝。

2　いただきます vs. ごちそうさまでした

いただきます【頂きます】

（寒暄）我就不客氣了

説明 吃飯前所使用的客套話，含有感謝做飯的人的心情。

例句 いただきます。これは、おいしいですね。

／那我就不客氣了。這個真好吃呀！

比較

ごちそうさまでした【御馳走様でした】

寒暄 多謝您的款待，我已經吃飽了

說明 吃完飯後，表示感謝對方的招待及做飯的人說的客套話。

例句 ごちそうさまでした！ああ、おいしかった。

／謝謝招待！哎，真是太好吃了。

☞ 哪裡不一樣呢？

- いただきます：用餐前表示感謝説的客套話。
- ごちそうさまでした：用餐後表示感謝説的客套話。

3　いらっしゃい（ませ）vs. どうぞよろしく

いらっしゃい（ませ）

寒暄 歡迎光臨

說明 店員、銀行、公司等招呼顧客時的用語，在家迎接客人時也可以使用。

例句 いらっしゃいませ。何に　なさいますか？

／歡迎光臨！請問您需要什麼樣的服務呢？

比較

どうぞよろしく

寒暄 指教，關照

說明 初次見面，請對方以後多多關照時説的話。

例句 山田です。どうぞ　よろしく。

／敝姓山田，請多指教。

☞ 哪裡不一樣呢？

- いらっしゃい（ませ）：歡迎他人來訪。歡迎光臨。
- どうぞよろしく：請對方以後多多關照。

4 ではおげんきで vs. では、また

ではおげんきで【ではお元気で】

(寒暄) 請多保重身體

説明 長久的離別、道別時，請對方多保重時使用。

例句 さようなら。 では　お元気で。／再見。那麼，請保重。

● 比較

では、また

(寒暄) 那麼，再見

説明 短暫的離別，大多用在熟悉的朋友之間。

例句 授業を　終わります。では、また　明日。／下課了。那麼，明天見。

☞ 哪裡不一樣呢？

- ではお元気で：長時間不會見到對方。
- では、また：短時間能見到對方。

5 おねがいします vs. ください

おねがいします【お願いします】

(寒暄) 麻煩，請

説明 請求別人時，有禮貌的説法。懇求對方去做自己所期望的事。

例句 「日曜日　ドライブに　行きませんか。」「ええ、お願いします。」
／「星期天要不要開車去兜風？」「好呀，請帶我一起去。」

● 比較

ください【下さい】

(補助) 請給（我）；請…

説明 向對方請求某事，「給（我）」的恭敬説法；又指請求別人做某行為。

例句 これと　それを　ください。
／請給我這個和那個。

☞ 哪裡不一樣呢？

- お願いします：為「願い」的謙讓語。
- ください：為「くれ」的尊敬語，可以接在て形後面。

6　おはようございます vs. こんにちは

おはようございます

(寒暄) 早安，您早

說明 早晨見面時的寒暄、問候語。説法比「おはよう」更有禮貌。

例句 皆さん、おはようございます。さあ、始めましょう。
／大家早安。來，開始囉。

比較

こんにちは【今日は】

(寒暄) 你好，日安

說明 白天遇見人、或到別人家訪問時，見面打招呼的寒暄語。

例句 こんにちは。どこかへ 行くのですか？／您好，請問要去哪裡嗎？

☞ 哪裡不一樣呢？

- おはようございます：早晨的問候語，早安。
- こんにちは：白天的問候語，你好。

7　おやすみなさい vs. さよなら・さようなら

おやすみなさい【お休みなさい】

(寒暄) 晚安

說明 就寢時的寒暄語。

例句 「おやすみなさい」は 寝る 前の あいさつです。
／「晚安」是睡覺前的問候語。

さよなら・さようなら

(感) 再見，再會；告別

說明 分手時的寒暄用語；或指最後的離別。

例句 さよなら。また 会いましょう。／再見，下回碰面囉。

☞ 哪裡不一樣呢？

- おやすみなさい：就寢時的寒暄語。
- さよなら・さようなら：離別時的寒暄語。

8 こちらこそ vs. ようこそ

こちらこそ

(寒暄) 哪兒的話，不敢當

說明 持相反的立場回應對方，表示在兩個人之中，自己更需要對方予以照顧之意。是一種謙讓的寒暄語。

例句 「どうぞ よろしく お願いします。」「こちらこそ よろしく。」
／「請多指教。」「也請您多指教。」

● 比較

ようこそ

(副) 歡迎，熱烈歡迎

說明 對來訪者表示歡迎的詞。

例句 新しい 世界へ ようこそ。
／歡迎來到嶄新的世界。

☞ 哪裡不一樣呢？

- こちらこそ：更需要對方關照之意。
- ようこそ：對他人來訪，表示歡迎，含感謝之意。

9 ごめんください vs. ごめんなさい

ごめんください【御免ください】

(寒暄) 有人在嗎

說明 訪問他人在門口敲門及辭去時表示「打擾了」的寒暄用語，也用在一般道別的時候。

例句 ごめんください。朝日新聞です。
　　　／打擾了，我是《朝日新聞》的員工。

比較

ごめんなさい【御免なさい】

(寒暄) 對不起

說明 做錯事情時請求對方原諒的道歉用語。

例句 ごめんなさい。私、好きな 人が いるんです。
　　　／對不起，我有喜歡的人了。

☞ 哪裡不一樣呢？

- ごめんください：詢問別人在不在家。
- ごめんなさい：用在致歉。

10 すみません vs. ごめんなさい

すみません

(寒暄) 對不起，抱歉；謝謝

說明 做錯事情請求對方原諒時使用這句話；也用在打聽詢問、請人辦事或借過的時候；要表達感謝對方為自己做某事也用這句話。

例句 すみません。電車の 中に かばんを 忘れました。
　　　／不好意思，我把提包忘在電車上了。

比較

ごめんなさい【御免なさい】

(寒暄) 對不起

說明 做錯事情請求對方原諒的道歉用語。

例句 「あれ、かぎが ない。」「あっ、ごめんなさい。テーブルの 上に 置いた。」／「咦，沒有鑰匙？」「啊，對不起，我放在桌上了。」

☞ 哪裡不一樣呢？

- **すみません**：用在致歉及道歉，也用在搭話時。
- **ごめんなさい**：用在致歉。

11 こんばんは vs. こんばん

こんばんは【今晩は】

(寒暄) 晚安，晚上好

說明 晚上遇到人，或是到別人家登門拜訪時，首先說的寒暄語。

例句 こんばんは。今日は 暑くて たいへんでしたね。
／晚上好。今天天氣熱，很不舒服吧？

比較

こんばん【今晩】

(名) 今天晚上，今夜

說明 「きょうの夜」，指今天晚上。

例句 今晩 仕事の あと、ちょっと ビールを 飲みに 行きませんか。
／今天晚上工作結束後，要不要去喝杯啤酒呢？

☞ 哪裡不一樣呢？

- **こんばんは**：指晚上的問候語。
- **今晩**：指今天晚上。

12 しつれいします vs. しつれいしました

しつれいします【失礼します】

(寒暄) 告辭，再見，對不起；不好意思，打擾了

説明 禮節上應遵守而未遵守，打擾到別人致意時的寒暄語；有事請求對方，事先致意的寒暄語。準備進入或離開某場所，尊敬地跟對方致意的寒暄語。

例句 夜 遅くの 電話 失礼します。
／很抱歉，這麼晚還致電打擾。

比較

しつれいしました【失礼しました】

(寒暄) 請原諒，失禮了

説明 道歉或告辭時説的話。

例句 失礼しました。この 道は 違いました。
／對不起，走錯路了。

☞ 哪裡不一樣呢？

- 失礼します：致歉或告辭，掛電話時也會使用。
- 失礼しました：致歉或告辭。

13 どういたしまして vs. だいじょうぶ

どういたしまして

(寒暄) 沒關係，不用客氣，算不了什麼

説明 回答「ありがとうございました」，表示算不了什麼，不用謝的寒暄語。

例句 どういたしまして。私は なにも して いませんよ。
／不客氣，我什麼忙都沒幫上呀。

比較

だいじょうぶ【大丈夫】

形動 牢固，可靠；放心，沒問題，沒關係

説明 應付某事物的條件很充分；可以安心，萬無一失的樣子。

例句 ちょっと 熱が ありますが、大丈夫です。
／雖然稍微發燒，但不要緊的。

☞ 哪裡不一樣呢？

- どういたしまして：表示不用謝的自謙寒暄語。
- 大丈夫：對事物有把握。

---

14 はじめまして vs. はじめて

はじめまして【初めまして】

寒暄 初次見面，你好

説明 第一次跟對方見面時的寒暄用語。

例句 はじめまして。私は 山田商事の 田中です。
／幸會，我是山田商事的田中。

比較

はじめて【初めて】

副 最初，初次，第一次

説明 表示至今都還沒有經歷過某行為或狀態，指經歷的開始。

例句 林さんは、初めて 北海道に 行きました。
／林小姐第一次去了北海道。

☞ 哪裡不一樣呢？

- はじめまして：初次見面。
- 初めて：初次經歷。

1 実力テスト

做對了，往 😊 走，做錯了往 ❌ 走。

次の文の（　）には、どんな言葉が入りますか。
1・2から最も適当なものを一つ選んでください。

實力測驗　Q 哪一個是正確的？
>> 答案在題目後面

1「すみません、塩を取って　ください。」「はい、（　）。」
1. どうぞ
2. どうもありがとうございました

譯「不好意思，麻煩把鹽遞給我。」
「在這裡，（請用）。」
1. どうぞ：請用
2. どうもありがとうございました：太感謝了

2 日本人は　ご飯を　食べる　前に、「（　）」と　いいます。
1. いただきます
2. ごちそうさまでした

譯 日本人在吃飯前會先說「（開動了）」。
1. いただきます：開動了
2. ごちそうさまでした：多謝您的款待

3（　）、何名様ですか。
1. いらっしゃいませ
2. どうぞよろしく

譯（歡迎光臨），請問有幾位呢？
1. いらっしゃいませ：歡迎光臨
2. どうぞよろしく：請多指教

4「それでは、また　来週。」「（　）。」
1. ではお元気で
2. では、また

譯「那麼，下週見。」「（那，下回見）。」
1. ではお元気で：請多保重身體
2. では、また：那麼，再見

5 すみませんが、営業部の　田中さんを（　）。
1. お願いします
2. ください

譯 不好意思，（我找）營業部門的田中先生。
1. お願いします：麻煩
2. ください：請給（我）

6（　）。こんなに　朝早くに、どちらへ　お出かけですか？
1. おはようございます
2. こんにちは

譯（早安），這麼大清早要去哪裡呢？
1. おはようございます：早安
2. こんにちは：你好

7 弟は　寝る　前に、「（　）」と　いいました。
1. おやすみなさい
2. さようなら

譯 弟弟在睡覺前說了「（晚安）」。
1. おやすみなさい：晚安
2. さようなら：再見

バンザーイ!!

がんばってください！！

做對了，往 😊 走，做錯了往 ✗ 走。

8 「はじめまして。林と 申します。
どうぞ よろしく。」「（ ）、よろ
しく」
1. こちらこそ　　**2.** ようこそ

譯　「幸會，敝姓林，請多指教。」
「（哪兒的話），也請您多指教。」
1. こちらこそ：哪兒的話
2. ようこそ：歡迎

9 遅く なって （ ）。
1. ごめんください
2. ごめんなさい

譯　「（對不起），我遲到了。」
1. ごめんください：有人在嗎
2. ごめんなさい：對不起

10 （ ）が、郵便局は どこに
あるか 教えて ください。
1. すみません
2. ごめんなさい

譯　（不好意思），能告訴我郵局在哪裡嗎？
1. すみません：不好意思
2. ごめんなさい：對不起

11 「（ ）」は どんな ときに
言いますか。
1. 今晩
2. こんばんは

譯　「（晚上好）」是什麼時候使用的問候
語呢？
1. 今晩：今天晚上
2. こんばんは：晚上好

12 私は 「そろそろ、（ ）。」と いって、
先生の 部屋を 出ました。
1. 失礼します
2. 失礼しました

譯　我說完「差不多（該告退了）。」之後，
離開了老師的房間。
1. 失礼します：該告退了
2. 失礼しました：失禮了

13 「風邪は どうですか。」
「ええ、もう （ ）です。」
1. どういたしまして
2. 大丈夫

譯　「感冒好了嗎？」
「是呀，已經（沒事）了。」
1. どういたしまして：不用客氣
2. 大丈夫：沒事

14 「田中さん、こちらは 楊さん
です。」「（ ）。」
1. 初めて
2. はじめまして

譯　「田中小姐，這位是楊小姐。」
「（幸會）。」
1. 初めて：第一次
2. はじめまして：初次見面，幸會

バンザーイ!!

頑張ってね!!

18

解說及答案

1 答案是表示答應對方的要求的「どうぞ」（請用）；而「どうもありがとうございました」（太感謝了）強調非常感謝。不正確。　　　　　　　　　　　　　　　**答案：1**

2 答案是用餐前表示感謝說的客套話「いただきます」（開動了）；而「ごちそうさまでした」（多謝您的款待）是用餐後表示感謝說的客套話。不正確。　　　　**答案：1**

3 從「請問有幾位呢？」這一線索，知道答案是服務員招呼客人表示歡迎的「いらっしゃい（ませ）」（歡迎光臨）；而「どうぞよろしく」（請多指教）是請對方以後多多關照的意思。不正確。　　　　**答案：1**

4 從對方說「那麼，下週見。」這一線索，知道答案是短時間能見到對方的道別語「では、また」（那麼，再見）；而「ではお元気で」（請多保重身體）是長時間離別，請對方多保重的道別語。不正確。　　**答案：2**

5 答案是有禮貌的向別人提出請求的「お願いします」（麻煩），這裡是請對方幫忙聯繫田中先生；而「ください」（給〈我〉）如果以「名詞＋をください」的形式，表示請對方給自己什麼東西。　　　**答案：1**

6 從「こんなに朝早くに」（這麼大清早）這一線索，知道答案是早晨的問候語「おはようございます」（早安）；而「こんにちは」（你好）是白天的問候語。不正確。　**答案：1**

7 從「寝る前に」（睡覺前）這一線索，知道答案是就寢時的寒暄語「おやすみなさい」（晚安）；而「さようなら」（再見）是離別時的寒暄語。不正確。　　　　　**答案：1**

8 從「幸會，敝姓林，請多指教。」這一線索，知道這是兩人初次見面的對話。所以答案是謙虛的致意自己才更需要對方關照的「こちらこ

そ」（哪兒的話）；而「ようこそ」（歡迎）是對他人來訪，表示歡迎及感謝之意的用語。不正確。　　　　　　　　　　　　　　　**答案：1**

9 從「我遲到了」這一線索，知道答案是做錯事情向對方致歉的「ごめんなさい」（對不起）；而「ごめんください」（有人在嗎）是拜訪他人，詢問對方在不在家的寒暄語。不正確。　　　　　　　　　　　　　**答案：2**

10 答案是問場所或問路時，麻煩別人，向對方致意的「すみません」（不好意思，打擾一下）；而「ごめんなさい」（對不起）用在做錯事情時向對方致歉的時候。不正確。　　**答案：1**

11 從「どんなときに言いますか」（什麼時候使用的問候語呢）這一線索，知道答案要的是晚上的問候語「こんばんは」（晚上好）；而「今晚」（今天晚上）是指時間的詞，不是問候語。所以不正確。　　**答案：2**

12 從「そろそろ」（差不多）這一線索，知道答案是「準備」離開老師的房間，尊敬地跟老師致意的寒暄語「失礼します」（該告退了）；而過去式的「失礼しました」（失禮了）要用在從老師的房間退出的時候。不正確。　**答案：1**

13 從「感冒好了嗎？」這一線索，知道答案是表示身體狀況已經不要緊了，請對方安心的「大丈夫」（沒事）；而「どういたしまして」（不用客氣）是回答致謝時表示算不了什麼，不用謝的寒暄語。不正確。　　**答案：2**

14 從「田中小姐，這位是楊小姐。」這一線索知道是在向他人介紹不認識的第三者，所以答案是「はじめまして」（幸會），表示對初次跟對方相會感到非常榮幸，請多關照之意；而「初めて」（第一次）指經歷的開始。不正確。　　　　**答案：2**

② 數字（一）

15　ゼロ vs. れい

ゼロ【zero】

⑧（數）0；零分；零

> **說明** 指正數和負數中間的數，這是實數，而不是「無」。考試或比賽沒有得分；什麼都沒有，或沒有價值。

> **例句** ゼロから　始めて、ここまで　がんばった。
> ／從零開始，一路努力走到了這裡。

●比較

れい【零】

⑧（數）零；些微

> **說明** 從中國漢字「零」而來。在數學上指小於所有正數，大於所有負數的數。阿拉伯數字作「0」。「0」具有加在別的數上面也不會改變原有數的性質。也表示些微的意思。

> **例句** そこは、冬は　零度に　なります。／這地方在冬天會到零度。

☞ 哪裡不一樣呢？

- ゼロ：來自英文，完全沒有。
- 零：來自中國漢字，些微。

16　いち vs. ひとつ

いち【一】

⑧（數）一；第一

說明 數目中的一；也指事物的最初。

例句 日本語を 一から 勉強しませんか？
／要不要從最基礎開始學習日文呢？

● 比較

ひとつ【一つ】

名（數）一；一個

說明 計算東西或年齡的第一個數字。

例句 石鹸を 一つ ください。／請給我一塊肥皂。

☞ 哪裡不一樣呢？

- 一：用於事物的開頭。
- 一つ：計算事物的第一個數字。

---

17 じゅう vs. せん

じゅう【十】

名（數）十；第十

說明 數目中的十；第九的下一個。

例句 100 メートルを 十秒ぐらいで 走りました。
／一百公尺跑了十秒左右。

● 比較

せん【千】

名（數）千，一千；形容數量之多

說明 數目中的千；亦表示數量多

例句 五つで 千円です。
／五個共一千圓。

☞ 哪裡不一樣呢？

- 十：二位數。
- 千：四位數。

ひゃく【百】

名（數）一百；許多

説明 十的十倍的數，千的十分之一；也指數量很多之意。

例句 彼女は 餃子を 100個も 食べました。
／她吃了多達一百顆餃子。

● 比較

まん【万】

名（數）萬

説明 千的十倍，也指數量非常大的意思。

例句 こちらの アパートは 1か月 5万円です。
／這棟公寓每個月的租金是五萬圓。

☞ 哪裡不一樣呢？

• 百：千的十分之一。
• 万：千的十倍。

2 実力テスト

做對了，往 走，做錯了往 走。

次の文の（　　）には、どんな言葉が入りますか。1・2から最も適当なものを一つ選んでください。

實力測驗

Q 哪一個是正確的？
>> 答案在題目後面

---

1 彼の 日本語の 力は（　　）だ。
1. 零
2. ゼロ

譯 他的日文能力是（零）。
1. 零：些微
2. ゼロ：零

---

2 箱から 青い リンゴを
（　　）出して ください。
1. 一
2. 一つ

譯 請從箱子裡取出（一顆）青蘋果。
1. 一：一
2. 一つ：一個

---

3 この お寺では 毎月 一日と
（　　）五日 お祭りが ある。
1. 十
2. 千

譯 這座寺院每個月一日和（十）五日會舉行
祭典。
1. 十：十
2. 千：一千

---

4 おばあちゃんは 去年 九十九
歳でしたから、今年は（　　）歳
です。
1. 百　　2. 万

譯 奶奶去年九十九歲，所以今年是（百）歲
人瑞。
1. 百：一百
2. 万：一萬

頑張ってね！！

MEMO

解說及答案

❶ 從「日本語の力」（日文能力）這一線索，知道正確答案是表示完全沒有的「ゼロ」（沒有）；而「零」（零）表示不是正數也不是負數的實數，阿拉伯數字作「0」。不正確。

答案：2

❷ 從「青蘋果」這一線索，知道答案是計算青蘋果的數量的「一つ」（一個）；而「一」（一）用在指事物的開頭。不正確。

答案：2

❸ 從「每個月一日」和「五日」這些線索，知道答案是「十五日」的「十」（十）；而不是「千」（一千）。

答案：1

❹ 從「去年九十九歲」這一線索，知道今年是「百歲」（一百歲）的「百」（一百）；而不是「万」（一萬）。

答案：1

數字（二）

19　ふたつ vs. ふつか

ふたつ【二つ】

名（數）二；兩個，兩歲

説明 一的下一個數字；計算東西或年齡的第二個數字。

例句 消(け)しゴムを 二(ふた)つ、買(か)いました。／買了兩個橡皮擦。

● 比較

ふつか【二日】

名（每月）二號；兩天

説明 月份的第二天；或指兩天的天數。

例句 一月(いちがつ)の 二日(ふつか)から 十日(とおか)まで いなかに 帰(かえ)ります。
　　　／將於一月二號回去鄉下待到十號。

☞ 哪裡不一樣呢？

- 二(ふた)つ：計算東西或年齡。
- 二日(ふつか)：計算天數。

20　みっつ vs. みっか

みっつ【三つ】

名（數）三；三個，三歲

説明 二的下一個數字；計算東西或年齡的第三個數字。

例句 この 家(いえ)に 部屋(へや)が 三(みっ)つ あります。／這房子有三個房間。

みっか【三日】

名（每月）三號；三天

說明 月份的第三天；或指三天的天數。

例句 三月三日ごろに 遊びに 行きます。／三月三號前後去玩。

☞ 哪裡不一樣呢？

- 三つ：計算東西或年齡。
- 三日：計算天數。

---

21 よっつ vs. よっか

よっつ【四つ】

名（數）四；四個，四歲

說明 三的下一個數字；計算東西或年齡的第四個數字。

例句 日本には 春夏秋冬、四つの 季節が あります。
／在日本，春夏秋冬四季分明。

よっか【四日】

名（每月）四號；四天

說明 月份的第四天；或指四天的天數。

例句 新幹線は 三日の 昼に 出て、四日の 朝 そこに 着きます。
／新幹線將在三號中午發車，於四號早上抵達那邊。

☞ 哪裡不一樣呢？

- 四つ：計算東西或年齡。
- 四日：計算天數。

22　いつつ vs. いつか

いつつ【五つ】

名（數）五；五個，五歲

說明 四的下一個數字；計算東西或年齡的第五個數字。

例句 五つで 一セットです。／這是五個一組。

●比較

いつか【五日】

名（毎月）五號；五天

說明 月份的第五天；或指五天的天數。

例句 五日は 暇ですが、六日は 忙しいです。

　　／五號有空，但是六號很忙。

☞ 哪裡不一樣呢？

- 五つ：計算東西或年齡。
- 五日：計算天數。

23　むっつ vs. むいか

むっつ【六つ】

名（數）六；六個，六歲

說明 五的下一個數字；計算東西或年齡的第六個數字。

例句 息子は 六つに なりました。／我兒子六歲了。

●比較

むいか【六日】

名（毎月）六號；六天

說明 月份的第六天；或指六天的天數。

例句 作業は、六日中に 終わるでしょう。

　　／作業應該可以在六天之內完成吧。

☞ 哪裡不一樣呢？
- 六つ：計算東西或年齡。
- 六日：計算天數。

24　ななつ vs. なのか

ななつ【七つ】

名（數）七；七個，七歲

說明 六的下一個數字；計算東西或年齡的第七個數字。

例句 チョコレートを　七つぐらい　食べました。／吃了巧克力七顆左右。

● 比較

なのか【七日】

名（每月）七號；七天

說明 月份的第七天；計算日數的「七天」。

例句 木村さんは、七日に　でかけます。／木村先生將在七號出門。

☞ 哪裡不一樣呢？
- 七つ：計算東西或年齡。
- 七日：計算天數。

25　やっつ vs. ようか

やっつ【八つ】

名（數）八；八個，八歲

說明 七的下一個數字；計算東西或年齡的第八個數字。

例句 箱は　八つしか　ありません。／盒子只有八個。

● 比較

ようか【八日】

名（每月）八號；八天

説明 月份的第八天；又指八天的天數。

例句 誕生日は　来週の　八日です。／我生日是下週的八號。

☞ 哪裡不一樣呢？

- 八つ：計算東西或年齡。
- 八日：計算天數。

26　ここのつ vs. ここのか

ここのつ【九つ】

名（數）九；九個，九歲

説明 八的下一個數字；計算東西或年齡的第九個數字。

例句 九つか　十かは、どちらでも　いい。／九個或是十個都可以。

● 比較

ここのか【九日】

名（每月）九號；九天

説明 月份的第九天；又指九天的天數。

例句 九日は　日曜日です。／九號是星期天。

☞ 哪裡不一樣呢？

- 九つ：用於東西或年齡。
- 九日：用於天數。

27　いくつ vs. いくら

いくつ【幾つ】

名 幾個；幾歲

説明 詢問可數的東西的數量；或詢問人的年齡。

例句 いくつぐらい　ほしいですか？／大約要幾個？

いくら【幾ら】

⑧ 多少；不論怎麼…也

說明 詢問數量、價錢或份量的詞；下接「…ても」為不論有多少的意思。

例句 その 長^{なが}い スカートは、いくらですか？
　　／那條長裙多少錢？

☞ 哪裡不一樣呢？

> • いくつ：多用於詢問數量、年齡。
>
> • いくら：多用於詢問價錢。

28　はたち vs. はつか

はたち【二十歳】

⑧ 二十歳

說明 二十歲。在日本算是成年的年齡。

例句 二十歳^{は た ち}に なったから、お酒^{さけ}を 飲^のみます。
　　／已經二十歲，可以喝酒了。

はつか【二十日】

⑧ （毎月）二十天；二十天

說明 月份的第二十天；又指二十天的天數。

例句 二十日^{は つ か}には、国^{くに}へ 帰^{かえ}ります。／將於二十號回國。

☞ 哪裡不一樣呢？

> • 二十歳^{は た ち}：用於年齡。
>
> • 二十日^{は つ か}：用於天數。

3 実力テスト

做對了，往 走，做錯了往 走。

次の文の（　　）には、どんな言葉が入りますか。1・2から最も適当なものを一つ選んでください。

實力測驗

Q 哪一個是正確的？

>> 答案在題目後面

1「お弁当は　たくさん　あります
か。」「（　　）しか　ありません。」
1. 二(ふた)つ
2. 二日(ふつか)

2 青(あお)い　箱(はこ)の　中(なか)に　200円(にひゃくえん)の
みかんが　（　　）あります。
1. 三日(みっか)
2. 三(みっ)つ

譯　「有很多份盒餐嗎？」「只有（兩份）。」
1. 二つ：兩個
2. 二日：二號

譯　藍色箱子裡兩百圓的橘子有（三顆）。
1. 三日：三號
2. 三つ：三個

3 母(はは)は　今日(きょう)　同(おな)じ　アイスクリーム
を　（　　）　買(か)いました。
1. 四日(よっか)
2. 四(よっ)つ

4 今月(こんげつ)の　（　　）に　山下(やました)さんに
会(あ)います。
1. 五日(いつか)
2. 五(いつ)つ

譯　媽媽今天買了（四盒）同樣口味的冰淇淋。
1. 四日：四號
2. 四つ：四個

譯　這個月（五號）我將和山下先生會面。
1. 五日：五號
2. 五つ：五個

5 来月(らいげつ)の　（　　）に　両親(りょうしん)が
来(き)ます。
1. 六日(むいか)
2. 六(むっ)つ

頑張ってね！！

譯　下個月的（六號）我爸媽要來。
1. 六日：六號
2. 六つ：六個

31

がんばってください！！

6 リンゴを　（　　）買いました。
1. 七つ
2. 七日

譯　我買了（七顆）蘋果。
1. 七つ：七個
2. 七日：七號

7 七日の　つぎは　（　　）です。
1. 八つ
2. 八日

譯　七號的隔天是（八號）。
1. 八つ：八個
2. 八日：八號

8 きのう　スーパーで　コップを　（　　）買いました。
1. 九日
2. 九つ

譯　昨天在超市買了（九個）杯子。
1. 九日：九號
2. 九つ：九個

9 この　花は　1本　（　　）ですか。
1. いくつ
2. いくら

譯　這花一朵（多少錢）呢？
1. いくつ：多少個
2. いくら：多少錢

10 娘は　今年　（　　）に　なりました。
1. 二十歳
2. 二十日

譯　小女今年滿（二十歲）了。
1. 二十歲：二十歲
2. 二十日：二十號

解說及答案

❶ 計算「お弁当」（盒餐）用計算東西的「二つ」（兩個）；而「二日」（二號）是計算日子或天數。不正確。

答案：1

❷ 計算「みかん」（橘子）用計算東西的「三つ」（三個）；而「三日」（三號）是計算日子或天數。不正確。

答案：2

❸ 計算「アイスクリーム」（冰淇淋）用計算東西的「四つ」（四個）；而「四日」（四號）是計算日子或天數。不正確。

答案：2

❹ 從「今月の」（這個月的）這一線索，知道答案是計算日子的「五日」（五號）；而「五つ」（五個）是計算東西或年齡。不正確。

答案：1

❺ 從「来月の」（下個月的）這一線索，知道答案是計算日子的「六日」（六號）；而「六つ」（六個）是計算東西或年齡。不正確。

答案：1

❻ 計算「リンゴ」（蘋果）用計算東西的「七つ」（七個）；而「七日」（七號）是計算日子或天數。不正確。

答案：1

❼ 從「七日のつぎ」（七號的隔天）這一線索，知道「七號的隔天」是計算日子的「八日」（八號）；而「八つ」（八個）是計算東西或年齡。不正確。

答案：2

❽ 計算「コップ」（杯子）用計算東西的「九つ」（九個）；而「九日」（九號）用在計算日子或天數。不正確。

答案：2

❾ 從「這花一朵」這一線索，知道答案是詢問價錢的「いくら」（多少錢）；而「いくつ」（多少個）大多用在詢問數量、年齡。不正確。

答案：2

❿ 從「娘は今年」（小女今年）這一線索，知道答案是指年齡的「二十歳」（二十歲）；而「二十日」（二十號）用在計算日子和天數。不正確。

答案：1

星期

---

29 こんしゅう vs. せんしゅう

こんしゅう【今週】

⊛ 這個星期，本週

說明 這一星期，這裡的「今」就是「這一個」的意思。

例句 どうして 今週は 寒いのですか？
／為什麼這個星期那麼冷呢？

● 比較

せんしゅう【先週】

⊛ 上個星期，上週

說明 上個星期。這裡的「先」就是「上一個」的意思。

例句 先週の 月曜日は 十七日でした。／上週一是十七號。

☞ 哪裡不一樣呢？

- 今週：指這一星期。
- 先週：指上一星期。

---

30 まいしゅう vs. まいにち

まいしゅう【毎週】

⊛ 每個星期，每週

說明 每一個星期。全部的週。

例句 毎週、どんな スポーツを しますか？
／請問每週都做什麼樣的運動呢？

● 比較

まいにち【毎日】

(名) 每天，天天

說明 沒有特定的一天，同一情況連續好幾天。

例句 毎日、うちから　会社まで　歩いて　います。

／每天都從家裡走路到公司。

☞ 哪裡不一樣呢？

- **毎週**：每一週。
- **毎日**：每一天。

---

31 かげつ vs. しゅうかん

かげつ【ヶ月】

(接尾) …個月

說明 「ヶ月」漢字是「個月」。上接數字表示「…個月」。

例句 2ヶ月に　一回、遊びに　行きます。

／每兩個月出去玩一趟。

● 比較

しゅうかん【週間】

(名・接尾) …週，…星期

說明 接在數字後面，表示有幾個七天。

例句 一週間、どこへも　出かけて　いません。

／一整個星期沒出門去過任何地方。

☞ 哪裡不一樣呢？

- **ヶ月**：用於月份。
- **週間**：用於星期。

4 実力テスト

做對了，往 😃 走，做錯了往 ✖ 走。

次の文の（　）には、どんな言葉が入りますか。1・2から最も適当なものを一つ選んでください。

實力測驗

Q 哪一個是正確的？
>> 答案在題目後面

1 （　）は 来週の 前の 週 です。

1. 今週
2. 先週

譯 （這週）是下週的前一個星期。
1. 今週：本週
2. 先週：上週

2 姉は （　） 土曜日に 図書館へ 行きます。

1. 毎週
2. 毎日

譯 姉姉（每星期）六都去圖書館。
1. 毎週：每個星期
2. 毎日：每天

3 一（　）に 四日 働いて 三日 休みたいですね。

1. ヶ月
2. 週間

譯 真希望每個（星期）工作四天休息三天呀。
1. ヶ月：…個月
2. 週間：…星期

MEMO

解說及答案

❶ 從「下週的前一個星期」這一線索，知道
答案是這一星期的「今週」（本週）；而
「先週」（上週）是指上一星期。不正確。

答案：1

❷ 從「土曜日」（星期六）這一線索，知道姊
姊是「毎週」（每個星期）的星期六去圖
書館；而「毎日」是指每一天。不正確。

答案：1

❸ 從「工作四天休息三天」這一線索，知道答
案是表示星期的「週間」（…星期）；而
「ヶ月」（…個月）表示月份。不正確。

答案：2

5 日期

32 いちにち vs. ついたち

いちにち【一日】

名 一天，一日；終日，一整天

説明 一晝夜，二十四小時；又指從早晨起床到晚上就寢之間。

例句 一日 勉強して、疲れた。／一整天用功下來，真的累了。

● 比較

ついたち【一日】

名 (每月) 一號，初一

説明 月份的第一天。

例句 一日から 三日まで、旅行に 行きます。
／從一號到三號外出旅行。

☞ 哪裡不一樣呢？

- 一日：從早到晚，表一整天。
- 一日：月份的第一天。

33 ようび vs. カレンダー

ようび【曜日】

名 星期

説明 從星期日到星期六一週的七天。跟「日、月、火、水、木、金、土」
等連用，表示一星期中的某一天。

例句 月曜日の 朝は ずっと 忙しかったです。／星期一早上一向很忙。

カレンダー【calendar】

㊟ 日曆；日程表

說明 記載一年的年、月、日、星期、節氣、紀念日等的曆書；或指活動的
日程表。

例句 カレンダーに　ある　赤^{あか}い　丸^{まる}は　私^{わたし}の　誕生日^{たん じょう び}です。
／月曆標上紅圈的那天是我的生日。

☞ **哪裡不一樣呢？**

- 曜日^{よう び}：指一星期中的某一天。
- カレンダー：每月一頁的掛曆或曆書。

5 実力テスト

做對了，往 走，做錯了往 走。

次の文の（　　）には、どんな言葉が入りますか。1・2から最も適当なものを一つ選んでください。

實力測驗

Q 哪一個是正確的？

>>答案在題目後面

1

（　　）に 3回 この 薬を 飲んで ください。

1. 一日（いちにち）
2. 一日（ついたち）

譯 這種藥請（一天）服用三次。
1. いちにち：一天
2. ついたち：（每月）一號

2

今度の 日（　　）は どこかへ 行きませんか。

1. カレンダー
2. 曜日（ようび）

譯 下個（星期）天要不要去哪裡走走呢？
1. カレンダー：日暦
2. 曜日：星期

MEMO

解說及答案

❶ 表示「一天三次」用「一日に3回」;而「一日」（一號）是月份的第一天。不正確。

答案：1

❷ 從「日」這一線索，知道後面要接表示一星期中的某一天的「曜日」（星期），所以答案是「日曜日」（星期天）的「曜日」;而「カレンダー」（日曆）是每月一頁的掛曆或曆書。不正確。

答案：2

6 顔色

34　あおい vs. みどり

あおい【青い】

⑪ 藍的，綠的，青；不成熟的

> **說明** 表示色彩最基本的形容詞之一。表示綠或藍的色彩；或比喻人格或技
> 能的發展還沒有到成熟的程度。

> **例句** 青い　海が　広がって　います。／一望無際的湛藍大海。

● 比較

みどり【緑】

⑧ 綠色

> **說明** 草木葉子的顏色。介於黃色和藍色之間。原意是樹的嫩芽。

> **例句** 緑が　いっぱいの　春が　好きです。／我喜歡綠意盎然的春天。

☞ 哪裡不一樣呢？

- 青い：藍色的；不成熟的。形容詞。
- 緑：綠色。名詞。

35　あかい vs. あか

あかい【赤い】

⑪ 紅的

> **說明** 表現色彩的最基本的形容詞之一。表示紅的色彩

> **例句** 赤い　めがねは　あなたに　似合わない。／你不適合戴紅色的眼鏡。

● 比較

あか【赤】

㈜ 紅，紅色

說明 如同鮮血或燃燒的火焰一般的顏色；廣義的指朱紅、桃紅、橘紅等；
交通號誌中「紅燈」的簡稱，表示危險、停止。

例句 大事な ところを 赤の ペンで 書いて ください。
／重要事項請以紅筆書寫。

☞ 哪裡不一樣呢？

• 赤い：紅色的。形容詞。
• 赤：紅色；危險。名詞。

36 きいろい vs. いろ

きいろい【黄色い】

㈡ 黃色，黃色的

說明 像檸檬一樣的顏色。黃色的。

例句 秋は 木の 葉が 黄色く なります。
／秋天，樹葉轉黃。

● 比較

いろ【色】

㈜ 顏色，彩色

說明 用眼睛能感知的紅、藍、黃、綠等的色彩。

例句 この 車は 安いですが、色が よく ありません。
／這輛車雖然便宜，但是顏色不太好看。

☞ 哪裡不一樣呢？

• 黄色い：指黃色。形容詞。
• 色：指顏色。名詞。

37　くろい vs. くらい

くろい【黒い】

(形) 黑色的；骯髒；邪惡

說明 如墨、夜空一般的顏色；又指變髒；心術不正等。

例句 桜子さんの　髪の　毛は　黒くて　長い。
／櫻子小姐的頭髮烏黑又長。

●比較

くらい【暗い】

(形)（光線）黑暗；（顏色）發暗；陰沈

說明 因為光線不足而看不清東西；又指帶有黑色或灰色的色調；性格或氣氛不明朗。

例句 暗いから、電気を　つけませんか？
／屋裡很暗，要不要開燈？

☞ **哪裡不一樣呢？**

- 黒い：黑色；變髒。
- 暗い：光線不足，使其看不清；顏色發暗。

38　しろい vs. ちゃいろ

しろい【白い】

(形) 白色的；空白

說明 像雪或乳汁般素淨的顏色；沒有添加任何東西的。

例句 雪が　降って、山が　白く　なりました。
／下雪了，山峰一片雪白。

ちゃいろ【茶色】

_名 茶色

說明 赤黃而略帶黑的顏色。

例句 茶色の　セーターを　着て　いる　人は、どなたですか？
／穿著褐色毛線衣的人是誰呢？

☞ **哪裡不一樣呢？**

- 白い：如雪一般的顏色。形容詞，後面接名詞。
- 茶色：如茶水的顏色。名詞。

6 実力テスト

做對了，往 走，做錯了往 走。

次の文の（　　）には、どんな言葉が入りますか。1・2から最も適当なものを一つ選んでください。

實力測驗

Q 哪一個是正確的？
>> 答案在題目後面

---

1 きれいな（　　）空（そら）が 好き
です。
1. 青（あお）い
2. 緑（みどり）

譯 我喜歡美麗的（藍）天。
1. 青い：藍色的
2. 緑：綠色

---

2 彼女（かのじょ）を 見（み）ると 顔（かお）が（　　）
なります。
1. 赤（あか）く
2. 赤（あか）を

譯 一看到她就會臉（紅）。
1. 赤く：紅色的
2. 赤を：紅色

---

3 顔（かお）の（　　）が 悪（わる）いですね。
1. 色（いろ）
2. 黄色（きいろ）い

譯 臉上的（氣色）不太好喔。
1. 色：氣色
2. 黄色：黃色

---

4 兄（あに）は いつも 部屋（へや）を（　　）
して 寝（ね）ます。
1. 暗（くら）く
2. 黒（くろ）く

譯 哥哥總是將房間（弄暗）才睡覺。
1. 暗く：暗的
2. 黒く：黑色的

---

5 山（やま）に 雪（ゆき）が 降（ふ）って（　　）
なって いました！
1. 白（しろ）く
2. 茶色（ちゃいろ）に

譯 山裡因為降雪而變成（白色的）了！
1. 白く：白色的
2. 茶色に：茶色

解說及答案

❶ 形容「藍天」用「青い」(藍色的);而「綠」(綠色)是草木葉子的顏色。不正確。

答案:1

❷ 從動詞「なります」(變)這一線索,知道答案是形容詞的「赤い」(紅色的),由於後接動詞「なります」,所以要變化成「赤く」;而「名詞+を」的形式「赤を」後面不能接「なります」。

答案:1

❸ 從「顏の」(臉上的)跟「悪い」(不太好)這些線索,知道答案是指氣色、臉色的「色」;而「黄色い」是指顏色的黃色。不正確。

答案:1

❹ 從「部屋を」(房間)跟「寝ます」(睡覺)這一線索,知道是要把房間弄暗,所以答案是燈光微弱、光線不足的「暗い」(暗的)由於接動詞「する」,所以變化成「暗く」;而「黒い」(黑色的)是指如墨、夜空一般的顏色。不正確。

答案:1

❺ 從「山裡因為降雪」這一線索,知道答案是如雪一般的顏色「白い」(白色的)。變成白色為「白くなる」;而「茶色」(茶色)是赤黃而略帶黑的顏色。不正確。

答案:1

量詞

39　かい vs. かいだん

かい【階】

接尾　（樓房的）…樓，層

說明　上接數字，表示樓房的「…層」。

例句　<ruby>靴下<rt>くつした</rt></ruby>は、<ruby>何階<rt>なんがい</rt></ruby>に　ありますか？／請問襪子的賣場在幾樓呢？

●比較

かいだん【階段】

名　樓梯，階梯，台階

說明　連接高低不平的地方，形成階梯形的通路。也就是在建築物裡，上上下下的地方。

例句　<ruby>階段<rt>かいだん</rt></ruby>を　<ruby>上<rt>のぼ</rt></ruby>って　<ruby>右<rt>みぎ</rt></ruby>の　<ruby>部屋<rt>へや</rt></ruby>は　<ruby>音楽教室<rt>おんがくきょうしつ</rt></ruby>です。
／上樓後右側房間是音樂教室。

☞ 哪裡不一樣呢？

- <ruby>階<rt>かい</rt></ruby>：指建築物裡的某一樓。
- <ruby>階段<rt>かいだん</rt></ruby>：指建築物等上下的地方。

40　かい vs. こ

かい【回】

名・接尾　…回，次數

說明　用作助數詞。上接數字表示「…次」「…回」。

例句　<ruby>一週間<rt>いっしゅうかん</rt></ruby>に　<ruby>一回<rt>いっかい</rt></ruby>、<ruby>泳<rt>およ</rt></ruby>ぎます。／我每星期游泳一次。

● 比較

こ【個】

(名・接尾) …個

說明 計算東西的數量詞。計算的東西大約是可以拿在手上的大小。

例句 りんごを　何個(なんこ)　買(か)いますか?／你要買幾顆蘋果呢?

☞ 哪裡不一樣呢?

- 回(かい):表事物的次數。
- 個(こ):表東西的數量。

41 さい vs. とし

さい【歳】

(名・接尾) …歳

說明 計算年齡的單位。

例句 これは、3歳(さんさい)の　子(こ)どもの　ための　本(ほん)です。
　　／這是為三歲兒童編寫的書。

● 比較

とし【年】

(名) 年;年紀

說明 計算時間的單位,地球繞太陽一周的時間;也指年齡。

例句 姉(あね)は　私(わたし)と　三(みっ)つ　年(とし)が　違(ちが)います。
　　／姐姐和我差三歲。

☞ 哪裡不一樣呢?

- 歳(さい):計算年齡。
- 年(とし):計算年數。

42 さつ vs. ほん・ぼん・ぽん

さつ【冊】

接尾 …本，…冊

說明 計算書籍、簿冊等的單位。類似中文的「本」。

例句 辞書を　1冊、貸して　ください。
　　　／請借我一本辭典。

● 比較

ほん・ぼん・ぽん【本】

接尾 （計算細長的物品）…支，…棵，…瓶，…條

說明 計算鉛筆、樹木、道路等細長東西的量詞。

例句 あの　鬼は　足が　3本　あります。
　　　／那個鬼有三條腿。

☞ 哪裡不一樣呢？

- 冊：計算書本。
- 本：計算細長的物品。

43 だい vs. ひき

だい【台】

接尾 …台，…輛，…架

說明 計算機器或車子的量詞。

例句 ドイツの　自動車を　2台　買いました。
　　　／買了兩輛德國製的汽車。

● 比較

ひき【匹】

(接尾) …匹，…頭，…條，…隻

説明 計算除鳥類之外的中小型動物的量詞。計算鳥的量詞則用「羽(わ)」來表示。

例句 ここには、犬(いぬ)が 何匹(なんびき) いますか？／這裡有幾隻狗呢？

☞ 哪裡不一樣呢？

• 台(だい)：計算無生命。
• 匹(ひき)：計算有生命。

---

44 にん vs. じん

にん【人】

(接尾) …人

説明 計算人的量詞，表示人數。

例句 学生(がくせい)は 50人(ごじゅうにん) 以上(いじょう) います。／學生超過五十人。

● 比較

じん【人】

(接尾) …人

説明 某一國家的人。如：「アメリカ人(じん)」（美國人）、「外国人(がいこくじん)」（外國人）等。

例句 彼(かれ)は 日本人(にほんじん) よりも きれいな 日本語(にほんご)を 話(はな)します。
／他説的日語比日本人都要字正腔圓。

☞ 哪裡不一樣呢？

• にん：計算人數。
• じん：指某國家的人。

45 はい・ばい・ぱい vs. ふん・ぷん

はい・ばい・ぱい【杯】

(接尾) …杯

說明 計算茶碗、杯子等的量詞。

例句 水が 一杯 ほしいです。

／我想要一杯水。

● 比較

ふん・ぷん【分】

(接尾) （時間）…分；（角度）分

說明 時間的單位詞，「一分」為六十秒；也指計算角度的角分。

例句 2時 15分ごろ、電話が 鳴りました。

／兩點十五分左右，電話響了。

☞ 哪裡不一樣呢？

- 杯：計算容器。
- 分：計算時間。

46 ばん vs. ばんごう

ばん【番】

(名・接尾) （表示順序）第…號

說明 在幾個裡面，排在什麼地方。表順序的詞。

例句 3番の 女性は、背が 高くて、美しいです。

／三號的女生身材高挑又美麗。

52

● 比較

ばんごう【番号】

(名) 號碼，號數

說明 在幾個數字當中，表示是第幾號了，表順序的數字。

例句 番号を 呼ぶ 前に、入らないで ください。
／在叫到號碼之前請不要進來。

☞ **哪裡不一樣呢？**

* 番：指順序。
* 番号：指順序號碼。

---

47 まい vs. ページ

まい【枚】

(接尾) ⋯張，⋯片，⋯幅，⋯扇

說明 計算平而薄的東西的單位。如紙、盤子、手帕、襯衫等。

例句 5枚で いくらですか？
／請問五張多少錢？

● 比較

ページ【page】

(名・接尾) ⋯頁；一頁

說明 計算書籍文件面數的單位；書或筆記本等的一張紙的一面。

例句 どの ページにも、絵が あります。
／不論哪一頁都畫了圖。

☞ **哪裡不一樣呢？**

* 枚：指張數。
* ページ：指頁數。

7 実力テスト

做對了，往 😊 走，做錯了往 ✖ 走。

次の文の（　）には、どんな言葉が入りますか。1・2から最も適当なものを一つ選んでください。

實力測驗
Q 哪一個是正確的？
>> 答案在題目後面

1 中山さんの　部屋は、アパートの　2（　）です。
1. 階
2. 階段

譯 中山小姐的房間位於公寓的二（樓）。
1. 階：…樓
2. 階段：樓梯

2 私は　一年に　一（　）旅行を　します。
1. 回
2. 個

譯 我每年會去旅行一（趟）。
1. 回：…回
2. 個：…個

3 「あなたの　お兄さんは　今いくつですか。」「25（　）です。」
1. 歳
2. 年

譯 「令兄現在多大年紀呢？」「二十五（歲）。」
1. 歳：…歳
2. 年：年

4 ビールを　1（　）取ってください。
1. 冊
2. 本

譯 請拿一（瓶）啤酒給我。
1. 冊：…本
2. 本：…瓶

5 山田さんの　うちに　いぬが1（　）います。
1. 台
2. 匹

譯 山田小姐家有一（隻）狗。
1. 台：…台
2. 匹：…隻

6 「あなたは　韓国（かんこく）（　　）です
か。」「いいえ、中国（ちゅうごく）から　来（き）ま
した。」
1. 人（にん）　**2.** 人（じん）

頑張ってね！！

譯　「您是韓國（人）嗎？」
「不，我來自中國。」
1.にん：…人（人數）
2.じん：…人（國籍）

7 夕（ゆう）べの　8時（はちじ）3（さん）（　　）に　男（おとこ）の子（こ）が
生（う）まれました。
1. 杯（はい）
2. 分（ぶん）

譯　男孩於昨晚八點三（分）時誕生了。
1.杯：…杯
2.分：（時間）…分

8 ノートに　中山（なかやま）さんの　電話（でんわ）
（　　）が　書（か）いて　あります。
1. 番（ばん）
2. 番号（ばんごう）

譯　筆記本上寫著中山小姐的電話（號碼）。
1.番：（表示順序）第…
2.番号：號碼

9 切符（きっぷ）を　1（いち）（　　）買（か）いました。
1. 枚（まい）
2. ページ

譯　買了一（張）車票。
1.枚：（計算平薄的東西）…張
2.ページ：…頁

MEMO
_____
_____
_____

解說及答案

❶ 答案是「階（…樓）,指建築物裡的某一樓，這裡是公寓的二樓；而「階段」（樓梯）是指建築物等上上下下的地方。不正確。

答案：1

❷ 看到「旅行をします」（去旅行），知道答案是表旅行次數的「回」（…回）；而「個」（…個）是表東西的數量。不正確。

答案：1

❸ 看到詢問的是哥哥「いくつ」（多大年紀），知道答案是計算年齡的「歲」（…歲）；而「年」（年）是計算年數。不正確。

答案：1

❹ 啤酒的量詞是計算細長的物品的「本」（…瓶）；而「冊」（…本）是計算書本的量詞。不正確。

答案：2

❺ 計算「いぬ」（狗）要用計算中小型，有生命動物的量詞「匹」；而「台」是計算機器或車子等無生命的量詞。不正確。

答案：2

❻ 答案是「じん」（…人），指某國家的人，這裡是「韓国人」（韓國人）；「にん」（…人）是計算人數的量詞。不正確。

答案：2

❼ 計算分鐘用「分、分」（…分）;而「杯」（…杯）計算容器。不正確。

答案：2

❽ 電話號碼是「電話番号」，所以答案是「番号」;「番」（第…）指順序。不正確。

答案：2

❾ 計算「切符」（車票），用指張數的「枚」（…張）;「ページ」（…頁）用來計算書籍文件等的頁數。不正確。

答案：1

身體部位

48　あたま vs. からだ

あたま【頭】

(名) 頭；頭髮；物體的頂端

説明 人或動物脖子以上的部分；頭上的毛髮；最初，最上方，最前面的事物。

例句 頭が 痛いが 熱は ありません。／雖然頭痛但沒有發燒。

● 比較

からだ【体】

(名) 身體；體格，身材

説明 人以及動物的頭、軀幹、手足等整體；或指人體格等狀態。

例句 体が 丈夫に なった。／身體變強壯了。

☞ 哪裡不一樣呢？
- 頭：身體最頂端。
- 体：身體整體。

49　かお vs. あたま

かお【顔】

(名) 臉；臉色，表情

説明 脖子以上的前面，從前額到下巴的部分；臉上的神情。

例句 顔を 洗って から、風呂に 入ります。／先洗臉再洗澡。

あたま 【頭】

名 頭；頭髮；（物體的上部）頂端

説明 人或動物脖子以上的部分；頭上的毛髮；最初，最上方，最前面的事物。

例句 田中さんは　きれいで　頭も　いい。
／田中小姐不但人長得美，頭腦也很聰明。

☞ 哪裡不一樣呢？

- 顔：頭部的前面。
- 頭：指頭部或物體頂端。

50 みみ vs. め

みみ 【耳】

名 耳朵

説明 在臉的兩側的聽取聲音的器官。由外耳、中耳、內耳三部分構成，還有保持身體平衡的半規管。

例句 うるさくて　耳が　聞こえない。
／太吵了，根本聽不見。

比較

め 【目】

名 眼睛；眼球

説明 長在臉上看東西的器官；視覺器官的主要部分。在眼窩中，呈球形。

例句 私は　あなたの　きれいな　目が　大好きです。
／我最喜歡妳這雙美麗的眼眸。

☞ 哪裡不一樣呢？

- 耳：聽覺器官。
- 目：視覺器官。

51 は vs. はな

は【歯】

名 牙齒

説明 動物口中，上下兩排，咀嚼食物的白色堅硬器官。

例句 あれで 歯を 磨きます。／用那個刷牙。

● 比較

はな【鼻】

名 鼻子

説明 在哺乳動物的面部中央突起的部分。是呼吸、嗅覺和幫助發聲的器官。

例句 漢字で 鼻ですか？ 花ですか？／漢字寫成「鼻」嗎？還是「花」呢？

☞ 哪裡不一樣呢？

- 歯：用於咀嚼。
- 鼻：用於呼吸等。

52 くち vs. でぐち

くち【口】

名 口，嘴巴

説明 人或動物用來吃飯，說話的器官。

例句 弟は テレビの 前で 大きな 口を あけて 寝て います。
／弟弟正在電視機前張著大嘴巴睡覺。

● 比較

でぐち【出口】

名 出口

説明 建築物、車站等由該處可以出去的地方。相反詞是「入り口」。

例句 今 駅の 出口で 待って います。／我正在車站的出口等你。

☞ 哪裡不一樣呢？
- 口^{くち}：為人體器官。
- 出口^{でぐち}：為建築物等可出去的地方。

53 あし vs. て

あし【足】
⑧ 腳；（器物的）腳

說明 動物的身體中，支持身體，起走路作用的部分；或指安在物體下面，用來支撐的部份。

例句 たくさん 歩^{ある}いて、足^{あし}を 丈夫^{じょうぶ}に します。
／盡量走路讓腿力變強。

● 比較

て【手】
⑧ 手，手掌；胳膊；把手

說明 從手腕到指頭的部份；又指從肩膀到指尖的部份；器具或工具為了方便拿取而製作的部分。

例句 寒^{さむ}いから、ポケットに 手^てを 入^いれました。
／覺得很冷，所以把手伸進了口袋裡。

☞ 哪裡不一樣呢？
- 足^{あし}：位於人體的下肢。
- 手^て：位於人體的上肢。

54 おなか vs. せ・せい

おなか【お腹】
⑧ 肚子；腸胃

說明 在人的身上，位於胸部和足部之間；又指胃腸。

例句 忙しい ときに、いつも おなかが 痛く なります。

／每次一忙起來就肚子痛。

● 比較

せ・せい【背】

名 背後；身高，身材

說明 有脊背，背後的意思。動物軀體的高度，尤其指人的身高。

例句 先生は、背が 低いです。／老師長得不高。

☞ 哪裡不一樣呢？

- お腹：位於人體前。
- 背：位於人體後。

---

55 こえ vs. おと

こえ【声】

名 人或動物的聲音，語音

說明 由人或動物口中發出的聲音。

例句 大きな 声で 歌いましょう。

／一起大聲唱歌吧。

● 比較

おと【音】

名 (碰撞，敲打)音、聲；聲響

說明 物體振動所產生的聲波，經過空氣的傳播，震動鼓膜刺激神經讓耳朵能聽見的聲音；或無生物的東西如空氣、水等所產生的聲響。

例句 隣の 部屋から 大きな 音が しました。

／隔壁房間傳來了好大的聲響。

☞ 哪裡不一樣呢？

- 声：人或動物發出的聲音。
- 音：物品發出的聲音。

1 実力テスト

做對了，往 😊 走，做錯了往 ✖ 走。

次の文の（　　）には、どんな言葉が入りますか。1・2から最も適当なものを一つ選んでください。

實力測驗

Q 哪一個是正確的？

>> 答案在題目後面

➡

1 スポーツは　楽しくて、（　　）に いいです。
1. 頭
2. 体

✖

譯 運動不但愉快，而且有益（健康）。
1. 頭：頭
2. 体：身體

---

2 私は　風邪で　（　　）が　痛い です。
1. 顔
2. 頭

✖

譯 由於感冒而（頭）痛。
1. 顔：臉
2. 頭：頭

3 一晩中　テレビを　見て、（　　）が 痛く　なった。
1. 耳
2. 目

✖

譯 我一整個晚上看電視，（眼睛）都發疼了。
1. 耳：耳朵
2. 目：眼睛

---

4 私は　寝る　前に　（　　）を 磨きます。
1. 歯
2. 鼻

✖

譯 我在睡前刷（牙）。
1. 歯：牙齒
2. 鼻：鼻子

5 駅の　（　　）に　本屋が　あり ます。
1. 口
2. 出口

✖

譯 車站的（出口處）有書店。
1. 口：嘴巴
2. 出口：出口

6 テーブルの （ 　 ）が 壊れました。
1. 足
2. 手

頑張ってね！！

譯 桌（腳）壞掉了。
1. 足：（器物的）腳
2. 手：手

7 私の 彼は （ 　 ）が 高くて、
足が 長いです。
1. お腹
2. 背

8 赤ちゃんが 寝て いるから、
大きい （ 　 ）で 話さないで
ください。
1. 声 　 2. 音

譯 我男友（身高）很高，腿也很長。
1. お腹：肚子
2. 背：身材

譯 小寶寶正在睡覺，請不要大（聲）說話。
1. 声：（人或動物的）聲音
2. 音：（碰撞、敲打等）聲響

MEMO

❶ 運動對什麼好呢？答案是「体」（身體）指頭、軀幹、手足等身體整體；而「頭」（頭）只有指身體最頂端。不正確。

答案：2

❷ 從「風邪で」（由於感冒）跟「痛い」（疼痛），知道疼痛的部位是「頭」（頭）；而「顔」（臉）是指頭部的前面。不正確。

答案：2

❸ 從一整個晚上看電視，得知疼痛的地方是視覺器官「目」（眼睛）；「耳」（耳朵）是聽覺器官。不正確。

答案：2

❹ 從「寝る前」（睡前）跟「磨きます」（刷）知道答案是「歯」（牙齒）。

答案：1

❺ 建築物的出口用「出口」（出口）；而「口」（嘴巴）一般是指人或動物吃飯，說話的器官。不正確。

答案：2

❻ 從「テーブル」（桌子）知道答案是指安在桌子下面，用來支撐的「足」（腳）；而「手」（手）是位於人體的上肢。不正確。

答案：1

❼ 從「彼」（男友）跟「高くて」（高的）知道答案是指人的身高的「背」（身材）；而「お腹」（肚子）位於人體前。不正確。

答案：2

❽ 從小寶寶正在睡覺跟「話さないで」（不要說話），知道答案是人發出的聲音「声」（聲音）；「音」（聲音）是物品發出的聲音。不正確。

答案：1

家族（一）

56 おじいさん vs. おばあさん

おじいさん【お祖父さん・お爺さん】

名 祖父；外公；老爺爺

説明 對祖父或外祖父的親切稱呼；或對一般老年男子的稱呼。

例句 お祖父さんは、耳が よく 聞こえない。／爺爺有重聽。

●比較

おばあさん【お祖母さん・お婆さん】

名 祖母；外祖母；老婆婆

説明 對祖母或外祖母的親切稱呼；或對一般老年婦女的稱呼。

例句 お祖母さんから 料理を 習いました。／我向奶奶學了做菜。

☞ 哪裡不一樣呢？

- おじいさん：老年男子。
- おばあさん：老年婦女。

57 おかあさん vs. おとうさん

おかあさん【お母さん】

名 母親；令堂

説明 「母」的鄭重説法，稱呼母親的詞；也指敬稱他人母親。

例句 お母さんと 一緒に、買い物を しました。
　　　／我和媽媽一起去買東西了。

● 比較

おとうさん【お父さん】

ⓐ 父親；令尊

說明 「父」的鄭重説法，稱呼父親的詞；也指敬稱他人父親。

例句 お父さんと　お母さんは、お元気ですか？

／令尊令堂是否安好無恙？

☞ 哪裡不一樣呢？

> * お母さん：母親；令堂。
> * お父さん：父親；令尊。

58 ちち vs. はは

ちち【父】

ⓐ 爸爸，家父

說明 稱呼自己父親的詞。

例句 父も　母も　大学の　先生です。／家父和家母都是大學教授。

● 比較

はは【母】

ⓐ 媽媽，家母

說明 稱呼自己母親的詞。

例句 母は　スーパーの　仕事を　はじめました。

／媽媽開始在超市工作了。

☞ 哪裡不一樣呢？

> * 父：稱呼自己的父親。
> * 母：稱呼自己的母親。

59 おにいさん vs. おねえさん

おにいさん【お兄さん】

名 哥哥

説明 對自己和他人的哥哥尊敬的稱呼方式。也用在對年輕男子的稱呼。
「兄さん」的鄭重説法。

例句 鈴木さんの　お兄さんは、英語が　わかります。
／鈴木小姐的哥哥擅長英文。

● 比較

おねえさん【お姉さん】

名 姊姊

説明 對自己和他人的姊姊尊敬的稱呼方式。也用在對年輕女子的稱呼。
「姉さん」的鄭重説法。

例句 お姉さんは、いつ　結婚しましたか？
／令姊是什麼時候結婚的呢？

☞ 哪裡不一樣呢？

• お兄さん：稱呼自己和他人的哥哥。
• お姉さん：稱呼自己和他人的姊姊。

60 あに vs. あね

あに【兄】

名 家兄；姊夫，大舅子

説明 兄弟姊妹中年紀比自己年長的男子；也包括姊夫和丈夫的哥哥，
日語漢字寫作「義兄」。

例句 兄は、映画が　好きです。
／哥哥喜歡看電影。

あね【姉】

② 家姉；嫂子，大姨子

說明 在兄弟姊妹中比自己年長的女子；也包括嫂子和丈夫的姊姊，日語漢字寫作「義姉」。

例句 姉は、目が 大きいです。

／姐姐有雙大眼睛。

☞ **哪裡不一樣呢？**

- 兄：指哥哥、姊夫、大舅子。
- 姉：指姊姊、嫂嫂、大姨子。

---

61 いもうと vs. おとうと

いもうと【妹】

② 妹妹；小姑，小姨，弟妹

說明 兄弟姊妹中年紀比自己小的女子；也包括弟妹和丈夫的妹妹。鄭重説法是「妹さん」。

例句 妹は、本が 好きです。

／妹妹喜歡看書。

おとうと【弟】

② 弟弟；妹夫，小叔

說明 年齡比自己小的弟弟。也包括妹夫、丈夫或妻子的弟弟等。但要寫作「義弟」。鄭重説法是「弟さん」。

例句 私は、弟が ほしいです。

／我想要弟弟。

☞ **哪裡不一樣呢？**

- 妹：指妹妹、小姑、弟妹。
- 弟：指弟弟、小叔、妹夫。

62 おじさん vs. おばさん

おじさん【伯父さん ・ 叔父さん】

名 伯伯，叔叔，舅舅，姨丈，姑丈；大叔

説明 伯伯，叔叔，舅舅，姨丈，姑丈；對一般的中年男性的稱呼。

例句 伯父_{おじ}さんは　いろいろ　教_{おし}えて　くれました。
／伯伯教了我很多知識。

●比較

おばさん【伯母さん ・ 叔母さん】

名 姨媽，嬸嬸，姑媽，伯母，舅媽；大嬸

説明 姨媽，嬸嬸，姑媽，伯母，舅媽；對一般的中年女性的稱呼。

例句 叔母_{おば}さんは、ここへは、いつ　来_きましたか？
／舅媽是什麼時候來過這裡的？

☞ 哪裡不一樣呢？

- **おじさん**：中年男性。
- **おばさん**：中年女性。

2 実力テスト

做對了，往 😊 走，做錯了往 ✖ 走。

次の文の（　）には、どんな言葉が入りますか。
1・2から最も適当なものを一つ選んでください。

實力測驗　Q 哪一個是正確的？
>> 答案在題目後面

---

1 お父さんの　お父さんは　（　　）
です。
1. お祖父さん
2. お祖母さん

譯 爸爸的爸爸是（爺爺）。
1. お祖父さん：爺爺
2. お祖母さん：奶奶

---

2 （　　）は　弟を　生んで　すぐ
なくなりました。
1. お母さん
2. お父さん

譯 （媽媽）在生下弟弟以後就去逝了。
1. お母さん：媽媽
2. お父さん：爸爸

---

3 バッハは　音楽の　（　　）と
言われます。
1. 父
2. 母

譯 巴哈被譽為音樂之（父）。
1. 父：父
2. 母：母

---

4 家族は　両親と　（　　）と　私です。
うちには　男の子しか　いません。
1. お兄さん
2. お姉さん

譯 我家有爸媽、（哥哥）和我，我們家只
有男孩。
1. お兄さん：哥哥
2. お姉さん：姊姊

---

5 （　　）とは　年上の　男の
兄弟です。
1. 兄
2. 姉

譯 （哥哥）是指年紀較長的男性兄弟。
1. 兄：哥哥，家兄
2. 姉：姊姊，家姊

---

6 彼は　あの　女の子の　兄です。
女の子は　彼の　（　　）です。
1. 妹
2. 弟

譯 他是那個女孩的哥哥，女孩是他的
（妹妹）。
1. 妹：妹妹
2. 弟：弟弟

---

7 あの　人は　母の　姉です。私の
（　　）です。
1. 伯父さん
2. 伯母さん

譯 那個人是媽媽的姐姐，也就是我的（阿姨）。
1. 伯父さん：叔叔，伯伯
2. 伯母さん：阿姨，姑姑

がんばってください！！

解說及答案

❶ 爸爸的爸爸是當然是「おじいさん」（爺爺）了；而「おばあさん」（奶奶）是爸爸的媽媽。不正確。

答案：1

❷ 從「弟<small>おとうと</small>を生<small>う</small>んで」（生下弟弟）知道答案是「お母<small>かあ</small>さん」（媽媽）。

答案：1

❸ 答案是含有先驅、創始者之意的「父<small>ちち</small>」（父）；而「母<small>はは</small>」（母）含有事物產生的根源。不正確。

答案：1

❹ 從我們家只有男孩，知道答案是「お兄<small>にい</small>さん」（哥哥）。

答案：1

❺ 從年紀較長的男性兄弟，知道答案是「兄<small>あに</small>」（哥哥）。

答案：1

❻ 從他是那個女孩的哥哥，知道那女孩是他的「妹<small>いもうと</small>」（妹妹）。

答案：1

❼ 「母<small>はは</small>の姉<small>あね</small>」（媽媽的姐姐），那就是我的「伯母<small>おば</small>さん」（阿姨）了。

答案：2

③ 家族（二）

63　りょうしん vs. おや

りょうしん【両親】

名　父母，雙親

說明　父親和母親，雙親。父母跟子女叫「親子」。

例句　両親は、ぼくが 国に 帰るのを 待って います
／父母正在等著我回國。

● 比較

おや【親】

名　父母，雙親

說明　父母親的總稱，指親生父母。也指養育孩子的人。

例句　親と いっしょに 住んで います。／我和爸媽住在一起。

☞ 哪裡不一樣呢？

- **両親**：養育自己的父母。
- **親**：養育自己的人，可以是父母或養父母。

64　きょうだい vs. しまい

きょうだい【兄弟】

名　兄弟，兄弟姊妹

說明　同一父母所生的人們。這個字不僅指「兄弟」而已，也指兄弟、兄妹、姊弟、姊妹而言。

例句　私には 兄弟が 5人 います。／我有五個兄弟姊妹。

● 比較

しまい【姉妹】

名 姐妹；同一種類型之物

說明 姊姊和妹妹；也指屬於同一系統或擁有相似點的二者以上之事物，如「姉妹都市」（友好都市）。

例句 主人は　4人兄弟で、私は　3人姉妹です。

／我先生有四個兄弟，我自己有三個姊妹。

☞ 哪裡不一樣呢？

- 兄弟：指兄弟姊妹。
- 姉妹：僅指姊妹；也指同一種類型之物，如姊妹校。

---

65 かぞく vs. けっこん

かぞく【家族】

名 家人，家庭，親屬

說明 夫婦、父母子女、兄弟姊妹等，有血緣關係。一般是共同生活的人們。

例句 どちらが、あなたの　家族ですか？

／請問哪一位是您的家人呢？

● 比較

けっこん【結婚】

名・自サ 結婚

說明 指男性和女性正式成為夫妻。

例句 二人は　秋に　結婚した。

／他們兩人在秋天結婚了。

☞ 哪裡不一樣呢？

- 家族：原本就有血緣關係。
- 結婚：因法律的效力而產生關係。

66 ごしゅじん vs. おっと

ごしゅじん【ご主人】

⒜ 您的先生，您的丈夫

說明 尊稱別人丈夫的用詞。

例句 ジョンさんの 奥さんや、花子さんの ご主人が 来ました。
／約翰先生的太太以及花子小姐的先生都來了。

● 比較

おっと【夫】

⒜ 丈夫

說明 男性配偶。稱呼自己或第三者的配偶，不能使用在說話對象的配偶上。

例句 日曜日は 夫と ゴルフを します。
／星期天和先生打高爾夫球。

☞ 哪裡不一樣呢？

- ご主人：稱呼別人的丈夫。
- 夫：稱呼自己的丈夫。

67 おくさん vs. かない

おくさん【奥さん】

⒜ 太太，尊夫人

說明 對別人妻子的尊稱。

例句 奥さんと けんかしますか。
／您和太太會吵架嗎？

● 比較

かない【家内】

③ 內人，妻子

說明 女性配偶。用在對他人稱自己的妻子時。

例句 家内と 結婚して もう ３０年に なりました。

／與內人結婚已經有 30 年了。

☞ 哪裡不一樣呢？

- 奥さん：對別人妻子的稱呼。
- 家内：對自己妻子的稱呼。

---

68 じぶん vs. わたし

じぶん【自分】

③ 自己，本人，自身；我

說明 本人，自己。具體地指自己的身體，也抽象地指自己的想法；也用在稱呼自己。

例句 あの 子は、たぶん 自分で できるでしょう。

／那個小孩大概是無師自通吧。

● 比較

わたし【私】

③ 我

說明 説話人指自己的詞。自稱（第一人稱）的人稱代名詞。

例句 私は 電車で 雑誌を ちょっと 読んで、あとは 寝て います。

／我在電車上翻了一下雑誌，接下來一路睡到目的地。

☞ 哪裡不一樣呢？

- 自分：指自己的身體，也指想法；稱自己。
- 私：説話人自稱自己。

69　ひとり vs. ひとつき

ひとり【一人】

⊗ 一人；單獨一個人

說明 數人的數詞，指一個人；單身也叫「一人^{ひとり}」。

例句 初めて 一人で 映画館に 行きました。
／第一次單獨一人去了電影院。

● 比較

ひとつき【一月】

⊗ 一個月

說明 表示三十天，一個月。

例句 この 店では 一月に 6000個の ケーキを 作って 売って
います。／這家店每個月製作六千個蛋糕販售。

☞ 哪裡不一樣呢？

> • 一人：指一個人。
> • 一月：指一個月。

70　ふたり vs. ひとり

ふたり【二人】

⊗ 兩個人，兩人

說明 兩個人。除了「ひとり」（一人）、「ふたり」（二人）之外，「三人」以後算人時，都是數字再加「にん」。

例句 これから 二人は どこへ 行きますか。
／我們兩個等一下要不要出去逛逛呢？

● 比較

ひとり【一人】

名 一人；單獨一個人

説明 數人的數詞，指一個人；單身也叫「一人」。

例句 私が　一人で　掃除するんですか。／就只有我一個人打掃嗎？

☞ 哪裡不一樣呢？

- 二人：指雙人。
- 一人：指單人。

---

71 みなさん vs. みんな

みなさん【皆さん】

名 大家，各位

説明 向多數人招呼的詞。

例句 皆さんの　温かい　言葉を　ありがとうございました。
／感謝大家給我溫暖的鼓勵。

● 比較

みんな

名 大家，各位

説明 當「副詞」時，表示在那裡所有的全部。當「代名詞」的時候，是向多數人打招呼。

例句 男の子は、みんな　電車が　好きです。
／每個男孩子都喜歡電車。

☞ 哪裡不一樣呢？

- 皆さん：指多數人，且比「みんな」更為正式。
- みんな：指多數人或全部的意思。

72 いっしょ vs. おなじ

いっしょ【一緒】

(名・自サ) 一起；一樣

說明 指一起採取同樣的行動；也指相同沒有差別。

例句 あとで 一緒に 勉強しませんか。
／等一下要不要一起讀書？

● 比較

おなじ【同じ】

(名・連體・副) 相同的，同等的；同一個

說明 相比較的東西，在各方面完全沒有兩樣；或是兩樣東西同一種類，有共通的地方。

例句 姉は 松嶋菜々子と 同じぐらい きれいだ。
／我姊姊和松嶋菜菜子一樣漂亮。

☞ 哪裡不一樣呢？

- 一緒：指相互採取一樣的動作。
- 同じ：指事物相互比較下，幾乎一樣。

73 おおきい vs. おおぜい

おおきい【大きい】

(形) 巨大；廣大

說明 數量、體積、身高等的巨大；也指程度，範圍等的廣大。

例句 あの 窓の 大きい 建物は、学校です。
／那棟有著大窗戶的建築物是學校。

● 比較

おおぜい【大勢】

(名) 很多人，眾人

說明 表示大批的人，許多人。用在副詞時也指人數眾多。

例句 あそこに、人が 大勢 います。

　／那邊人好多。

☞ 哪裡不一樣呢？

• **大きい**：用於數量、體積、身高、程度，表示巨大、廣大。
• **大勢**：用於人，表示人數眾多。

---

3 実力テスト

做對了，往 走，做錯了往 走。

次の文の（ ）には、どんな言葉が入りますか。1・2から最も適当なものを一つ選んでください。

實力測驗

Q 哪一個是正確的？

>> 答案在題目後面

1 ご（ ）に よろしくと 言って ください。
1. 両親（りょうしん）
2. 親（おや）

譯 請代向（令尊令堂）問安。
1. 両親：雙親
2. 親：父母

2 東西学校（とうざいがっこう）と（ ）校（こう）に なりました。
1. 兄弟（きょうだい）
2. 姉妹（しまい）

譯 本校和東西學校結為（姉妹）校了。
1. 兄弟：兄弟姉妹
2. 姉妹：姉妹

3 私（わたし）の（ ）は 父（ちち）と 母（はは）と 私（わたし）の 3人（さんにん）です。
1. 家族（かぞく）
2. 結婚（けっこん）

譯 我（家人）包括爸爸、媽媽和我三個人。
1. 家族：家庭
2. 結婚：結婚

4 （ ）は いかがですか。
1. ご主人（しゅじん）
2. 夫（おっと）

譯 （您先生）如何呢？
1. ご主人：您的丈夫
2. 夫：（稱呼自己的）丈夫

5 「奥（おく）さんは いらっしゃいますか。」
「（ ）は 今（いま） 出（で）かけて います。」
1. 奥（おく）さん
2. 家内（かない）

譯 「請問尊夫人在家嗎？」
「（內人）現在出門了。」
1. 奥さん：尊夫人
2. 家内：內人

6 子どもたちは みんな （　　）の 家に 帰って いた。
1. 自分
2. 私

頑張ってね！！

譯 孩子們全都回去（自己）家了。
1. 自分：自己
2. 私：我

7 「旅行は （　　）で 行きますか。」
「いいえ、友だちと 行きます。」
1. 一月
2. 一人

8 その ことは 私たち、（　　）で 話しましょう。
1. 二人
2. 一人

譯 「你（一個人）旅行嗎？」
「不是，和朋友一起去。」
1. 一月：一個月
2. 一人：一個人

譯 關於那件事，我們（兩人）來談談吧。
1. 二人：兩個人
2. 一人：一個人

9 背広と シャツと セーター、（　　）買います。
1. 皆さん
2. みんな

10 上と （　　）意味の 文を 選びなさい。
1. 一緒の
2. 同じ

譯 西裝、襯衫和毛衣我（全部）都要買。
1. 皆さん：各位
2. みんな：全部

譯 選出和上文（同様）意思的句子。
1. 一緒の：一起的
2. 同じ：相同的

11 字を もう 少し （　　）書きましょう。
1. 大きく
2. 大勢に

譯 把字稍微寫（大）一點吧。
1. 大きく：大
2. 大勢に：多

解說及答案

❶ 尊稱對方的父母,用「ご」再加上「両親」
表示令尊令堂之意;「親」(父母)前面
沒有加「ご、お」的用法。不正確。

答案:1

❷ 姊妹校就是「姉妹校」了。意思是國際交流
締約學校,可以一起研究、討論,兩校如
同姊妹般的融洽。

答案:2

❸ 從爸爸、媽媽和我三個人,知道答案是家族
成員的「家族」(家庭)了。

答案:1

❹ 答案是尊稱別人丈夫的「ご主人」(您的丈
夫);而「夫」(丈夫)是稱呼自己的丈夫。
不正確。

答案:1

❺ 對他人稱自己的妻子用「家内」(內人);
而「奥さん」(尊夫人)是對別人妻子的
尊稱。不正確。

答案:2

❻ 從「家に帰っていた」(回家了),再加上
「帰る」有回到自己的家的意思,知道答
案是「自分」(自己)。小孩子回到自己
的家。而不是「私の家」(我的家)。

答案:1

❼ 從回答說「友だちと行きます」(和朋友
一起去),再加上在某種狀態下做後項的
助詞「で」,知道詢問的是你「一人」(一
個人)去旅行嗎?而「一月」(一個月)
指一個月。不正確。

答案:2

❽ 從「私たち」(我們)跟「で話しましょう」
(來談談吧),知道答案是「二人」(兩
個人);而「一人」(一個人)指單人。
不正確。

答案:1

❾ 全部都要買,那麼答案就是指全部意思的
「みんな」(全部)了;而「皆さん」(各
位)指多數人。不正確。

答案:2

❿ 答案是「同じ」(相同的),指事物相互比
較下,幾乎一樣。也就是下文跟上文相互
比較之後,選出一樣的;而「一緒の」(一起
的)指相互採取一樣的動作。不正確。

答案:2

⓫ 從題目希望「字體寫大一些」,知道答案
是表示數量、體積等的巨大的「大きい」
(大);而「大勢」(多)用於人,表示
人數眾多。不正確。

答案:1

4

人物的稱呼

74　あなた vs. きみ

あなた【貴方・貴女】

代 您；老公

説明 用在平輩和長輩，第二人稱「你」的尊稱；稱呼自己的丈夫也會用「あなた」（老公）。

例句 あなたは、どなたに 英語を 習いましたか？／你向誰學習英語的呢？

● 比較

きみ【君】

代 你；主公

説明 對同輩以下的親密對稱，男性用語。也表示對主公或帝王等的敬稱。

例句 君は 目が 悪いから、前に 座りなさい。／你視力不佳，來前面坐。

☞ **哪裡不一樣呢？**

- **あなた**：稱呼你（平輩以上）或自己丈夫。
- **君**：稱呼你（平輩以下）或主公。

75　おとな vs. こども

おとな【大人】

名 大人，成人

説明 已經成長了的成年人。又指具有充分的判斷能力，社會經驗，身心都成熟的人。

例句 子どもから 大人まで、たくさんの 人が 来ました。
／不分男女老幼，來了非常多人。

比較

こども【子ども】

名 子女；小孩

説明 自己的兒女。也指年紀小，還不被認為長大成人的人。

例句 子どもと 一緒に 歌を 歌う。／和小孩一起唱歌。

☞ 哪裡不一樣呢？

- **大人**：已長大成人。
- **子ども**：尚未長大成人。

76　がいこくじん vs. りゅうがくせい

がいこくじん【外国人】

名 外國人

説明 自己國家以外的人。

例句 マイケルさんは 外国人ですが、日本語が 上手です。
／邁克先生雖是外國人卻精通日語。

比較

りゅうがくせい【留学生】

名 留學生

説明 在國外念書為「留学」，在國外念書的學生為「留学生」。

例句 アメリカからも、留学生が 来て います。
／也有從美國來的留學生。

☞ 哪裡不一樣呢？

- **外国人**：自己國家以外的人。
- **留学生**：去外國學習的學生。

77 どなた vs. ともだち

どなた

⒞ 哪位，誰

說明 詢問「您是誰」的詞。不定稱的人稱代名詞。「だれ」的敬稱。

例句 かばんの 忘れ物です。どなたのですか。／有人忘了提包。是誰的呢？

● 比較

ともだち【友達】

⒝ 朋友，友人

說明 站在對等立場，親密相處的人。類似的說法有「友人」、「仲間」。

例句 明日、友達が 来ます。／明天朋友要來。

☞ 哪裡不一樣呢？

• **どなた**：詢問人的詞。
• **友達**：關係較親密的人。

78 だれ vs. なかま

だれ【誰】

⒞ 誰，哪位

說明 詢問人的詞。指不知姓名或不清楚的人。

例句 この 写真で 君の 後ろに 立って いる 人は 誰ですか。
／在這張照片中，站在你背後的人是誰呢？

● 比較

なかま【仲間】

⒝ 朋友，伙伴，同夥，同伴

說明 在工作、學習或休閒娛樂上，齊心合力在一起做什麼的人。

例句 今夜、仕事の 仲間と 晩ご飯を 食べます。
／今晚要和工作上的朋友吃晚餐。

☞ **哪裡不一樣呢？**

- **誰**〔だれ〕：詢問人的詞。
- **仲間**〔なかま〕：志同道合的人。

---

79 かた vs. ひと

かた【方】

⊛ 位，人

說明 指「人」。對該人充滿尊敬心情時的敬稱。

例句 この　方〔かた〕は、田中先生〔たなかせんせい〕です。
／這一位是田中老師。

● 比較

ひと【人】

⊛ 人，人類

說明 最高等的動物。智能高，使用語言，經營社會生活。

例句 あそこにも　人〔ひと〕が　います。／那邊也有人。

☞ **哪裡不一樣呢？**

- **方**〔かた〕：對人尊敬的稱呼。
- **人**〔ひと〕：指人類。

---

80 さん vs. さま

さん

㊞接尾 …先生，…小姐

說明 接在人名、職稱等之後，表示輕微的敬意或親近的意思。更尊敬的說法是「さま」。

例句 今日中〔きょうじゅう〕に　花田〔はなだ〕さんに　電話〔でんわ〕を　して　ください
／請在今天之內打電話給花田先生。

● 比較

さま

接尾 …先生，…女士

說明 接在人名等名詞後面表示敬意。說法比「さん」更尊敬。

例句 中山<ruby>中山<rt>なかやま</rt></ruby>さまの　部屋<ruby>部屋<rt>へや</rt></ruby>は、2階<ruby>階<rt>かい</rt></ruby>の　201号室<ruby>号室<rt>ごうしつ</rt></ruby>です。
／中山小姐的房間是二樓的 201 號房。

☞ 哪裡不一樣呢？

- さん：尊稱人名、職業等。
- さま：對人名表示敬意。

---

81 がた vs. たち

がた【方】

接尾 …們，各位

說明 表示人的複數。前接人稱代名詞，表示對複數人的敬稱。

例句 先生方<ruby>先生方<rt>せんせいがた</rt></ruby>の　話<ruby>話<rt>はなし</rt></ruby>は　なかなか　終<ruby>終<rt>お</rt></ruby>わりません。
／老師們的致詞十分冗長。

● 比較

たち【達】

接尾 …們，…等

說明 表示人的複數。接在「私<ruby>私<rt>わたし</rt></ruby>」、「あなた」等詞的後面，表示兩個人以上。

例句 子どもたちに　明<ruby>明<rt>あか</rt></ruby>るい　学校<ruby>学校<rt>がっこう</rt></ruby>を　作<ruby>作<rt>つく</rt></ruby>りましょう。
／為孩子們打造一座充滿陽光的校園吧！

☞ 哪裡不一樣呢？

- 方<ruby>方<rt>がた</rt></ruby>：對複數人的尊敬稱呼。
- たち：對複數人的一般稱呼。

4 実力テスト

做對了，往 走，做錯了往 走。

次の文の（　）には、どんな言葉が入りますか。1・2から最も適当なものを一つ選んでください。

實力測驗

Q 哪一個是正確的？
>> 答案在題目後面

1 妻が　私を「（　　）」と呼びます。
1. あなた
2. 君

譯 妻子稱呼我「（親愛的）」。
1. あなた：親愛的
2. 君：你

2 私は（　　）の　とき　牛乳が　好きでは　ありませんでした。
1. 大人
2. 子ども

譯 我從（小時候）就不喜歡喝牛奶。
1. 大人：成人
2. 子ども：小孩

3 外国の　学校に　行って　勉強する　学生は　（　　）と　いいます。
1. 外国人
2. 留学生

譯 去國外念書的學生稱為（留学生）。
1. 外国人：外國人
2. 留学生：留學生

4 彼と　会って　すぐ（　　）に　なりました。
1. どなた
2. 友だち

譯 我和他一見面就立刻結為（朋友）了。
1. どなた：哪位
2. 友だち：朋友

5 彼は　私の　ゴルフ（　　）です。
1. 誰
2. 仲間

譯 他是我的高爾夫（伙伴）。
1. 誰：誰
2. 仲間：伙伴

6 都会は どこも （　　）で
いっぱいです。
1. 方
2. 人

頑張ってね！！

譯 都市裡到處都是（人）。
1. 方：位（「人」的敬稱）
2. 人：人

7 肉屋（　　）へ 電話して
牛肉を 頼みましょう。
1. さん
2. さま

8 子ども（　　）が 賑やかに
話して います。
1. 方
2. たち

譯 打電話向（肉舖）訂了牛肉。
1. さん：…老闆，…店
2. さま：…先生，…小姐

譯 孩子（們）正在七嘴八舌地講話。
1. 方：…們
2. たち：…們

MEMO
_____
_____
_____
_____
_____
_____
_____

❶ 答案是稱呼自己丈夫的「あなた」（親愛的）；而「君_{きみ}」（你）稱呼同輩以下的人。不正確。

答案：1

❷ 從表示時候的「とき」跟句尾表示過去的「でした」，知道不喜歡喝牛奶是以前的「子_こども」（小孩）時期。

答案：2

❸ 答案是「留学生_{りゅうがくせい}」（留學生），去外國學習的學生；而「外国人_{がいこくじん}」（外國人）指自己國家以外的人。不正確。

答案：2

❹ 從一見面，再加上「になりました」（成為），知道答案是「友達_{ともだち}」（朋友）了；而「どなた」（哪位）是詢問人的詞。不正確。

答案：2

❺ 答案是「仲間_{なかま}」（伙伴）。這裡表示打高爾夫這一休閒娛樂上，志同道合的朋友；「誰_{だれ}」（誰）是詢問人的詞。不正確。

答案：2

❻ 表示人很多用「人_{ひと}でいっぱい」，所以答案是「人_{ひと}」（人）；而「方_{かた}」（位）是對人尊敬的稱呼。不正確。

答案：2

❼ 答案是接在職稱後表敬意的「さん」；而「さま」是對人名表示敬意。不正確。

答案：1

❽ 主詞是「子_こども」（孩子），所以答案是對複數人一般稱呼的「たち」（們）；而「方_{がた}」（們）是對複數人的尊敬稱呼。不正確。

答案：2

清新的大自然

82 うみ vs. そら

うみ【海】

名 海，海洋

說明 在地球的表面，被鹽水覆蓋著廣闊的部分。

例句 海に 遊びに 行きませんか？／要不要去海邊玩呢？

● 比較

そら【空】

名 天空；天氣

說明 頭上又高又寬廣的地方；有時也指天氣。

例句 空は まだ 明るいです。／天色還很亮。

☞ 哪裡不一樣呢？

- 海：存在於地表。
- 空：存在於地球周圍的廣大空間。

83 やま vs. しま

やま【山】

名 山；成堆如山

說明 比周圍地面顯著隆起的地方；又指堆得很高的東西。

例句 今朝は 向こうの 山が 白く なって いる。
／今天早上遠方那座山化為一片雪白。

しま【島】

名 島嶼

說明 海洋中的小塊陸地，周圍被海或湖等水域完全包圍的小塊陸地。

例句 向こうの　島が　遠くに　見えますが、船で　３０分ほどで
着きます。
／對面那座島看起來很遠，其實搭船只要三十分鐘就能抵達。

☞ 哪裡不一樣呢？

- 山：周圍地面顯著隆起的地方。
- 島：周圍環水的小塊陸地。

84 かわ vs. はし

かわ【川・河】

名 河川，河流

說明 從山裡流出，沿著地面的低窪處又繼續流，直到注入海裡的水流。

例句 子どもたちは　川で　楽しく　泳ぎました。
／孩子們那時在河裡游得很開心。

はし【橋】

名 橋，橋樑；媒介

說明 為連接兩地，架設在河川、山谷、公路、鐵路上的建築物；又指居於
兩者之間，起媒介作用的某物。

例句 長い　橋を　渡って、静かな　村に　入ります。
／經過一道長橋，進入一座閑靜的村莊。

☞ 哪裡不一樣呢？

- 川・河：單指河川。
- 橋：架在河面上接通兩岸的建築物。

85 いわ vs. いし

いわ【岩】

名 岩石

說明 構成地殼的礦物的集合體。無法靠人力移動的巨大石塊。

例句 岩の 上に 鳥が います。
／岩石上歇著小鳥。

●比較

いし【石】

名 石頭，岩石

說明 自然形成，存在於土中或地面上，比岩石小而且比沙子大的礦物質凝結物；也指寶石、鑽石。

例句 ヨーロッパでは 石の 橋が 多いです。
／歐洲那裡有許多石橋。

☞ 哪裡不一樣呢？

- 岩：體積較大。
- 石：體積較小。也指寶石。

86 き vs. は

き【木】

名 樹，樹木；木材

說明 生長在地面上，擁有終年不枯萎、木質堅硬的支幹的植物。也指木材。

例句 木の 上に 鳥が います。
／樹上有小鳥。

は【葉】

名 葉，樹葉

説明 植物重要的器官之一。生於枝幹上，專營呼吸、蒸發等作用。

例句 庭の 木が たくさん 葉を つけました。
／庭院的樹木長滿了葉子。

☞ 哪裡不一樣呢？

- 木：指樹木。
- 葉：植物進行光合作用的主要場所。

---

87 たまご vs. とり

たまご【卵】

名 動物的卵；雞蛋

説明 卵生動物的蛋；又專門指母雞生的蛋。

例句 卵と 牛乳で プリンを 作ります。
／用雞蛋和牛奶做布丁。

比較

とり【鳥】

名 鳥，鳥類的總稱；雞肉

説明 全身都有毛，大部分都可以在空中飛，卵生動物。鳥類的總稱。禽類的肉，特別是指雞肉。

例句 公園に いろいろな 鳥が 遊びに 来ます。
／許多鳥兒飛來公園嬉戲玩耍。

☞ 哪裡不一樣呢？

- 卵：卵生動物的蛋。
- 鳥：鳥的總稱。

88 いぬ vs. ねこ

いぬ【犬】

名 狗

說明 自古以來，由人類飼養的用於看家、狩獵等的家畜，也當作寵物。也指被人差遣去做害人的事的走狗。叫聲為「汪」。

例句 ここに 犬が 2匹 います。／這裡有兩隻狗。

●比較

ねこ【猫】

名 貓

說明 自古以來，由人類飼養、喜愛的動物。行動敏捷，會捉老鼠。叫聲為「喵」。

例句 猫が、なぜ 鳴いて いるのでしょう。
／為什麼貓一直叫個不停呢？

☞ 哪裡不一樣呢？

- 犬：日文叫聲為「ワン」。
- 猫：日文叫聲為「ニャ」。

89 はな vs. かびん

はな【花】

名 花

說明 在植物的枝或莖的最頂端，定期開放的部位。通常由雄蕊、雌蕊、花冠、花萼構成。

例句 ここに きれいな 花が あります。
／這裡有美麗的花卉。

かびん【花瓶】

⑧ 花瓶

説明 瓶或罎形狀的插花容器。

例句 きれいな 花瓶ですね。どこで 買いましたか？

／這只花瓶真漂亮，在那裡買的呢？

☞ 哪裡不一樣呢？

- 花：單指花。
- 花瓶：指裝花的容器。

90　どうぶつ vs. もの

どうぶつ【動物】

⑧（生物兩大類之一的）動物

説明 把生物分成動植物兩大類中的一類。一般吃別的生物攝取營養，自己
能活動，有感覺器官和神經。

例句 動物園には、ゾウや ライオンや トラが います。

／動物園裡有大象、獅子和老虎。

● 比較

もの【物】

⑧（有形）物品，東西；（無形的）事物

説明 看得見摸得著，人的感覺能夠感知的有形物體；沒有形體，人所思考
的東西。

例句 二人が 一番 ほしい ものは なんですか。

／你們兩個最想要的是什麼呢？

☞ 哪裡不一樣呢？

- 動物：有生命。
- もの：無生命。

5 実力テスト

做對了，往 走，做錯了往 走。

次の文の（　　）には、どんな言葉が入りますか。1・2から最も適当なものを一つ
選んでください。

實力測驗

Q 哪一個是正確的？
>> 答案在題目後面

---

1 東の（　　）が 明るく
なりました。
1. 海
2. 空

訳 東邊的（天空）開始發亮了。
1. 海：海洋
2. 空：天空

---

2 日本で 一番 有名な（　　）は
富士山です。
1. 山
2. 島

訳 日本最知名的（山岳）是富士山。
1. 山：山岳
2. 島：島嶼

---

3 （　　）の 中に 魚が 泳いで
います。
1. 川
2. 橋

訳 魚在（河）裡游著。
1. 川：河川
2. 橋：橋樑

---

4 「（　　）の 上にも 三年」は、
有名 なことわざです。
1. 岩
2. 石

訳 「冰（石）坐上三年也會暖」是一句知
名的諺語。
1. 岩：岩石
2. 石：石頭

---

5 （　　）の 下で 音楽を
ききました。
1. 木
2. 葉

訳 在（樹）下聽了音樂。
1. 木：樹木
2. 葉：樹葉

頑張ってね！！

做對了，往 😃 走，做錯了往 ✗ 走。

がんばってください！！

6 魚は （　）から 生まれる。
1. 卵
2. 鳥

譯 魚從（卵）裡出生。
1. 卵：蛋，卵
2. 鳥：鳥，雞

7 （　）が ワンワン 鳴いて いる。
1. 犬
2. 猫

譯 （狗）汪汪叫個不停。
1. 犬：狗
2. 猫：貓

8 （　）に 花が 何本
ありますか。
1. 花瓶
2. 花

譯 （花瓶）裡插著幾朵花呢？
1. 花瓶：花瓶
2. 花：花

9 「全部 捨てましたか。」「いいえ、古く
なった （　）だけ 捨てました。」
1. 動物
2. もの

譯 「全都丟光了嗎？」
「不，只丟了老舊的（東西）。」
1. 動物：動物
2. もの：物品

MEMO
_____
_____
_____

98

❶ 從表示陽光照充射分的「明るく」（發亮）來看，答案是「空」（天空）了；而「海」（海洋）的形容詞不用「明るい」。

答案：2

❷ 從後面的富士山知道答案是「山」（山岳）了。

答案：1

❸ 魚兒是在哪裡游著呢？答案當然是「川」（河川）了；而「橋」（橋樑）是架在河面上接通兩岸的建築物。不正確。

答案：1

❹「冰石坐上三年也會暖」是知名的諺語，答案是「石」。

答案：2

❺ 從表示動作進行的場所「で」，知道要問的是聽音樂的場所，答案是「木」（樹木）了；而「葉」（樹葉）是植物進行光合作用的主要場所。不正確。

答案：1

❻ 問魚是從哪裡出生，答案是卵生動物的蛋「卵」（蛋，卵）；而「鳥」（鳥，雞）是鳥的總稱。不正確。

答案：1

❼ 答案是叫聲「ワン」（汪）的「犬」（狗）；而「猫」（貓）的叫聲為「ニャ」（喵）。不正確。

答案：1

❽ 看到表示場所「に」（…裡），還有「插著幾朵花呢」，知道答案是裝花的容器「花瓶」（花瓶）；而「花」（花）單指花。不正確。

答案：1

❾ 會「古くなった」（變老舊的）只有無生命的「もの」（物品）；而「動物」（動物）是有生命的。不正確。

答案：2

6 季節氣象

91 はる vs. ふゆ

はる【春】

名 春天，春季

說明 冬季與夏季之間的氣候宜人的季節。

例句 春には あちらこちらで 綺麗な 花が 咲く。

／在春天，處處綻放美麗的花。

●比較

ふゆ【冬】

名 冬天，冬季

說明 四季之一。秋季之後來臨的寒冷季節。

例句 今年の 冬は 一回 スキーに 行きました。

／今年冬天去滑過一次雪。

☞ 哪裡不一樣呢？

- 春：溫暖的季節。
- 冬：寒冷的季節。

92 なつ vs. なつやすみ

なつ【夏】

名 夏天，夏季

說明 四季之一。春秋之間的季節。通常指六、七、八三個月。

例句 この 森は、夏でも 涼しい。／這座森林在夏天也非常涼爽。

● 比較

なつやすみ【夏休み】

㊂ 暑假

説明 指夏季炎熱時期，學校等在一定期間停止上課。也指那一期間。

例句「どんな 夏休みでしたか。」「楽しい 夏休みでした。」
／「暑假過得如何？」「這個暑假過得很愉快。」

☞ 哪裡不一樣呢？

- 夏：指夏季。
- 夏休み：指夏季放假期間。

---

93 あき vs. きせつ

あき【秋】

㊂ 秋天，秋季

説明 四季之一。夏季下一個季節，日本約在九月、十月、十一月左右。

例句 食べ物が おいしい 秋が 来ました。
／又到了美食季節的秋天。

● 比較

きせつ【季節】

㊂ 季節

説明 一年中用氣候來區別各個時期。

例句 秋は 四つの 季節の 一つです。
／秋天是四季之一。

☞ 哪裡不一樣呢？

- 秋：指秋季。
- 季節：包含了四季。

かぜ vs. かぜ

かぜ【風】

㊂ 風

說明 由於溫度或氣壓的關係而產生的大氣流。

例句 風は どちらに 吹いて いますか？
／風吹向哪一邊呢？

比較

かぜ【風邪】

㊂ 感冒，傷風

說明 呼吸系統被病毒侵入，引起的疾病。伴隨頭痛、發燒、打噴嚏等症狀。

例句 風邪を ひいて、学校を 休みました。
／染上感冒，向學校請假了。

☞ 哪裡不一樣呢？

- 風：指氣流。
- 風邪：指疾病。

あめ vs. ゆき

あめ【雨】

㊂ 雨，下雨，雨天

說明 從雲層落下的水滴；下雨的天氣；像雨一樣落下的東西。

例句 明日は 雨が 降って、風も 強く なります。
／明天不僅會下雨，也會颳起強風。

● 比較

ゆき【雪】

名 雪

說明 冬天從空中降落的白色冰冷結晶。大氣層中的水蒸氣，突然變冷形成冰晶顆粒，集中降落。

例句 山の 上は 雪が 降って、ちょっと 寒かったです。

／山上下了雪，變得有點冷。

☞ 哪裡不一樣呢？

- 雨：指雨。
- 雪：指雪。

96 てんき vs. はれる

てんき【天気】

名 天氣；晴天，好天氣

說明 晴雨、氣溫和風向等的氣象狀態；也有天氣晴朗的意思。

例句 今日は、天気が いいです。

／今天天氣很好。

● 比較

はれる【晴れる】

自下一 （天氣）晴，放晴

說明 雨雪已停，或雲霧消失，露出晴朗的天空。

例句 月が 出て います。明日は 晴れるでしょう。

／月亮出來了，明天應該會放晴吧。

☞ 哪裡不一樣呢？

- 天気：指氣象狀態；也指天氣晴朗。
- 晴れる：指氣象狀態晴朗。

97　あつい vs. あたたかい

あつい【暑い】

形 熱的，酷熱的

說明 氣溫高到使人不舒服，並冒汗的程度。相反詞是「寒い」。用在指氣溫時，一般寫作「暑い」而不是「熱い」喔！

例句 日本の　夏は　台湾と　同じぐらい　暑いです。
／日本的夏天和台灣一樣熱。

● 比較

あたたかい【暖かい】

形 溫暖的；溫和的

說明 氣溫不冷不熱，感覺舒適；又指東西的溫度不涼，溫和。

例句 昨日は　いい　天気だったから、暖かかったでしょう。
／昨天天氣很好，一定很溫暖吧？

☞ 哪裡不一樣呢？

- 暑い：炎熱，不舒服。
- 暖かい：溫暖，舒服。

98　さむい vs. すずしい

さむい【寒い】

形（天氣）寒冷

說明 表示氣溫非常低；又指氣溫低於限度，而使全身感到又冷又不舒服的樣子。

例句 中は　暖かいが、外は　寒い。／裡面很溫暖，但是外面很冷。

● 比較

すずしい【涼しい】

㊙ 涼爽，涼爽

説明 不會悶熱，氣溫適度的低並有涼爽的快感。有時是氣溫雖不低，但因風的影響，也使人感到涼快的狀態。

例句 北海道の 夏は 涼しいです。

／北海道的夏天很涼爽。

☞ 哪裡不一樣呢？

- 寒い：指寒冷。
- 涼しい：指涼爽。

99 くもる vs. くも

くもる【曇る】

㊙ 變陰

説明 天空被雲彩遮蔽，天氣不明朗，快要變天的狀態。

例句 空が 曇って、雨が 降って 来ました。

／天空陰陰的，下起雨來了。

● 比較

くも【雲】

㊛ 雲，雲彩

説明 像棉花一般漂浮在空中，位置和形狀容易變化的東西。空氣中的水蒸氣遇冷就會產生凝聚在一起的水滴或冰晶，這就是雲了。

例句 厚い 雲で 月と 星が 見えない。

／厚重的雲層擋住了月亮和星星。

☞ 哪裡不一樣呢？

- 曇る：指雲的狀態。
- 雲：單指雲。

6 実力テスト

做對了，往 😃 走，做錯了往 ✖ 走。

次の文の（　　）には、どんな言葉が入りますか。1・2から最も適当なものを一つ選んでください。

實力測驗

Q 哪一個是正確的？
>> 答案在題目後面

1
（　　）が 来た。スキーに 行こう。
1. 春（はる）
2. 冬（ふゆ）

譯 （冬天）來了！我們去滑雪吧！
1. 春：春天
2. 冬：冬天

2 暑（あつ）い（　　）から だんだん 涼（すず）しい 秋（あき）に なります。
1. 夏（なつ）
2. 夏休（なつやす）み

譯 從炎熱的（夏天）逐漸轉為涼爽的秋天。
1. 夏：夏天
2. 夏休み：暑假

3 春（はる）は 四（よっ）つの （　　）の 一（ひと）つです。
1. 秋（あき）
2. 季節（きせつ）

譯 春天是四個（季節）其中之一。
1. 秋：秋天
2. 季節：季節

4 夕（ゆう）べは （　　）が 強（つよ）く 吹（ふ）いて いました。
1. 風（かぜ）
2. 風邪（かぜ）

譯 昨天晚上颳起了（大風）。
1. 風：風
2. 風邪：感冒

5 （　　）が 静（しず）かに 降（ふ）って、街（まち）が 白（しろ）く なった。
1. 雨（あめ）
2. 雪（ゆき）

譯 （雪）靜靜地飄下，街道成了一片白。
1. 雨：雨
2. 雪：雪

106

6 いい　（　）ですから、庭^{にわ}で
食^たべましょう。
1. 天気^{てん き}
2. 晴^はれ

 頑張ってね！！

譯 （天氣）這麼好，我們在院子裡吃吧。
1. 天気：天氣
2. 晴れ：放晴

7 布団^{ふ とん}が　（　）て　気持^{き も}ち　いい。
1. 暑^{あつ}く
2. 暖^{あたた}かく

8 雪^{ゆき}が　降^ふって　（　）から、あつい
コーヒーを　飲^のみました。
1. 寒^{さむ}かった
2. 涼^{すず}しかった

譯 棉被（暖呼呼的），睡起來很舒服。
1. 暑く：酷熱的
2. 暖かく：溫暖的

9 昼間^{ひる ま}は　（　）いて　寒^{さむ}かった
です。
1. 曇^{くも}って
2. 雲^{くも}

譯 下雪後（變得很冷），所以喝了熱咖啡。
1. 寒かった：冷的
2. 涼しかった：涼爽的

譯 白天（陰陰的），好冷。
1. 曇って：變陰
2. 雲：雲

MEMO
_____
_____
_____

解說及答案

❶ 看到「スキーに行こう」（我們去滑雪吧），知道答案是「冬」（冬天）。

　　　　　　　　　　　　　　答案：2

❷ 看到「〜から〜になります」（從…轉為）知道答案要的是季節的「夏」（夏天）；而「夏休み」（暑假）指夏季放假期間。不正確。

　　　　　　　　　　　　　　答案：1

❸ 從「四つの」（四個）跟「の一つ」（之一）知道答案是，一年中用氣候來區別各個時期的「季節」（季節）。

　　　　　　　　　　　　　　答案：2

❹ 從表示空氣流動的「吹いて」（颳起），知道答案是指氣流「風」（風）；而「風邪」（感冒）指疾病。不正確。

　　　　　　　　　　　　　　答案：1

❺ 從「街が白くなった」（街道成了一片白），知道降下的是「雪」（雪）。

　　　　　　　　　　　　　　答案：2

❻ 好天氣用「いい天気」。而「晴れ」本身就是「いい天気」的意思了，所以不用「いい晴れ」這樣的表現方式。

　　　　　　　　　　　　　　答案：1

❼ 從「気持ちいい」（很舒服），知道答案是溫暖而舒服的「暖かい」（溫暖的）；而「暑い」（酷熱的）是炎熱，不舒服。不正確。

　　　　　　　　　　　　　　答案：2

❽ 從「雪が降って」（下雪後），知道接下來答案是表示氣溫非常低，身體感到又冷又不舒服的「寒い」（冷的）；而「涼しい」（涼爽的）指氣溫適度的低、並有涼爽的快感。不正確。

　　　　　　　　　　　　　　答案：1

❾ 看到「寒かったです」（好冷），知道答案是表示天氣狀態的「曇る」（變陰）；而「雲」（雲）單指雲。不正確。

　　　　　　　　　　　　　　答案：1

身邊的物品

100 かばん vs. さいふ

かばん【鞄】

⒜ 皮包，提包，書包

説明 用來裝物品或書籍等，用手提著，方便攜帶的東西。用皮革、布、塑膠等製成。

例句 教科書は　かばんに　入れましたか。／把課本放進提包裡面了嗎？

● 比較

さいふ【財布】

⒜ 錢包

説明 用布或皮革製成的，用來放錢財，方便攜帶在身上的東西。

例句 財布を　持って　くるのを　忘れました。／忘記帶錢包來了。

☞ 哪裡不一樣呢？

- **かばん**：用來裝物品等。
- **財布**：多用來裝錢。

101 ぼうし vs. めがね

ぼうし【帽子】

⒜ 帽子

説明 為了禦寒暑或裝飾，戴在頭上的物品。

例句 日が　強いから、帽子を　かぶって　出かけましょう。
／豔陽高照，戴上帽子出門吧。

めがね【眼鏡】

㊂ 眼鏡

說明 裝有鏡片，矯正視力並保護眼睛的器具。

例句 めがねが 汚れて、お風呂の 洗剤で 洗います。

／眼鏡很髒，所以用刷浴室的清潔劑搓洗。

☞ **哪裡不一樣呢？**

- 帽子：戴在頭上。
- めがね：戴在臉上。

---

102 ネクタイ vs. ハンカチ

ネクタイ【necktie】

㊂ 領帶

說明 穿西服時，繫在脖子上做裝飾用的細長帶。

例句 楽しい 日は 明るい ネクタイを します。

／在歡樂的日子繫上亮色系的領帶。

● 比較

ハンカチ【handkerchief】

㊂ 手帕

說明 擦去汗水或污垢的四角形的布。

例句 どこへ 行っても ハンカチを 持って います。

／不管去哪裡都會帶著手帕。

☞ **哪裡不一樣呢？**

- ネクタイ：裝飾品。
- ハンカチ：清潔衛生用品。

103 たばこ vs. はいざら

たばこ【煙草】

㊂ 香菸

説明 在旱田種植的一年生草本植物。夏天開淡紅色花。橢圓形的大葉子含有尼古丁。

例句 彼女が きらいな 人は、たばこを 吸う 人です。
／她討厭的是抽菸的人。

● 比較

はいざら【灰皿】

㊂ 菸灰缸

説明 裝菸灰或菸蒂的東西。

例句 お父さんは 灰皿を 持って、たばこを 吸って います。
／爸爸端著菸灰缸正在抽菸。

☞ 哪裡不一樣呢？

- たばこ：指香菸。
- 灰皿：裝菸灰的容器。

104 マッチ vs. ライター

マッチ【match】

㊂ 火柴；火材盒

説明 大約5公分的細長木頭，一端抹上可以點燃的藥，一擦就能發火的用品；也指裝這種用品的盒子。

例句 マッチで 火を つけて タバコを 吸う。
／以火柴點菸抽。

ライター【lighter】

㊂ 打火機

說明 內裝瓦斯、酒精或汽油，用來點火的器具。

例句 「すみません。ライターを　お持ちですか。」「はい、どうぞ。」
／「不好意思，請問您有打火機嗎？」「有，請用。」

☞ 哪裡不一樣呢？

- マッチ：一端有易燃混合物的木製點火用品。
- ライター：有燃料的點火用品。

105　スリッパ vs. スカート

スリッパ【slipper】

㊂ 室內拖鞋

說明 家中穿的西式室內鞋。

例句 家の　中では、スリッパを　はきます。
／在家裡時穿拖鞋。

比較

スカート【skirt】

㊂ 裙子

說明 裹住自腰以下部分的女性服裝。

例句 スカートを　短く　しました。
／把裙子改短了。

☞ 哪裡不一樣呢？

- スリッパ：室內鞋。
- スカート：女性下半身服裝。

106 くつ vs. くつした

くつ【靴】

名 鞋子

説明 用皮革、塑膠、布、木頭等製成的，把腳伸進去穿著走路的穿著物。

例句 足に あった 靴を 履いた ほうが いいよ。
／還是穿合腳的鞋子比較好喔。

● 比較

くつした【靴下】

名 襪子

説明 穿鞋時或冷時，直接穿在腳上的東西。有禦寒和保護的作用。

例句 靴下や ハンカチなどを 洗濯しました。
／洗了襪子和手帕之類的衣物。

☞ 哪裡不一樣呢？

• 靴：走路時穿的東西。
• 靴下：穿於腳上的筒狀紡織品。

107 にもつ vs. はこ

にもつ【荷物】

名 行李，貨物

説明 為了便於攜帶、搬運或郵寄某處，而整理在一起的物品。

例句 あしたの 午後 6時すぎに 荷物を 届けて ほしい。
／希望物品能在明天下午六點過後送達。

はこ【箱】

⒜ 盒子，箱子，匣子

說明 用紙、木頭或金屬等，製成的四方形裝東西的器具。

例句 きれいな 紙で 箱を 作ります。／用漂亮的紙做成盒子。

☞ 哪裡不一樣呢？

- **荷物**：為了運送而整理的物品。
- **箱**：用來裝物品。

実力テスト

做對了，往 😊 走，做錯了往 ❌ 走。

次の文の（　　）には、どんな言葉が入りますか。１・２から最も適当なものを一つ選んでください。

實力測驗

Q 哪一個是正確的？
>> 答案在題目後面

1 （　　）から 本や めがねを
出しました。
1. かばん
2. 財布

❌

譯 從（提包）裡拿出了書和眼鏡。
1. かばん：提包
2. 財布：錢包

😊

---

2 字が 小さいから、（　　）を
かけて 読みます。
1. 帽子
2. めがね

❌

譯 由於字體很小，所以戴上（眼鏡）閱讀。
1. 帽子：帽子
2. めがね：眼鏡

😊

3 背広を 着て （　　）を しめて
会社へ 行きます。
1. ネクタイ
2. ハンカチ

❌

譯 穿好西裝，打上（領帶），往公司出發。
1. ネクタイ：領帶
2. ハンカチ：手帕

😊

---

4 父は 今日（　　）を 10本
吸いました。
1. たばこ
2. 灰皿

❌

譯 爸爸今天抽了十支（菸）。
1. たばこ：香菸
2. 灰皿：菸灰缸

😊

5 （　　）を 擦って、火を
つけた。
1. マッチ
2. ライター

❌

譯 擦（火柴）將火點燃。
1. マッチ：火柴
2. ライター：打火機

頑張ってね！！

做對了，往 😃 走，做錯了往 ✖ 走。

がんばってください！！

6 今日は　デパートで　（　）、
セーターなどの　洋服を　買い
ました。
1. スカート　　**2.** スリッパ

譯 今天在百貨公司買了（裙子）和毛衣等
衣服。
1. スカート：裙子
2. スリッパ：室內拖鞋

7 この　（　）は　薄いですが、
丈夫です。
1. 靴
2. 靴下

譯 這雙（襪子）雖然輕薄，但很耐穿。
1. 靴：鞋子
2. 靴下：襪子

8 トマト　一（　）2000 円です。
1. 荷物
2. 箱

譯 蕃茄每（箱）兩千圓。
1. 荷物：行李
2. 箱：箱子

バンザーイ！！

MEMO

解說及答案

❶ 正確答案的「かばん」（提包）可以用來裝書和眼鏡等各種物品；而「財布」（錢包）大多用來裝錢。不正確。

答案：1

❷ 從「かけて読みます」（戴上閱讀），知道戴的是「めがね」（眼鏡）；「帽子」（帽子）是戴在頭上，遮陽保暖用的。動詞用「かぶる」（戴上）。不正確。

答案：2

❸ 從動詞「しめて」（打上）知道答案是「ネクタイ」（領帶）；「ハンカチ」（手帕）是清潔衛生用品。不正確。

答案：1

❹ 從「10本吸いました」（抽了十支）知道答案是「たばこ」（香菸）；「灰皿」（菸灰缸）是裝菸灰的容器。不正確。

答案：1

❺ 「マッチ」（火柴）的動詞是「擦る」（擦）；而「ライター」（打火機）的動詞用「つける」（點燃）。不正確。

答案：1

❻ 屬於「洋服」（衣服）的是答案「スカート」（裙子）；而「スリッパ」（室內拖鞋）。不正確。

答案：1

❼ 符合「薄い」（輕薄）跟「丈夫」（耐穿）這兩條件的是答案的「靴下」（襪子）。

答案：2

❽ 計算「トマト」（蕃茄）的量詞是答案的「箱」（箱子）；而「荷物」（行李）是為了運送而整理的物品。不正確。

答案：2

衣服

108 セーター vs. せびろ

セーター 【sweater】

名 毛衣

説明 用毛線織的上衣。

例句 太郎ちゃんは、黒い セーターと 白い ズボンを はいて
います。／太郎小弟弟穿著黑毛衣和白褲子。

● 比較

せびろ 【背広】

名（男子穿的）西裝

説明 男人穿的西裝，用同樣衣料做的上衣和褲子。正規的帶背心。

例句 背広を 着て、仕事に 行きます。／穿上西裝去工作。

☞ 哪裡不一樣呢？

- セーター：衣料為毛線的上衣。
- 背広：男性的西裝，包括上衣和褲子。

109 コート vs. ワイシャツ

コート 【coat】

名 外套，大衣

説明 為了防寒或遮雨，在西服或和服外面穿的衣服。

例句 丈夫な コートを 買いました。／買了一件耐穿的外套。

比較

ワイシャツ【white shirt】

名 襯衫

説明 在西服上衣之下穿的長袖襯衫，多為男用。

例句 寒かったので　ワイシャツの　上に　セータを　着た。
／因為很冷，所以在襯衫外面加了毛衣。

☞ 哪裡不一樣呢？

• コート：指為了防寒或遮雨的衣服。

• ワイシャツ：多為男性用襯衫。

110　ふく vs. ポケット

ふく【服】

名 衣服，西服

説明 遮蓋身體的衣物。也專指非貼身衣物，穿在外面的服裝。

例句 綺麗な　服を　着て、パーティーに　出ます。
／穿上漂亮的衣服參加酒會。

比較

ポケット【pocket】

名 口袋，衣袋

説明 縫在洋服或褲子上，用來裝錢或小東西的地方。

例句 この　ポケットが　丸い　かばんは　どうですか。
／這一只有圓形口袋的提包您喜歡嗎？

☞ 哪裡不一樣呢？

• 服：外出穿的衣服。

• ポケット：縫在衣物上用來裝東西的袋形部分。

うわぎ vs. シャツ

うわぎ【上着】

③ 上衣；外衣

說明 西服中，穿在內衣外面的上衣；或穿在最外面的衣服。

例句 上着を 脱いで、入ります。

／脱去上衣後進來。

● 比較

シャツ【shirt】

③ 襯衫

說明 上半身穿的西式衣類。又指「ワイシャツ」、「Ｔシャツ」。

例句 ポケットが ついた 白い シャツが ほしいです。

／我想要一件附口袋的白襯衫。

☞ 哪裡不一樣呢？

- 上着：指上半身或最外面的衣物。
- シャツ：指上半身穿的西式衣物。

ようふく vs. ボタン

ようふく【洋服】

③ 西服，西裝

說明 西褲和裙子等從西洋傳來的服裝。相反詞是「和服」。

例句 私は この 洋服に 合う 帽子が ほしい。

／我想要能搭配這件西服的帽子。

● 比較

ボタン【(葡)botão ／ button】

名 釦子，鈕釦；按鍵

說明 釘在衣服的接合處，扣在另一側的小孔裡，接合兩個分離的部分的東西；又指機器等的按鈕。

例句 こう　やって、ボタンを　押して　ください。初めは　4、それから　1、6です。
／請依照這種方式按下按鈕。首先按4，接著是1和6。

☞ 哪裡不一樣呢？

• 洋服：西式的衣服。
• ボタン：用於扣住衣服。

113 ズボン vs. サンダル

ズボン【(法) jupon】

名 西裝褲，褲子

說明 西服中穿在下半身的，從跨下分成兩叉，一隻腳穿一邊的服裝。

例句 ズボンは　長い　ほうが　1万円で、短い　ほうが　5000円です。
／這些褲子，長的是一萬圓，短的是五千圓。

● 比較

サンダル【sandal】

名 涼鞋

說明 鞋子的一種。用帶子或皮帶繫在腳上或套在腳上穿的透氣休閒鞋。一般是在夏天穿的。

例句 女の　子の　サンダルは　どこで　売って　いますか。
／請問哪裡有賣女童的涼鞋？

☞ 哪裡不一樣呢？

• ズボン：下半身服裝。
• サンダル：室外鞋。

做對了，往 😊 走，做錯了往 ✖ 走。

次の文の（ ）には、どんな言葉が入りますか。1・2から最も適当なものを一つ選んでください。

實力測驗
Q 哪一個是正確的？
>> 答案在題目後面

1 （ ）の ズボンだけを 買いたいですが、できますか。
1. セーター
2. 背広（せびろ）

譯 只想買（西裝）的褲子，可以嗎？
1. セーター：毛衣
2. 背広：西裝

2 もう 春（はる）だ。（ ）は いらないね。
1. ワイシャツ
2. コート

譯 春天已經來臨，不必穿（大衣）了唷。
1. ワイシャツ：襯衫
2. コート：大衣

3 日本（にほん）の （ ）が きれいで よく 着（き）ます。
1. 服（ふく）
2. ポケット

譯 日本的（服裝）很漂亮，我經常穿。
1. 服：衣服
2. ポケット：口袋

4 外（そと）は 寒（さむ）いから、（ ）を 着（き）ていきなさい。
1. 上着（うわぎ）
2. シャツ

譯 外面冷，你要穿（外套）再出門。
1. 上着：外套
2. シャツ：襯衫

5 電気（でんき）を 消（け）す ときは、この（ ）を 押（お）して ください。
1. ようふく
2. ボタン

譯 關燈時請按這個（按鈕）。
1. ようふく：西服
2. ボタン：按鈕

6 あそこの 靴屋（くつや）さんは 安（やす）い（ ）を 売（う）って います。
1. ズボン
2. サンダル

譯 那裡的鞋店販賣便宜的（涼鞋）。
1. ズボン：褲子
2. サンダル：涼鞋

❶ 答案是「背広」（西裝），男性的西裝，包括用同樣衣料做的上衣和褲子；而「セーター」（毛衣）是衣料為毛線的上衣。不正確。

答案：2

❷ 春天已到，什麼不必穿了呢？答案是為了防寒的「コート」（大衣）；而「ワイシャツ」（襯衫）多指男性用襯衫。不正確。

答案：2

❸ 符合「着ます」（穿）這一條件的是答案的「服」（衣服）；而「ポケット」（口袋）是縫在衣物上用來裝東西的袋形部分。不正確。

答案：1

❹ 由於「外は寒いから」（外面冷），知道要穿的是答案的防寒用的「上着」（外衣）；而「シャツ」（襯衫）指上半身穿的西式襯衫。不正確。

答案：1

❺ 從「押して」（按下）這個動詞，就可以找出答案是「ボタン」（按鈕）了；而「洋服」（西服）是西式的衣服。不正確。

答案：2

❻ 從「靴屋さん」（鞋店）知道販賣的是「サンダル」（涼鞋），室外鞋；而「ズボン」（褲子）一般不在鞋店販售。不正確。

答案：2

食物（一）

114 ごはん vs. パン

ごはん【ご飯】
名 米飯；飯食，吃飯

說明 多指用大米、麥子等煮或蒸成的飯。「めし」的鄭重説法；也指進食。「食事」（しょくじ）是指每日的早、午、晚三餐。

例句 一日（いちにち）に　三回（さんかい）、ご飯（はん）を　食（た）べる。／每天吃三餐。

●比較

パン【（葡） pão】
名 麵包

說明 在小麥裡加上酵母和食鹽等，用水和好發酵後，烤製的食品。

例句 パンと　卵（たまご）を　食（た）べました。／吃了麵包和雞蛋。

☞ 哪裡不一樣呢？

- ご飯（はん）：指小麥等糧食。
- パン：指小麥等加工食品。

115 あさごはん vs. とりにく

あさごはん【朝ご飯】
名 早餐，早飯

說明 早餐，比「朝食」（ちょうしょく）更口語的説法。

例句 朝（あさ）ご飯（はん）を　食（た）べました。／吃過早飯了。

● 比較

とりにく【鶏肉・鳥肉】

名 雞肉，鳥肉

説明 漢字寫「鳥肉」，但意思不僅指「鳥肉」，也特別是指「雞肉」喔！

例句 主人（しゅじん）は、鳥肉（とりにく）が　好きです。

／我先生喜歡吃雞肉。

☞ 哪裡不一樣呢？

- 朝（あさ）ご飯（はん）：「早餐」的口語説法。
- 鳥肉（とりにく）：指雞肉。

116　ひるごはん vs. りょうり

ひるごはん【昼ご飯】

名 午餐

説明 午餐。比較有禮貌的説法。

例句 昼（ひる）ご飯（はん）は　食（た）べましたか？　まだですか？

／午餐吃了嗎？或是還沒吃？

● 比較

りょうり【料理】

名・自他サ 菜餚；做菜

説明 做好的飯菜；也指切原料或加熱等料理的動作。

例句 私（わたし）は　日本（にほん）へ　日本料理（にほんりょうり）の　勉強（べんきょう）に　来（き）ました。

／我來到日本是為了學習日本料理。

☞ 哪裡不一樣呢？

- 昼（ひる）ご飯（はん）：指午餐。
- 料理（りょうり）：指完成的飯菜。

117 ばんごはん vs. ちょうしょく

ばんごはん【晩ご飯】

(名) 晩餐

說明 晚上吃的飯。比「晩飯」說法還要有禮貌。

例句 家族みんなで　ワイワイ　食べる　晩ご飯が　おいしい。
／全家人熱熱鬧鬧一起吃的晚飯顯得格外美味。

●比較

ちょうしょく【朝食】

(名) 早餐

說明 早上吃的飯。説法比「朝ご飯」更正式。

例句 朝食の　前に、いつも　犬の　散歩を　します。
／一向在吃早餐前帶狗去散步。

☞ 哪裡不一樣呢？

- **晩ご飯**：指晚餐。
- **朝食**：「早餐」的正式説法。

118 にく vs. ゆうはん

にく【肉】

(名) 肉

說明 指人的食物之一。一般指牛、豬、雞等的肉；又指在人或獸類身上，包著骨頭的部分。

例句 今日は、肉が　食べたいです。
／今天想吃肉。

● 比較

ゆうはん【夕飯】

(名) 晚飯

說明 晚上吃的飯。

例句 夕飯を 作って、夫の 帰りを 待って います。

／做好晚飯等先生回來。

☞ **哪裡不一樣呢？**

- 肉：指肉類。
- 夕飯：指在晚上用餐。

---

119 たべもの vs. のみもの

たべもの【食べ物】

(名) 食物，吃的東西

說明 給人或動物食用的各式各樣的食物。

例句 私の 好きな 食べ物は、バナナです。

／我喜歡的食物是香蕉。

● 比較

のみもの【飲み物】

(名) 飲料，喝的東西

說明 像茶、咖啡、可樂、果汁、酒等供潤喉或品味的飲料。

例句 女の人が 飲み物を 頼んで います。

／那個女人正在點飲料。

☞ **哪裡不一樣呢？**

- 食べ物：固體。
- 飲み物：液體。

120 おかし vs. おべんとう

おかし【お菓子】

(名) 點心，糕點

說明 「菓子」的美化語。指吃點心或與茶一起拿給客人的食物。多製成甜的。

例句 あなたは、お菓子しか 食べないの？／你只吃餅乾糖果嗎？

• 比較

おべんとう【お弁当】

(名) 便當

說明 為了在別處食用而裝入容器便於攜帶的食物。也指餐廳或食堂供應的
餐盒。

例句 昼ご飯は いつも コンビニの お弁当です。
／我總是以便利商店的盒餐打發午飯。

☞ 哪裡不一樣呢？

- お菓子：當點心。
- お弁当：當正餐。

121 しょくどう vs. おてあらい

しょくどう【食堂】

(名) 食堂，飯館

說明 進餐的地方。又指共用各種餐飲的地方。

例句 大学の 食堂は 味が よくて、値段も 安い。
／大學附設餐廳的餐點不但好吃，價錢也很便宜。

比較

おてあらい【お手洗い】

(名) 廁所，洗手間

説明 「手洗い」原本是指洗手時用的水或容器。「お手洗い」是廁所的婉轉説法。

例句 お手洗いは、どちらに ありますか？
／請問洗手間在哪裡呢？

☞ **哪裡不一樣呢？**

- **食堂**：各式料理的餐廳。
- **お手洗い**：廁所的婉轉説法。

---

122 かいもの vs. かう

かいもの【買い物】

(名) 購物；要買的東西

説明 指買東西；也指購買的東西。

例句 デパートに 買い物に 行く。／去百貨公司購物。

比較

かう【買う】

(他五) 購買

説明 支付金錢，把物品或權利變成為自己的。相反詞是「売る」（賣）。

例句 服を 買う お金は ありますが、本を 買う お金は ない。
／有錢買衣服卻沒錢買書。

☞ **哪裡不一樣呢？**

- **買い物**：指買的動作。
- **買う**：指買的行為、過程。

123 パーティー vs. かい

パーティー 【party】

(名)（社交性的）晚會，宴會，舞會

說明 對某一值得高興的事進行慶賀，並一邊進食一邊聊天的社交性集會。

例句 パーティーは　にぎやかで、楽しいです。

／宴會既熱鬧又開心。

比較

かい【会】

(名) 會議，集會

說明 指一些人以共同的目的聚集於某處；也指為了特殊目的或同好而組成的小組。如「俳句の会」（俳句會）。

例句 面白いから、この　会に　入りたいです。

／因為覺得很有意思，所以想加入這個協會。

☞ 哪裡不一樣呢？

- パーティー：慶祝的聚會。
- 会：商討的聚會。

3 実力テスト

做對了，往 走，做錯了往 走。

次の文の（　）には、どんな言葉が入りますか。1・2から最も適当なものを一つ選んでください。

實力測驗

Q 哪一個是正確的？
>> 答案在題目後面

1 今朝（けさ）は 忙（いそが）しいですから、朝（あさ）（　）を 食（た）べる 時間（じかん）が ありませんでした。
1. ご飯（はん）　　2. パン

譯 我忙得連吃早（飯）的時間都沒有。
1. ご飯：飯食
2. パン：麵包

2 （　）は 柔（やわ）らかくて おいしい。
1. 鳥肉（とりにく）
2. 朝（あさ）ご飯（はん）

譯 （雞肉）十分軟嫩，很好吃。
1. 鳥肉：雞肉
2. 朝ご飯：早餐

3 姉（あね）は （　）が とても 上手（じょうず）です。
1. 昼（ひる）ご飯（はん）
2. 料理（りょうり）

譯 姐姐非常會（煮菜）。
1. 昼ご飯：午餐
2. 料理：煮菜

4 よる 7時（しちじ）ごろ、（　）を 食（た）べます。
1. 晩（ばん）ご飯（はん）
2. 朝食（ちょうしょく）

譯 晚上七點左右吃（晚飯）。
1. 晩ご飯：晚餐
2. 朝食：早餐

5 今日（きょう）の （　）は 何（なに）に しましょうか。
1. 肉（にく）
2. 夕飯（ゆうはん）

譯 今天的（晚飯）要吃什麼呢。
1. 肉：肉
2. 夕飯：晚飯

 頑張（がんば）ってね！！

131

做對了，往 😄 走，做錯了往 ✕ 走。

がんばってください！！

6 ビールなど 冷たい（ ）が
ほしいです。
1. 食べ物
2. 飲み物

譯 我想喝啤酒之類冰涼的（飲料）。
1. 食べ物：食物
2. 飲み物：飲料

7 牛乳と 砂糖が ありますから、
（ ）を 作りませんか。
1. お菓子
2. お弁当

譯 既然有牛奶和砂糖，要不要做（點心）呢？
1. お菓子：點心
2. お弁当：便當

8 学生は いつも この（ ）で
食べて います。
1. 食堂
2. お手洗い

譯 學生總是在這家（餐館）吃飯。
1. 食堂：餐館
2. お手洗い：洗手間

9 日曜日 デパートで（ ）を
しました。
1. 買い物
2. 買う

譯 星期天到百貨公司（購物）了。
1. 買い物：買東西
2. 買う：購買

10 日曜日、先生の 読書（ ）
に 出ます。
1. パーティー
2. 会

譯 星期天要出席老師的讀書（會）。
1. パーティー：宴會
2. 会：集會

❶ 表示早餐用「朝ご飯」，答案是「ご飯」（飯食）。

答案：1

❷ 從「柔らかくて」（軟嫩）知道答案是「鳥肉」（雞肉）；「朝ご飯」（早餐）是「早餐」的口語說法。不正確。

答案：1

❸ 從「上手」（會煮）知道答案是「料理」（烹飪）；「昼ご飯」（午餐）指午餐。不正確。

答案：2

❹ 從「よる7時」（晚上七點）知道吃的是「晚ご飯」（晚餐）；而「朝食」是「早餐」的意思。不正確。

答案：1

❺ 「何にしましょうか」問的是要吃什麼？答案是「夕飯」（晚飯）；「肉」（肉）指肉類。不正確。

答案：2

❻ 看到「ビール」（啤酒），那麼答案就是液體的「飲み物」（飲料）了；而「食べ物」（食物）是食用的各式各樣的固體食物。不正確。

答案：2

❼ 從有「牛乳と砂糖」這些材料來看，知道要做的是答案的點心「お菓子」（糕點）了；而「お弁当」（便當）當正餐。不正確。

答案：1

❽ 從「食べて」（吃）這個動詞知道，場所是答案的「食堂」（餐館）；而「お手洗い」（洗手間）是廁所的婉轉說法。不正確。

答案：1

❾ 「をしました」前面要接名詞，因此答案是「買い物」（買東西）；而「買う」（購買）是動詞，指買的行為、過程。不正確。

答案：1

❿ 讀書會就是「読書会」，答案是研究、商討的聚會「会」（集會）；而「パーティー」（宴會）是慶祝的聚會。不正確。

答案：2

食物（二）

124 さとう vs. コーヒー

さとう【砂糖】

名 砂糖

説明 白糖。由甘蔗或甜菜製成的甜味調味料。按精製方法分為白糖、紅糖、冰糖、砂糖。

例句 コーヒーに　砂糖を　入れます。／在咖啡裡加砂糖。

● 比較

コーヒー【（荷）koffie】

名 咖啡

説明 炒過的咖啡豆抹成粉後，加入熱水有苦味的飲物。

例句 あそこの　スタバで　コーヒーを　のみませんか。
　　　／要不要在那邊的星巴克一起喝杯咖啡呢？

☞ 哪裡不一樣呢？

- 砂糖：白色，甜味，可加在咖啡裡。
- コーヒー：咖啡色，苦味。

125 ぎゅうにゅう vs. バター

ぎゅうにゅう【牛乳】

名 牛奶

説明 做飲料用的牛的乳汁。

例句 朝ご飯は　牛乳だけ　飲みました。／早餐只喝了牛奶。

バター【butter】

名 奶油，黃油

說明 是由牛奶通過攪拌提煉而製成的乳製品。主要成份是脂肪。奶油可以塗抹在麵包上食用，也可以用在烹飪中。

例句 パンに バターを 塗って 食べるのが 好きです。
／我喜歡把奶油塗在麵包上吃。

☞ 哪裡不一樣呢？

- 牛乳：指牛奶。
- バター：指奶油。

---

126 おさけ vs. みず

おさけ【お酒】

名 酒；清酒

說明 含酒精成分的飲料的總稱。也專指日本酒。「酒」的鄭重說法。

例句 お祖父さんは、お酒が 大好きです。
／爺爺最喜歡喝酒了。

● 比較

みず【水】

名 水，冷水

說明 自然存在的無色、無味、透明而涼的液體。攝氏 0 度結冰，100 度沸騰。生活中不可或缺的東西。

例句 きれいで 冷たい 水が 飲みたいです。
／我想喝純淨的冰水。

☞ 哪裡不一樣呢？

- お酒：有酒精。
- 水：無酒精。

127　ぎゅうにく vs. しょうゆ

ぎゅうにく【牛肉】

名 牛肉

説明 「牛」的肉。

例句 その　牛肉は　100 グラム　いくらですか？
／那種牛肉每一百公克多少錢呢？

●比較

しょうゆ【醬油】

名 醬油

説明 給食物添加風味，廣泛地使用在日本、台灣、中國等地，用大豆、小麥、食鹽餐酵母素製成的調味料。

例句 まず　砂糖を　入れて、次に　醬油を　入れます。
／一開始先加砂糖，接著倒入醬油。

☞ 哪裡不一樣呢？

- 牛肉：來自牛。
- 醬油：東方的調味料。

128　ぶたにく vs. ソース

ぶたにく【豚肉】

名 豬肉

説明 豬的肉。

例句 「豚肉か　牛肉か　どちらに　しますか。」「豚肉が　いいですね。」
／「豬肉和牛肉要哪一種？」「我覺得豬肉比較好喔。」

● 比較

ソース【sauce】

名 醬汁，醬料

說明 西洋的液體調味料。

例句 この　ソースは　ちょっと　変な　味が　します。
／這個醬汁的味道有點奇特。

☞ 哪裡不一樣呢？

- **豚肉**：來自豬。
- **ソース**：西方的調味料。

---

129 おちゃ vs. しお

おちゃ【お茶】

名 茶，茶葉；茶道

說明 「茶」的美化說法；也有茶道的意思。

例句 桜子さん、ちょっと、お茶を　飲んでから　帰りませんか。
／櫻子小姐，要不要先喝杯茶再回家呢？

● 比較

しお【塩】

名 鹽，食鹽

說明 為了給食物添加鹹味，使用的最基本的調味料。從海水提取或用岩鹽
精製，白色粒狀。

例句 あまり　塩を　入れないで　ください。
／請不要加太多鹽。

☞ 哪裡不一樣呢？

- **お茶**：當作飲品。
- **塩**：當作調味料。

130 くだもの vs. やさい

くだもの【果物】

㊂ 水果

説明 可食用的，水分較多的植物果實。如「リンゴ」（蘋果）、「みかん」（柑橘）、「バナナ」（香蕉）等。

例句 野菜と　果物を　たくさん　食べましょう。
／要大量食用蔬菜和水果喔。

●比較

やさい【野菜】

㊂ 蔬菜，青菜

説明 可以做菜吃的草本植物。如「キャベツ」（高麗菜）、「にんじん」（紅蘿蔔）、「ねぎ」（蔥）等。

例句 野菜では、何が　好きですか？
／你喜歡哪一種蔬菜呢？

☞ 哪裡不一樣呢？

- **果物**：富含水分的果實。
- **野菜**：可食用的植物。

実力テスト 　做對了，往 走，做錯了往 ✖ 走。

次の文の（　）には、どんな言葉が入りますか。
1・2から最も適当なものを一つ選んでください。

↑ 實力測驗　Q哪一個是正確的？
>> 答案在題目後面 ➡

1 （　　）を 飲みに いきませんか。
1. 砂糖<ruby>砂糖<rt>さとう</rt></ruby>
2. コーヒー

✖

譯 要不要跟我去喝（咖啡）呢？
1. 砂糖：砂糖
2. コーヒー：咖啡

2 「この （　　）は <ruby>冷<rt>つめ</rt></ruby>たくて
おいしいですよ。<ruby>飲<rt>の</rt></ruby>んで くだ
さい。」
1. <ruby>牛乳<rt>ぎゅうにゅう</rt></ruby>　　2. バター

✖

譯 「這瓶（牛奶）冰冰涼涼的很好喝喔！
請喝喝看。」
1. 牛乳：牛奶
2. バター：奶油

3 プールの （　　）が <ruby>冷<rt>つめ</rt></ruby>たいから、
<ruby>泳<rt>およ</rt></ruby>げません。
1. <ruby>お酒<rt>さけ</rt></ruby>
2. <ruby>水<rt>みず</rt></ruby>

✖

譯 泳池的（水）太冷了，沒辦法游泳。
1. お酒：酒
2. 水：水

4 <ruby>茶碗<rt>ちゃわん</rt></ruby>に （　　） <ruby>2杯<rt>にはい</rt></ruby>を <ruby>入<rt>い</rt></ruby>れました。
1. <ruby>牛肉<rt>ぎゅうにく</rt></ruby>
2. <ruby>醤油<rt>しょうゆ</rt></ruby>

✖

譯 在碗裡加了兩匙（醬油）。
1. 牛肉：牛肉
2. 醤油：醬油

5 <ruby>野菜<rt>やさい</rt></ruby>を <ruby>切<rt>き</rt></ruby>ります。それから
（　　）を <ruby>焼<rt>や</rt></ruby>きます。
1. ソース
2. <ruby>豚肉<rt>ぶたにく</rt></ruby>

✖

譯 先切蔬菜，然後烤（豬肉）。
1. ソース：醬汁
2. 豚肉：豬肉

6 （　　）に <ruby>砂糖<rt>さとう</rt></ruby>を <ruby>入<rt>い</rt></ruby>れますか。
1. <ruby>お茶<rt>ちゃ</rt></ruby>
2. <ruby>塩<rt>しお</rt></ruby>

✖

譯 你的（茶）要不要加糖呢？
1. お茶：茶
2. 塩：鹽

7 リンゴや みかんなどの （　　）は
<ruby>三<rt>みっ</rt></ruby>つ <ruby>200<rt>にひゃくえん</rt></ruby>円です。
1. <ruby>果物<rt>くだもの</rt></ruby>
2. <ruby>野菜<rt>やさい</rt></ruby>

✖

譯 蘋果和橘子之類的（水果）三顆兩百圓。
1. 果物：水果
2. 野菜：蔬菜

 がんばってください！！

解說及答案

❶ 邀約喝什麼呢？答案是「コーヒー」（咖啡）；而「砂糖」（砂糖）指白色、味道甜的調味料，可加在咖啡裡。不正確。

答案：2

❷ 從後面的動詞「飲んで」（喝），知道要喝的是答案的「牛乳」（牛奶）；而「バター」（奶油）的動詞一般用「つける」（抹上）。不正確。

答案：1

❸ 「プール」（泳池）裡，當然就是答案的「水」（水）了；而「お酒」是酒。不正確。

答案：2

❹ 從「2杯」（兩匙）這一條件知道，要加的是答案的「醤油」（醬油）；而不是「牛肉」（牛肉）。

答案：2

❺ 後面的動詞是「焼きます」，所以答案是「豚肉」（豬肉）；而「ソース」（醬汁）是西方的調味料，動詞用「かける」（淋上）。不正確。

答案：2

❻ 從「砂糖を入れます」這一條件知道答案是飲品的「お茶」（茶）；「塩」（鹽）是調味料。不正確。

答案：1

❼ 「リンゴやみかん」（蘋果和橘子）屬於「果物」（水果），這就是答案了；而「野菜」（蔬菜）為做菜吃的草本植物。不正確。

答案：1

器皿跟調味料

131 おさら vs. スプーン

おさら【お皿】

(名) 盤子

說明 「皿」的美化說法。盛食物等淺而平的食器。

例句 フォークと ナイフの 間に お皿を 並べました。
／在刀叉之間擺了盤子。

比較

スプーン【spoon】

(名) 湯匙

說明 吃飯、甜點或喝湯時使用的餐具。

例句 スプーンを 10本ぐらい 持って きて ください。
／請拿大約十支湯匙過來。

☞ 哪裡不一樣呢？

- **お皿**：碗型淺而平的食器。
- **スプーン**：舀湯的餐具。

132 ナイフ vs. フォーク

ナイフ【knife】

(名) 刀子，餐刀

說明 指用來切東西的小工具；又指進餐時用來切肉的西式餐具。

例句 肉を ナイフで 小さく 切りました。／用刀子把肉切成了小塊。

141

フォーク【fork】

⒜ 叉子，餐叉

說明 在西餐中，用來切割時按住食物，或叉取送入嘴裡時使用的餐具。

例句 フォークと ナイフを テーブルに 並べて ください。
／請幫忙把刀叉擺到桌上。

☞ **哪裡不一樣呢？**

- **ナイフ**：切割的餐具。
- **フォーク**：進食的餐具。

133 はし vs. ちゃわん

はし【箸】

⒜ 筷子，箸

說明 夾取食物的成對的兩根細棍子。

例句 ご飯は 箸で 食べますが、すしは 手で 食べます。
／吃米飯時會用筷子，但吃壽司時是直接伸手拿取。

ちゃわん【茶碗】

⒜ 碗，茶杯，飯碗

說明 倒茶或盛飯用半球形的食用器具。材料是陶瓷器或合成樹脂。

例句 どれが あなたの 茶碗ですか？／哪一個是你的碗呢？

☞ **哪裡不一樣呢？**

- **箸**：夾取食物用的餐具。
- **茶碗**：盛裝飲食的器皿。

134 グラス vs. クラス

グラス【glass】

名 玻璃杯；玻璃

説明 玻璃製的杯子；也指透明、脆硬的材料的玻璃。

例句 ワイングラスで　ワインを　飲む。／用紅酒杯喝紅酒。

● 比較

クラス【class】

名 (學校的) 班級；階級

説明 英文的 class，指學校的班級；或是指按照差異制定出的級別。

例句 うちの　クラスに　有名な　人の　子どもが　います。
　　　／我們班上有知名人士的孩子。

☞ 哪裡不一樣呢？

- **グラス**：有濁音。玻璃。
- **クラス**：無濁音。班級。

135 カップ vs. コップ

カップ【cup】

名 杯子；(有把) 茶杯；量杯

説明 有把手的西洋容器，如茶杯；烹飪中，計量液體或粉類的容器。

例句 彼女は　もう　カップ　3杯の　コーヒーを　飲んで　います。
　　　／她已經喝下整整三杯咖啡了。

コップ【(荷) kop】

(名) 杯子，玻璃杯

說明 用玻璃、壓克力、金屬等製作的圓筒形，用來喝水、酒等的器具。另外，「カップ」是有把手的茶杯。

例句 コップで、水を 飲む。
／用玻璃杯喝水。

☞ **哪裡不一樣呢？**

- **カップ**：有把手。
- **コップ**：沒把手。

5 実力テスト

做對了，往 走，做錯了往 走。

次の文の（　）には、どんな言葉が入りますか。1・2から最も適当なものを一つ選んでください。

實力測驗

Q 哪一個是正確的？

\>> 答案在題目後面

1 （　）で スープを 飲_のみます。

1. お皿_{さら}

2. スプーン

譯 用（湯匙）舀湯喝。

1. お皿：盤子

2. スプーン：湯匙

---

2 新郎新婦_{しんろうしんぷ}が ケーキに（　）を 入_いれた。

1. ナイフ

2. フォーク

譯 新郎新娘把（刀子）切入蛋糕中。

1. ナイフ：刀子

2. フォーク：叉子

---

3 テーブルの 上_{うえ}に お（　）が 一本_{いっぽん}しか ない。

1. 茶碗_{ちゃわん}

2. 箸_{はし}

譯 桌子上只有一根（筷子）。

1. 茶碗：碗

2. 箸：筷子

---

4 君_{きみ}の（　）に 生徒_{せいと}が 何人_{なんにん}いますか。

1. グラス

2. クラス

譯 你的（班級）有幾個學生呢？

1. グラス：玻璃杯

2. クラス：班級

---

5 今日_{きょう}は コーヒー（　）を 二_{ふた}つ 買_かいました。

1. カップ

2. コップ

譯 今天買了兩個咖啡（杯）。

1. カップ：（有把）茶杯，杯子

2. コップ：玻璃杯

頑張ってね！！

145

解說及答案

❶ 從「スープを飲みます」，知道答案是喝湯的餐具的「スプーン」（湯匙）；而「お皿」（盤子）指盛食物等淺而平的食器。不正確。

答案：2

❷ 用來切蛋糕的是切割用的餐具「ナイフ」（刀子）；而「フォーク」（叉子）是食用的餐具。不正確。

答案：1

❸ 看到數細長東西的量詞「一本」，知道答案是「箸」（筷子）；而「茶碗」（碗）是倒茶或盛飯用半球形的食用器具。不正確。

答案：2

❹ 從「生徒」這一線索知道，答案是指學校班級的「クラス」；「グラス」（玻璃杯）是玻璃製的杯子。不正確。

答案：2

❺ 咖啡杯就是「コーヒーカップ」。答案是有把手的杯子「カップ」（杯子）；而「コップ」（玻璃杯）是玻璃製，用來喝水、酒等的器具，沒把手。不正確。

答案：1

住家

136 たてもの vs. いえ

たてもの【建物】

② 建築物，房屋

說明 為了使人居住或工作，還有放東西而建造的人工建物。使用的建材一般有木頭、石頭、和鋼筋水泥。

例句 駅の 前の 大きい 建物は 分かりますか。
／你知道車站前面那棟大樓嗎？

● 比較

いえ【家】

② 房子，房屋；（自己的）家

說明 供人居住的建築物；也指自己的家。「うち」和「いえ」相比，前者強調「我所在的地方」。

例句 早く 結婚して 自分の 家を 持ちたいです。
／我想要早點結婚，擁有自己的房子。

☞ 哪裡不一樣呢？

> ・ 建物：指建築物本身。
> ・ 家：除指建築物還有自己家的意思。

137 いえ vs. うち

いえ【家】

名 房子，房屋；（自己的）家

説明 供人居住的建築物；也指自己的家。「うち」和「いえ」相比，前者強調「我所在的地方」。

例句 私の 家には 広い 庭が あります。／我家有個大院子。

● 比較

うち【家】

名 自己的家裡（庭）；房屋

説明 自己的家。自己的家屬；也指居住的房子。説法比「いえ」更有親切感。

例句 うちの 子が いなく なりました。／我的小孩不見了！

☞ 哪裡不一樣呢？

- 家：指實體居住的房子。不指心理上的家。
- 家：指心理上的家。也指居住的房子。

138 にわ vs. こうえん

にわ【庭】

名 庭院，院子

説明 在住宅等的用地中，沒蓋房屋的部分。多用來栽植樹木花草。

例句 花が 咲いて、 庭が きれいに なりました。／花朵綻放，庭院變美了。

● 比較

こうえん【公園】

名 公園

説明 為了許多人休息、娛樂而建造的庭院式的地方。

例句 公園で テニスを します。／在公園裡打網球。

☞ 哪裡不一樣呢？

- 庭：圍牆內屋前空地，種植植物的地方。
- 公園：休息、玩樂的地方。

139 かぎ vs. ドア

かぎ【鍵】

㊇ 鑰匙；關鍵

說明 開鎖或上鎖的器具；也指解決某項事物的最重要因素。

例句 ドアに 鍵を かけましたか？
／門鎖好了嗎？

比較

ドア【door】

㊇ （西式的）門；（任何出入口）門

說明 西式的門扉。一般指前後開關的門；也指任何出入口的門。

例句 ドアを 開けて、外に 出ます。／開門外出。

☞ 哪裡不一樣呢？

- 鍵：門上的器具。
- ドア：單指門。

140 プール vs. いけ

プール【pool】

㊇ 游泳池

說明 用來游泳，四周用混凝土澆灌建造的游泳池。

例句 金曜日と 土曜日は たいてい プールで 泳ぎます。
／星期五和星期六我多半都在泳池游泳。

いけ【池】

名 池塘;（庭院中的）水池

説明 窪地積水的地方;有自然形成的和庭院等人工修的。

例句 朝は 公園の 池の まわりを 散歩します。
／早上在公園的池畔散步。

☞ 哪裡不一樣呢?

- プール：人工造的游泳池。
- 池：自然形成或人工修的水池。

---

141 アパート vs. エレベーター

アパート【apartment house 之略】

名 公寓

説明 內部間格成好多個單獨房間的建築物。在日本，一般指租金比較便宜的木造房子。

例句 もう 少し 安い アパートも ありますが、古いですよ。
／雖然有比較便宜的公寓，不過是老房子喔。

エレベーター【elevator】

名 電梯，升降機

説明 利用動力把人或貨物上下載運的裝置。升降電梯;如果是自動升降的階梯式裝置，就叫「エスカレーター」（電扶梯）。

例句 駅には エレベーターが あります。
／車站裡有電梯。

☞ 哪裡不一樣呢?

- アパート：一棟建築物有多個單獨房間。
- エレベーター：指上下的裝置。

142　と vs. もん

と【戸】
② （大多指左右拉開的）門，大門；窗戶

說明　安裝在建築物的出入口，能夠開關的板狀物。一般指左右開啟的門；又指房屋為了通風透光而裝置的窗戶。

例句　暗く　なったので、戸を　しめました。
　　　／因為已經天黑，所以把門關上了。

● 比較

もん【門】
② 門，大門

說明　家或建築物最外面的入口。

例句　学生たちが、学校の　門の　前に　集まりました。
　　　／學生們已經在校門口集合了。

☞ 哪裡不一樣呢？

- 戸：指左右開啟的門。
- 門：指大門。

143　いりぐち vs. げんかん

いりぐち【入り口】
② 入口，門口

說明　建築物、車站等由該處可以進入的地方。相反詞是「出口」。

例句　トイレの　入り口は　どれですか？
　　　／請問哪一個是廁所的入口呢？

げんかん【玄関】

⑧ （建築物的）正門，前門，玄關

説明 在住宅的正面，用來進出的出入口。

例句 私が　玄関まで　出て　友だちを　迎えた。
／我甚至到玄關迎接了朋友們。

☞ 哪裡不一樣呢？

- 入り口：指進入建築物的場所。
- 玄関：指建築物、住宅的前門。

---

144 ところ vs. とき

ところ【所】

⑧ （所在的）地方，地點；事物存在的場所

説明 東西所在的地方。做什麼事情的場所；又指人所在的地方、家、商店或公司等。

例句 どこか、おもしろい　ところへ　行きませんか？
／要不要找個有意思的地方玩一玩呢？

とき【時】

⑧ （某個）時候

説明 表示時期、時候；也表示某個特定的時刻。

例句 わたしは、新聞を　読む　ときに、めがねを　かけます。
／我看報紙時要戴眼鏡。

☞ 哪裡不一樣呢？

- ところ：指地方。
- とき：指時候。

次の文の（　　）には、どんな言葉が入りますか。1・2から最も適当なものを一つ選んでください。

實力測驗

Q哪一個是正確的？

>> 答案在題目後面

1 「あの　（　　）は　何(なん)ですか。」
「あれは　大使館(たいしかん)です。」
1. 建物(たてもの)
2. 家(いえ)

譯 「那棟（建築物）是什麼呢？」
「那是大使館。」
1. 建物：建築物
2. 家：家

2 私の　（　　）は　4人家族(よにんかぞく)です。
1. 家(うち)
2. 家(いえ)

譯 我（家）共有四個人。
1. うち：自己的家裡（庭）
2. いえ：房子，房屋

3 毎朝(まいあさ)　近(ちか)くの　（　　）まで　散歩(さんぽ)に
行(い)きます。
1. 庭(にわ)
2. 公園(こうえん)

譯 每天早上都到附近的（公園）散步。
1. 庭：院子
2. 公園：公園

4 （　　）が　なくて　家(いえ)に　入(はい)れない。
1. 鍵(かぎ)
2. ドア

譯 我沒有（鑰匙）而無法進入家門。
1. 鍵：鑰匙
2. ドア：門

5 学校(がっこう)では　体育(たいいく)で　（　　）の
授業(じゅぎょう)が　はじまって　いる。
1. プール
2. 池(いけ)

譯 學校已經開始在（游泳池）上體育課了。
1. プール：游泳池
2. 池：池塘

頑張ってね！！

做對了，往 😀 走，做錯了往 ✖ 走。

がんばってください！！

6 子どもの ごろ、この 近くの（ ）に 住んで いた。
1. アパート
2. エレベーター

✖

譯 我小時候住在這附近的（公寓）。
1. アパート：公寓
2. エレベーター：電梯

7 本棚の（ ）が あかない。
1. 戸
2. 門

✖

譯 書櫃的（門片）打不開。
1. 戸：門片
2. 門：門

8 山下公園の（ ）は どこ ですか。
1. 入り口
2. 玄関

✖

譯 山下公園的（入口）在哪裡呢？
1. 入り口：入口
2. 玄関：玄關

9 自分の 住んで いる（ ）を 片仮名で 書いて ください。
1. ところ
2. とき

✖

譯 請以片假名寫下自己住的（地方）。
1. ところ：（所在的）地方
2. とき：（某個）時候

MEMO
_____
_____
_____
_____

解說及答案

❶ 從「あれは大使館です」（那是大使館）這一線索，知道詢問的是「建物」（建築物）。

答案：1

❷ 答案是「家（うち）」（自己的家裡）。指心理上的家。也指居住的房子；「家（いえ）」（房子，房屋）指實體居住的房子。不指心理上的家。不正確。

答案：1

❸ 從「近（ちか）く」（附近）跟「散歩（さんぽ）」（散步）這兩個線索，知道答案是「公園（こうえん）」（公園）；而「庭（にわ）」（院子）是一般住宅內種植植物的庭院。不正確。

答案：2

❹ 沒有什麼，就無法進入家門呢？答案是「鍵（かぎ）」（鑰匙）了；而「ドア」（門），一般住家不可能沒有門。不正確。

答案：1

❺ 從「体育（たいいく）」（體育課）跟「授業（じゅぎょう）」（上課）這兩線索，知道答案是「プール」（游泳池）。

答案：1

❻ 從「住（す）んで」（居住），知道答案是「アパート」（公寓）；而「エレベーター」（電梯）是指升降電梯。不正確。

答案：1

❼ 「本棚（ほんだな）」（書櫃）的門片用「戸（と）」；而「門（もん）」（門）是指大門。不正確。

答案：1

❽ 從「山下公園（やましたこうえん）」（山下公園）知道，答案是進入特定場所，如建築物及車站等的「入（い）り口（ぐち）」（入口）；而「玄関（げんかん）」（玄關）指在住宅的正面，用來進出的出入口。不正確。

答案：1

❾ 從「住（す）んでいる」（現住），知道答案是指人所在的家「ところ」（地方）；而「とき」（時候）指時期。不正確。

答案：1

7 居家設備

145 つくえ vs. テーブル

つくえ【机】
名 桌子，書桌

說明 讀書、學習或工作時使用的台子。要注意喔！「<ruby>机<rt>つくえ</rt></ruby>」主要是用在讀書或工作的時候喔！

例句 <ruby>男<rt>おとこ</rt></ruby>の<ruby>子<rt>こ</rt></ruby>は <ruby>机<rt>つくえ</rt></ruby>で <ruby>勉強<rt>べんきょう</rt></ruby>を して います。
／男孩坐在桌前用功。

● 比較

テーブル【table】
名 桌子；餐桌，桌子

說明 桌腳較高，沒有抽屜的西式桌子；一般是指用於進餐或開會的桌子。

例句 <ruby>隣<rt>となり</rt></ruby>の テーブルの <ruby>料理<rt>りょうり</rt></ruby>は おいしそう。／鄰桌的菜品看起來真好吃。

☞ 哪裡不一樣呢？

- <ruby>机<rt>つくえ</rt></ruby>：有抽屜，用於讀書和工作。
- テーブル：無抽屜，用於進餐或開會。

146 いす vs. せき

いす【椅子】
名 椅子

說明 用來坐著的家具。廣泛地使用在日常會話中。

例句 あちらに <ruby>椅子<rt>いす</rt></ruby>を <ruby>持<rt>も</rt></ruby>って いきます。／把椅子搬去那裡。

● 比較

せき【席】

⊗ 席，坐墊；席位，座位

說明 為了讓人坐而設置的位子或椅子；特別是特定的人坐的位子或椅子。

例句 あなたの 席は 何番ですか。

／你的座位是幾號呢？

☞ 哪裡不一樣呢？

• 椅子：指坐的家具。
• 席：指為了坐而存在的物品或場所。

---

147 だいどころ vs. へや

だいどころ【台所】

⊗ 廚房

說明 在家裡做食物的地方。類似詞有「キッチン」（來自英文的 kitchen）。

例句 台所で 料理を 作ります。

／在廚房做菜。

● 比較

へや【部屋】

⊗ 房間，屋子，…室

說明 把房子用牆或隔扇隔開，供人起居的空間。

例句 この 部屋は 明るくて、静かです。

／這個房間明亮又安靜。

☞ 哪裡不一樣呢？

• 台所：指做料理的地方。
• 部屋：指居住的空間。

148 まど vs. と

まど【窓】

㊂ 窗戶

說明 為了採光、換氣或展望等，在牆壁或天花板上所設的開口。

例句 地震で 窓の ガラスが 割れました。
／地震造成了窗玻璃破裂。

● 比較

と【戸】

㊂（大多指左右拉開的）門，大門；窗戶

說明 安裝在建築物的出入口，能夠開關的板狀物。一般指左右開啟的門；又指房屋為了通風透光所設的開口。

例句 戸が 壊れて、開かない。
／門壞了，打不開。

☞ 哪裡不一樣呢？

- 窓：指窗戶。
- 戸：可左右開啟的門。

149 ベッド vs. ほんだな

ベッド【bed】

㊂ 床，床舖

說明 用來睡覺的台子。廣泛地使用在日常會話中。

例句 本を 読んで から、ベッドに 入ります。
／先讀書之後才上床。

ほんだな【本棚】

⒝ 書架，書櫃，書櫥

說明 擺書的架子。

例句 本棚に 厚い 辞書が たくさん 並んで います。
／書架上擺著很多本厚重的辭典。

☞ 哪裡不一樣呢？

- ベッド：用來睡覺的家具。
- 本棚：用來放書的家具。

150 シャワー vs. ふろ

シャワー【shower】

⒝ 淋浴

說明 把水噴澆在身上的洗澡方式。

例句 スポーツの あとで、シャワーを 浴びます。
／運動之後沖了澡。

● 比較

ふろ【風呂】

⒝ 浴缸，澡盆；洗澡；洗澡熱水

說明 進入熱水中用來讓身體暖和；或表示淋浴的設備；也指其熱水。

例句 風呂に 入った あとで、ビールを 飲みます。
／洗完澡以後喝啤酒。

☞ 哪裡不一樣呢？

- シャワー：沖澡。
- 風呂：泡澡。

151 トイレ vs. レストラン

トイレ【toilet】

(名) 廁所，洗手間，盥洗室

説明 「トイレット」的簡稱。廁所。

例句 トイレに 行きたい 人は、この 休み時間に 行って きて
ください。／想上廁所的人請利用這段休息時間去一趟。

● 比較

レストラン【(法) restaurant】

(名) 西餐廳

説明 原本是指吃歐洲料理的西餐廳。現在也指西洋料理以外，供應各式各
樣餐點、飲料的店。

例句 どの レストランで、食事を しますか？
／要在哪一家餐廳吃飯呢？

☞ 哪裡不一樣呢？

- トイレ：廁所。
- レストラン：餐廳。

152 かいだん vs. マンション

かいだん【階段】

(名) 樓梯，階梯，台階

説明 連接高低不平的地方，形成階梯形的通路。也就是在建築物裡，上上
下下的地方。

例句 神社の 階段を のぼって お参りを しました。
／爬上階梯去參拜神社了。

マンション【mansion】

㊂ 大廈，高級公寓

説明 公寓式住宅的一種。中高層的共同住宅。比「アパート」（公寓）更高級的住宅。

例句 古い 家を 売って、新しい マンションを 買いました。
／把舊屋賣了，在大廈買了一間新家。

☞ 哪裡不一樣呢？

- **階段**：指建築物等上下的地方。
- **マンション**：比アパート更高級，屬中高層住宅。

7 実力テスト

做對了，往 😊 走，做錯了往 ✕ 走。

次の文の（　）には、どんな言葉が入りますか。1・2から最も適当なものを一つ選んでください。

實力測驗

Q 哪一個是正確的？

>> 答案在題目後面

1 教室に いすと （　）を 並べて ください。

1. 机

2. テーブル

譯 請把椅子和（書桌）排放在教室裡。

1. 机：書桌

2. テーブル：桌子

2 この 教室には 机と （　） しか ない。

1. 椅子

2. 席

譯 這間教室裡只有書桌和（椅子）。

1. 椅子：椅子

2. 席：座位

3 弟の （　）は 2階の 奥です。

1. 台所

2. 部屋

譯 弟弟的（房間）位於二樓的最後面。

1. 台所：廚房

2. 部屋：房間

4 バスの （　）から 顔や 手を 出さないで ください。

1. 窓

2. 戸

譯 搭乘巴士時請不要把頭和手伸出（窗）外。

1. 窓：窗戶

2. 戸：（指左右拉開的）門

5 （　）には、絵本が たくさん 並んで います。

1. ベッド

2. 本棚

譯 （書架）上擺著許多圖畫書。

1. ベッド：床

2. 本棚：書架

6 お（　）に 入って から、
ビールを 飲みます。

1. シャワー
2. 風呂

頑張ってね！！

譯 （洗澡）之後喝啤酒。
1. シャワー：淋浴
2. 風呂：進浴缸泡澡

7 公園の （　）は よる 暗くて
危ないです。

1. トイレ
2. レストラン

8 この 神社の （　）は 500段
あります。

1. 階段
2. マンション

譯 公園裡的（廁所）到了晚上變得很暗，
很危險。
1. トイレ：廁所
2. レストラン：西餐廳

譯 這座神社的（階梯）多達五百階。
1. 階段：樓梯
2. マンション：高級公寓

MEMO

163

❶ 教室裡的桌子，是有抽屜，用於讀書的「<ruby>机<rt>つくえ</rt></ruby>」（書桌）；而「テーブル」（桌子）沒有抽屜，大多用在進餐或開會。不正確。

答案：1

❷ 答案是「<ruby>椅子<rt>い す</rt></ruby>」（椅子），指坐的家具；「<ruby>席<rt>せき</rt></ruby>」（座位）指坐的場所。不正確。

答案：1

❸ 從「<ruby>弟<rt>おとうと</rt></ruby>の」（弟弟的），知道答案是指居住的空間的「<ruby>部屋<rt>へ や</rt></ruby>」（房間）；而「<ruby>台所<rt>だいどころ</rt></ruby>」（廚房）指做料理的地方。不正確。

答案：2

❹ 不要把頭和手伸出的是答案的「<ruby>窓<rt>まど</rt></ruby>」（窗戶）；而「<ruby>戸<rt>と</rt></ruby>」（拉門）是指可左右開啟的門。不正確。

答案：1

❺ 從「<ruby>並<rt>なら</rt></ruby>んでいます」（擺著），知道答案是用來放書的家具的「<ruby>本棚<rt>ほんだな</rt></ruby>」（書架）；而「ベッド」（床）是指用來睡覺的家具。不正確。

答案：2

❻ 從「<ruby>入<rt>はい</rt></ruby>って」這一動詞，知道答案是進浴缸洗澡的「<ruby>風呂<rt>ふ ろ</rt></ruby>」（泡澡）；而「シャワー」（淋浴）是沖澡，動詞是「<ruby>浴<rt>あ</rt></ruby>びる」（淋澆）。不正確。

答案：2

❼ 從公園裡晚上變得很暗，很危險的地方，知道答案是「トイレ」（廁所）；而「レストラン」（西餐廳）是供應各式各樣餐點、飲料的店。不正確。

答案：1

❽ 從「500<ruby>段<rt>だん</rt></ruby>」（<ruby>五百階<rt>ごひゃく</rt></ruby>）這一量詞，知道答案是「かいだん」（樓梯）；而「マンション」（高級公寓）是比アパート更高級的中高層住宅。不正確。

答案：1

8 家電家具

153 でんき vs. でんわ

でんき【電気】

名 電力；電燈，電器

説明 能源的一種形式。啟動電燈、電腦，讓電車、地鐵、工廠能運作的能源；
又指電器、電燈。

例句 わたしは　いつも　電気を　消して、寝ます。
／我總是關燈睡覺。

● 比較

でんわ【電話】

名・自サ 電話；打電話

説明 用在名詞時，是「電話機」的簡稱；「電話」後面接「する」時，是
指使用電話機說話，也就是講電話的意思。

例句 電話するより　会って　話した　ほうが　いいよ。
／與其在電話裡講，還是見面說比較好喔。

☞ 哪裡不一樣呢？

- 電気：照明的裝置。
- 電話：聯絡的裝置。

154 とけい vs. めざましどけい

とけい【時計】

⊛ 鐘錶，手錶

說明 計量並顯示時間的器具。包括時針、分針、秒針的傳統鐘錶，跟顯示數字的電子鐘錶。

例句 この 時計は、日本へ 来る とき、父に もらいました。
／這個手錶是來日本的時候爸爸給我的。

● 比較

めざましどけい【目覚まし時計】

⊛ 鬧鐘

說明 能夠事先設定時間，讓它發出聲響提醒人的時鐘。

例句 やさしい 音の 目覚まし時計が ほしい。
／我想要一個鈴聲輕柔的鬧鐘。

☞ 哪裡不一樣呢？

- **時計**：指顯示時間手錶。
- **目覚まし時計**：放在床邊發出聲響提醒人的鬧鐘。

155 れいぞうこ vs. クーラー

れいぞうこ【冷蔵庫】

⊛ 冰箱，冷藏室，冷藏庫

說明 指為了不使食物腐爛，用低溫或冰塊儲存的箱子。

例句 冷蔵庫の 中に 何も ありません。／冰箱空空如也。

● 比較

クーラー【cooler】

⊛ 冷氣

說明 利用空氣壓縮以後變冷的原理，降低室內溫度，以達到涼爽的效果。

例句 部屋が 暑いので クーラーを つけた。／房間太熱了，所以開了冷氣。

☞ 哪裡不一樣呢？

- **冷蔵庫**(れいぞうこ)：保存食物的設備。
- **クーラー**：維持涼爽的裝置。

---

156 テープレコーダー vs. ボールペン

テープレコーダー【tape recorder】

⒜ 磁帶錄音機

説明 把聲音錄在卡帶上的再生裝置。

例句 テープレコーダーが 古(ふる)く なったので 新(あたら)しいのを 買(か)った。
／錄音機已經老舊，所以買了一台新的。

●比較

テープレコーダー【ball-point pen】

⒜ 原子筆，鋼珠筆

説明 以小圓珠代替筆尖的書寫工具。

例句 すみません。ボールペンを 貸(か)して ください。赤(あか)いのと
青(あお)いの。／不好意思，請借我原子筆，紅的和藍的。

☞ 哪裡不一樣呢？

- **テープレコーダー**：指錄音帶。
- **ボールペン**：指原子筆。

---

157 テレビ vs. ラジオ

テレビ【television 之略】

⒜ 電視

説明 用無線電波傳送影像，在映像管裡顯示的裝置。

例句 夜(よる)は、テレビを 見(み)ます。／晚上通常看電視。

ラジオ【radio】

㊂ 收音機，無線電

說明 廣播電台利用電波進行的播送。也指接收廣播的裝置。

例句 ラジオで その ニュースを 聞^きいた。
／從收音機聽到了那則消息。

☞ **哪裡不一樣呢？**

- テレビ：播放影像。
- ラジオ：播放聲音。

---

158 せっけん vs. えんぴつ

せっけん【石鹼】

㊂ 香皂，肥皂

說明 用油脂和氫氧化鈉製成的洗滌用品，易溶於水。用於去除身體或衣服
等的污垢。

例句 石鹼^{せっけん}を つけて、体^{からだ}を 洗^{あら}いました。
／抹上肥皂洗了身體。

えんぴつ【鉛筆】

㊂ 鉛筆

說明 木桿中間有筆芯的書寫用具。

例句 鉛筆^{えんぴつ}では なくて ペンで 書^かいて ください。
／請不要使用鉛筆，而用鋼筆書寫。

☞ **哪裡不一樣呢？**

- 石鹼^{せっけん}：清潔用品。
- 鉛筆^{えんぴつ}：文具用品。

159 ストーブ vs. れいぼう

ストーブ【stove】

名 火爐，暖爐

説明 使用石油或煤氣使房間暖和的取暖器具。

例句 もう　ストーブを　点けました。

／已經把暖爐點燃了。

●比較

れいぼう【冷房】

名 冷氣

説明 利用空氣壓縮以後變冷的原理，降低室內溫度，以達到涼爽的效果。

例句 暑いから、冷房を　強く　します。

／房間太熱了，所以開了冷氣。

☞ 哪裡不一樣呢？

- ストーブ：讓室溫上升取暖器具。
- 冷房：讓室溫下降降溫器具。

8 実力テスト

做對了，往 走，做錯了往 ✕ 走。

次の文の（　）には、どんな言葉が入りますか。
1・2から最も適当なものを一つ選んでください。

 實力測驗　Q 哪一個是正確的？
>> 答案在題目後面

1 友だちの うちへ 行く 前に
（　）を かけました。
1. 電気
2. 電話

譯　去朋友家前先打了（電話）。
1. 電気：電燈
2. 電話：電話

2 田中さんは 昨日 買った （　）を
腕に つけて いる。
1. 時計
2. 目覚まし時計

✕

譯　田中小姐的手腕上戴著昨天買的（手錶）。
1. 時計：手錶
2. 目覚まし時計：鬧鐘

3 「（　）の 中に 何が ありま
すか。」「肉や 野菜や 飲み物
などが あります。」
1. 冷蔵庫　　2. クーラー

✕

譯　「（冰箱）裡有什麼呢？」
「有肉、蔬菜和飲料等等。」
1. 冷蔵庫：冰箱
2. クーラー：冷氣

4 （　）で 自分の 発音を
聞いて います。
1. ボールペン
2. テープレコーダー

✕

譯　我正透過（錄音機）聆聽自己的發音。
1. ボールペン：原子筆
2. テープレコーダー：磁帶錄音機

5 会社から 家に 帰って、いつも
（　）を 見ます。
1. テレビ
2. ラジオ

✕

譯　從公司回到家，總是看（電視）。
1. テレビ：電視
2. ラジオ：收音機

6 彼は 自分の 服を （　）で
洗います。
1. 鉛筆
2. 石鹸

✕

譯　他用（肥皂）洗自己的衣服。
1. 鉛筆：鉛筆
2. 石鹸：肥皂

7 これは （　）です。部屋を
暖かく する ものです。
1. ストーブ
2. 冷房

✕

譯　這是（暖爐），可以讓房間變暖的器具。
1. ストーブ：暖爐
2. 冷房：冷氣

 バンザーイ!!
がんばってください！！

解說及答案

❶ 答案是「電話」（電話），聯絡的裝置，動詞是「かけます」（撥打）；而「電気」（電燈）是照明的裝置。動詞是「つけます」（點燃）。不正確。

答案：2

❷ 從「腕につけている」（手腕上戴著），知道答案是「時計」（手錶）；而「目覚まし時計」（鬧鐘）是放在床邊發出聲響提醒人的鬧鐘。不正確。

答案：1

❸ 從「有肉、蔬菜和飲料等等」，知道答案是保存食物的「冷蔵庫」（冰箱）；而「クーラー」（冷氣）是維持涼爽的裝置。不正確。

答案：1

❹ 從「聆聽自己的發音」，知道答案是「テープレコーダー」（磁帶錄音機），指錄音帶；而「ボールペン」是原子筆。不正確。

答案：2

❺ 從動詞「見ます」（觀看），知道答案是「テレビ」（電視）；而「ラジオ」（收音機）是接收廣播的裝置。動詞是「聞きます」（收聽）。不正確。

答案：1

❻ 從「服」（衣服）跟「洗います」（洗滌），知道答案是「石鹸」（肥皂），清潔用品；而「鉛筆」（鉛筆）是文具用品。不正確。

答案：2

❼ 從「讓房間變暖的器具」，知道答案是讓室溫上升取暖器具的「ストーブ」（暖爐）；而「冷房」（冷氣）是讓室溫下降降溫器具。不正確。

答案：1

9

交通工具

160 ちかてつ vs. でんしゃ

ちかてつ【地下鉄】

名 地下鐵

說明 指在地面下跑的電車；「地下鐵道」的簡稱。在地下挖隧道，鋪設的鐵道。

例句 日本の　地下鉄は　きれいです。／日本的地鐵很乾淨。

●比較

でんしゃ【電車】

名 電車

說明 依靠電力在軌道上行駛，運載乘客和貨物的車輛。

例句 新宿から　上野まで、電車に　乗りました。／從新宿搭了電車到上野。

☞ 哪裡不一樣呢？

- 地下鉄：地下行駛。
- 電車：地上行駛。

161 バス vs. ひこうき

バス【bus】

名 巴士，公車

說明 為了讓許多人乘坐，而製成的大型車。公共汽車。

例句 5分前には　バスに　乗って　ください。
／請提早五分鐘上巴士。

● 比較

ひこうき【飛行機】

（名）飛機

説明 有機翼，依靠螺旋槳，或氣流噴射的推進力，在空中飛行的交通工具。

例句 台風で 飛行機が 飛べません。
／颱風來襲導致班機停駛。

☞ 哪裡不一樣呢？

* バス：陸上交通工具。
* 飛行機：空中交通工具。

---

162 こうさてん vs. みち

こうさてん【交差点】

（名）交差路口

説明 橫直兩條或以上的道路，交叉的地點。

例句 交差点を 渡って、まっすぐ 行くと 駅に 着きます。
／過了十字路口後直走，就會到達車站。

● 比較

みち【道】

（名）路，道路

説明 人和車等通行的地方。

例句 この 道の 向こうは、私たちの 学校です。
／這條路的對面是我們的學校。

☞ 哪裡不一樣呢？

* 交差点：兩條以上的道路等交叉的地點。
* 道：指道路。

163 くるま vs. タクシー

くるま【車】

⑧ 車子，汽車

説明 靠輪子的轉動帶動整體，運載人或物品的工具。車輛的總稱。

例句 電話を しながら 車の 運転を しないで ください。
／開車時請不要講電話。

● 比較

タクシー【taxi】

⑧ 計程車

説明 裝有計價器的，隨時供乘客搭乘的出租汽車。

例句 渋谷で、タクシーに 乗って ください。／請在澀谷搭計程車。

☞ 哪裡不一樣呢？

- 車：指汽車。
- タクシー：指出租汽車。

164 えき vs. バスてい

えき【駅】

⑧ （鐵路的）車站

説明 電車或火車發車和到達的地方，讓乘客上下車的地方。也是貨物上下
貨的地方。

例句 駅から 家まで 歩きました。
／從車站步行回家了。

● 比較

バスてい【バス停】

㉖ 巴士站牌，公車站

說明 公車停靠的場所。

例句 次の 角を 左に 曲がると バス停が あります。
／在下一個轉角往左轉就可以看到巴士站牌。

☞ 哪裡不一樣呢？

- 駅：電車或火車出入的地方。
- バス停：公車出入的地方。

---

165 じてんしゃ vs. じどうしゃ

じてんしゃ【自転車】

㉖ 腳踏車，自行車

說明 人用兩腳蹬踏板，使車輪轉動的兩輪車。

例句 家から 駅まで 自転車で 行きます。
／從家裡騎腳踏車到車站。

● 比較

じどうしゃ【自動車】

㉖ 車，汽車

說明 靠發動機的動力使車輪轉動，在道路上自由奔馳的車輛。

例句 この 自動車は 5人まで 乗れます。
／這輛汽車最多可以搭載五個人。

☞ 哪裡不一樣呢？

- 自転車：靠人力驅動。
- 自動車：靠發電機驅動。

まち vs. とかい

まち【町】

㈎ 城鎮；町

說明 眾多人聚集生活的地方；又指城市中商店林立的繁華街道。

例句 この 町は 有名に なりました。

／這座城鎮變得遠近馳名了。

比較

とかい【都会】

㈎ 都市，城市

說明 地大人多，人口集中，成為行政、經濟、文化的中心，工商、交通發達的地方。

例句 都会で 家を 持つ ことは 難しい。

／想在城市裡買房子是件難事。

☞ 哪裡不一樣呢？

- 町：眾多人聚集生活的地方。
- 都会：政治、經濟、文化的中心。

9 実力テスト

做對了，往 😊 走，做錯了往 ✗ 走。

次の文の（　）には、どんな言葉が入りますか。
1・2から最も適当なものを一つ選んでください。

實力測驗　Q 哪一個是正確的？
>> 答案在題目後面

1 （　）は 地下を 走って います。
1. 地下鉄
2. 電車

譯　（地鐵）在地下行駛。
1. 地下鉄：地鐵
2. 電車：電車

2 あっ、（　）が 来ましたよ。でも 大勢 乗って いますね。
1. バス
2. 飛行機

譯　啊，（公車）來了！可是車上都擠滿了人。
1. バス：公車
2. 飛行機：飛機

3 この（　）を 歩いて 学校へ 行きます。
1. 交差点
2. 道

譯　沿著這條（路）走去學校。
1. 交差点：交差路口
2. 道：道路

4 病院まで（　）で 2000円 ぐらい かかります。
1. 車
2. タクシー

譯　搭（計程車）到醫院大約要花兩千圓。
1. 車：汽車
2. タクシー：計程車

5 ここは（　）です。ここで 電車に 乗ります。
1. 駅
2. バス停

譯　這裡是（車站），請在這裡搭乘電車。
1. 駅：（鐵路的）車站
2. バス停：公車站

6 5歳の 息子に（　）を 買って あげたいです。
1. 自転車
2. 自動車

譯　我想買（腳踏車）給五歲的兒子。
1. 自転車：腳踏車
2. 自動車：汽車

7 （　）が 大きく なって 市に なった。
1. 町
2. 都会

譯　（城鎮）升級成了都市。
1. 町：城鎮
2. 都会：都市

がんばってください！！

177

解說及答案

❶ 在地底下行駛的，那就是「地下鉄」（地鐵）了。

_{ち か てつ}

答案：1

❷ 在一定的距離看得到車上擠得滿滿的，知道來的是「バス」（公車）。

答案：1

❸ 從動詞「歩いて」（走），知道答案是「道」（道路）；而「交差点」（交差路口）指橫直兩條或以上的道路，交叉的地點。動詞一般為「渡る」（穿越）。不正確。

答案：2

❹ 到醫院大約要花兩千圓的，那就是「タクシー」（計程車）了。

答案：2

❺ 從「在這裡搭乘電車」，知道答案是電車或火車出入的地方的「駅」（車站）；而「バス停」（公車站）是公車出入的地方。不正確。

答案：1

❻ 要買給五歲的兒子騎的，那就是「自転車」（腳踏車）了。

答案：1

❼ 從「升級成了都市」，知道答案是眾多人聚集生活的地方的「町」（城鎮）；而「都会」（都市）是地大人多，人口集中，政治、經濟、文化的中心。不正確。

答案：1

建築物

167 きっさてん vs. みせ

きっさてん【喫茶店】

名 咖啡店

說明 供應咖啡、茶及點心等的飲食店。

例句 喫茶店で、田中さんと 会いました。／我和田中先生在咖啡廳見面了。

● 比較

みせ【店】

名 商店，店鋪

說明 買賣貨物的店鋪。

例句 駅の 前に いろいろな 店が 並んで います。
／車站前各式各樣的商店櫛比鱗次。

☞ **哪裡不一樣呢？**

- **喫茶店**：提供飲食的店。
- **店**：販賣物品的店。

168 えいがかん vs. たいしかん

えいがかん【映画館】

名 電影院

說明 播放電影的場所。

例句 彼は いつも 一人で 映画館に 行きます。
／他總是一個人上電影院。

たいしかん【大使館】

㊂ 大使館

說明 做為國家的代表，在建交國做自己國家與建交國之間橋樑的機構。

例句 パスポートを 失くして 大使館へ 行きました。

／我遺失護照後去了大使館。

☞ 哪裡不一樣呢？

• 映画館：娛樂場所。
• 大使館：政府機關。
---

169 びょういん vs. びょうき

びょういん【病院】

㊂ 醫院

說明 給門診或住院的病人或受傷者治療的地方。也指該建築物。

例句 病気を して 病院に 入って いる。

／生病了，目前住院中。

びょうき【病気】

㊂ 生病，疾病

說明 指身體有不正常的地方，感到疼痛或苦惱。也指這種狀態。

例句 病気じゃ ありません。ちょっと 疲れただけです。

／我沒生病，只是有點疲憊而已。

☞ 哪裡不一樣呢？

• 病院：指看病的地方。
• 病気：指生病。
---

170 デパート vs. ホテル

デパート【department store】
⑧ 百貨公司

說明 陳列各式各樣的商品，大規模地聚集許多商店，進行販賣的地方。

例句 結婚する 前に デパートで いろんな ものを 買いました。
／結婚前在百貨公司買了很多東西。

● 比較

ホテル【hotel】
⑧（西式）飯店，旅館

說明 旅行時住的西式旅館。一般是洋式建築，附有床。而日式旅館叫「旅館」，
一般附早晚餐。

例句 日本の ホテルで、どれが 一番 有名ですか？
／日本的旅館中，哪一家知名度最高呢？

☞ 哪裡不一樣呢？

- デパート：販賣東西的地方。
- ホテル：提供住宿的地方。

171 や vs. やおや

や【屋】
（名・接尾）房屋；…店，商店或工作人員

說明 指有牆、屋頂、門、窗，供人居住的房屋；接在有關職業的詞後面，
表示從事某種職業的人家或人。

例句 私は 本屋さんで、大阪の 地図を 買った。
／我在書店買了大阪的地圖。

● 比較

やおや【八百屋】

③ 蔬果店，菜舖

説明 賣蔬菜、水果的零售商店。也指以此為職業的人。

例句 夕方の 八百屋は いつも お客さんが いっぱいだ。
　　　／蔬果店每到傍晚總是擠滿了客人。

☞ 哪裡不一樣呢？

> ・ 屋：指店或某種職業的人。
> ・ 八百屋：蔬果店。

---

172 ぎんこう vs. ゆうびんきょく

ぎんこう【銀行】

③ 銀行

説明 以接受存款、貸款、票據貼現、匯兌等為業務的金融機關。

例句 そこが 駅で、あそこが 銀行です。
　　　／那裡是車站，更遠那裡是銀行。

● 比較

ゆうびんきょく【郵便局】

③ 郵局

説明 把書信、明信片、郵包等收集起來，郵寄到收件地址的機關。也進行存儲、保險業務。

例句 郵便局で、手紙を 出しました。
　　　／在郵局寄了信。

☞ 哪裡不一樣呢？

> ・ 銀行：負責金錢交易等機關。
> ・ 郵便局：負責書信等機關。

次の文の（　）には、どんな言葉が入りますか。1・2から最も適当なものを一つ選んでください。

實力測驗
Q 哪一個是正確的？
>> 答案在題目後面

---

1 （　）で コーヒーを 飲み ながら 話しましょう。
1. 喫茶店
きっさてん
2. 店
みせ

譯　我們到（咖啡廳）喝咖啡聊天吧。
1. 喫茶店：咖啡廳
2. 店：商店

---

2 （　）へ 映画を 見に 行きます。
えいが み い
1. 映画館
えいがかん
2. 大使館
たいしかん

譯　我要去（電影院）看電影。
1. 映画館：電影院
2. 大使館：大使館

---

3 この バスは （　）の 前を 通ります。
まえ とお
1. 病院
びょういん
2. 病気
びょうき

譯　這輛公車會經過（醫院）前面。
1. 病院：醫院
2. 病気：生病

---

4 東京では どこの （　）に 泊まりますか。
とうきょう と
1. デパート
2. ホテル

譯　你在東京會住在哪裡的（旅館）呢？
1. デパート：百貨公司
2. ホテル：（西式）飯店

---

5 野菜や 果物を 売って いるのは （　）です。
やさい くだもの う
1. 屋
や
2. 八百屋
やおや

譯　販賣蔬菜和水果的地方是（蔬果店）。
1. 屋：…店
2. 八百屋：蔬果店

---

6 （　）へ 切手を 買いに いきます。
きって か
1. 郵便局
ゆうびんきょく
2. 銀行
ぎんこう

譯　我要去（郵局）買郵票。
1. 郵便局：郵局
2. 銀行：銀行

解說及答案

❶ 從「喝咖啡聊天」這一線索，知道答案是「喫茶店」（咖啡廳），是供應咖啡、茶及點心等飲食，人們在此交流的店；而「店」（商店）是販賣物品的商店。不正確。

答案：1

❷ 從「看電影」這一線索，知道答案是「映画館」（電影院）；而「大使館」（大使館）是與建交國之間扮演橋樑角色的機構。不正確。

答案：1

❸ 從「前を通ります」（經過前面）這一線索，知道答案要的是場所「病院」（醫院）；而「病気」（生病）指生病。不正確。

答案：1

❹ 從「泊まります」（住宿）這一線索，知道答案是「ホテル」（飯店），提供住宿的地方；而「デパート」（百貨公司）是販賣東西的地方。不正確。

答案：2

❺ 從「販賣蔬菜和水果」這一線索，知道答案是「八百屋」（蔬果店）；「屋」（…店）指店或某種職業的人。不正確。

答案：2

❻ 從「買郵票」知道，答案是賣郵票、寄信的地方「郵便局」（郵局）；而「銀行」（銀行）是負責金錢交易等機關。不正確。

答案：1

11

娛樂嗜好

173　えいが vs. しゃしん

えいが【映画】

名 電影

說明 為了在畫面上表現動的影像，而拍攝並剪接的膠卷。也指把它映現在螢幕上的影像。

例句 いっしょに　映画を　見ましょう。／我們一起去看電影吧。

● 比較

しゃしん【写真】

名 照片；攝影

說明 洗印到相片上的圖片；用照相機拍下的影像。

例句 友だちに　彼の　写真を　見せた。
　　　／我給朋友看了男友的照片。

☞ 哪裡不一樣呢？

> ・ 映画：動態影像。
> ・ 写真：靜態影像。

174　うた vs. おんがく

うた【歌】

名 歌，歌曲

說明 歌詞配上節奏和旋律唱的。

例句 あなたは、歌を　歌いますか？／你會唱歌嗎？

おんがく【音楽】

名 音樂

説明 用音的強弱、高低和音色等的組合表現人類的情感的藝術。

例句 私は、音楽が 好きです。
／我喜歡音樂。

☞ 哪裡不一樣呢？

- 歌：指歌曲。
- 音楽：指音樂整體，包含「歌」（うた）。

175 レコード vs. ペン

レコード【record】

名 唱片，黑膠唱片（圓盤形）

説明 不同於現在的 CD，而是圓圓的一片，往有唱針的唱機上放的唱片。

例句 レコードで クラシック 音楽を 聞くのが 好きだ。
／我喜歡用唱片聽古典樂。

比較

ペン【pen】

名 筆，原子筆，鋼筆

説明 使用墨水，寫字或畫畫的書寫用具。

例句 鉛筆では だめです。ペンで 書いて ください。
／不得使用鉛筆，請以鋼筆書寫。

☞ 哪裡不一樣呢？

- レコード：指唱片。
- ペン：指原子筆。

176 テープ vs. テープレコーダー

テープ【tape】

名 膠布；錄音帶，卡帶

說明 用布、紙、塑膠製作的窄的帶狀物；又指用於錄音或錄影的，表面有磁性的帶狀物。

例句 怪我した ところに テープを 貼りました。
／在受傷的部位貼上了貼布。

● 比較

テープレコーダー【tape recorder】

名 磁帶錄音機

說明 把聲音錄在卡帶上的再生裝置。

例句 部屋には ラジオも テープレコーダーも あります。
／房間裡既有收音機也有錄音機。

☞ 哪裡不一樣呢？

- テープ：指膠帶或卡帶。
- テープレコーダー：指放卡帶的裝置。

177 カメラ vs. ギター

カメラ【camera】

名 照相機；攝影機

說明 指照相用的器具；也指電影或電視的攝影機。底片叫「フィルム」。

例句 カメラに フィルムを 入れて、写真を 撮るのが 楽しいです。
／在相機裡裝上底片拍照是一件很愉快的事。

ギター 【guitar】

② 吉他

説明 弦樂器的一種。一般有六根弦。

例句 ギターを 弾いて いる 写真を 撮りたいです。
／我想拍一張彈著吉他的照片。

☞ 哪裡不一樣呢？

- **カメラ**：指相機。
- **ギター**：為弦樂器的一種。

178 え vs. かんじ

え 【絵】

② 畫，圖畫，繪畫

説明 把對物體形狀的感受等，不用文字或符號，而用顏色或形狀描繪在平面上的作品。

例句 壁の 色が 暗いので 明るい 絵を 掛けましょう。
／由於牆壁是暗色，掛一幅色彩明亮的畫作吧。

比較

かんじ 【漢字】

② 漢字

説明 古代由中國傳到日本，現在仍使用的文字。另外，平安時代初期由漢字創造了平假名和片假名。

例句 ジョンさんは、漢字が わかります。
／約翰先生看得懂漢字。

☞ 哪裡不一樣呢？

- **絵**：表達情感。
- **漢字**：表達意思。

179 フィルム vs. ピアノ

フィルム【film】

图 底片，膠片；影片，電影

說明 在薄薄的膠捲上，塗了感光乳劑的軟片；或是連續拍攝的影像，一般特別指電影。

例句 この カメラは フィルムを 入れるのが やさしい。
／這台相機裝底片的步驟很簡單。

● 比較

ピアノ【piano】

图 鋼琴

說明 鍵盤樂器。在大共鳴箱裡有金屬弦，一彈鍵盤，木槌便敲打弦而發出聲音。為西洋古典樂器。

例句 ピアノが 上手に なりたくて、毎日 弾いて います。
／我希望精進琴藝，因此每天都練習彈奏。

☞ 哪裡不一樣呢？

- フィルム：指底片。
- ピアノ：樂器的一種。

180 がいこく vs. くに

がいこく【外国】

图 外國，外洋

說明 自己國家以外的國家。

例句 外国からも、たくさんの 人が 来ました。
／那天也來了許多國外人士。

くに【国】

㊂ 國家；故鄉

|說明| 具備領土、人民、主權和政府四個要素的政治團體；又指出生、成長的地方。

|例句| サッカーで 有名な 国は、ブラジルです。
　　　／巴西是足球大國。

☞ 哪裡不一樣呢？

> • 外国：自己國家以外的國家。
> • 国：單指國家。

11 実力テスト

做對了，往 😊 走，做錯了往 ✖ 走。

次の文の（　）には、どんな言葉が入りますか。1・2から最も適当なものを一つ選んでください。

實力測驗

Q 哪一個是正確的？
>> 答案在題目後面

1 外国の（　ひと　）で 外国語を 勉強する 人が います。
1. 映画
2. 写真

譯 有些人透過觀賞外國（電影）來學習外文。
1. 映画：電影
2. 写真：照片

2 彼女は（　）を 上手に 歌います。
1. 歌
2. 音楽

譯 她以優美的嗓音唱著（歌）。
1. 歌：歌曲
2. 音楽：音樂

3 （　）より 鉛筆で 書いた 方が 綺麗です。
1. レコード
2. ペン

譯 比起（鋼筆），用鉛筆書寫的字看起來比較整齊。
1. レコード：黑膠唱片
2. ペン：鋼筆

4 台風が 来るから、ガラスに（　）を 貼って おいた。
1. テープ
2. テープレコーダー

譯 由於颱風來襲，因此在玻璃窗上貼了（膠帶）。
1. テープ：膠帶
2. テープレコーダー：磁帶錄音機

5 （　）で 写真を 撮りました。
1. カメラ
2. ギター

譯 用（相機）拍了照片。
1. カメラ：照相機
2. ギター：吉他

頑張ってね！！

做對了，往 😃 走，做錯了往 ✖ 走。

がんばってください！！

6 この （　）は 弟が 学校で
書いた 絵です。
1. 絵
2. 漢字

譯 這幅（畫）是弟弟在學校畫的。
1. 絵：圖畫
2. 漢字：漢字

7 妹は （　）や バイオリンが
上手です。
1. フィルム
2. ピアノ

譯 妹妹的（鋼琴）和小提琴都很出色。
1. フィルム：底片
2. ピアノ：鋼琴

8 来年の 春は （　）へ
帰りたいです。
1. 外国
2. 国

譯 我想在明年春天回去（故鄉）。
1. 外国：外國
2. 国：故鄉

バンザーイ!!

MEMO

❶ 從「學習外文」這一線索，知道答案比較洽當的是「映画」（電影），動態影像；而「写真」（照片）是靜態影像。不正確。

答案：1

❷ 從「歌います」（唱）這一動作，知道答案是「歌」（歌曲）；而「音楽」（音樂）指音樂整體，動詞是「聞きます」（聽）。不正確。

答案：1

❸ 從「書いた」（書寫）這一線索，知道答案要的是書寫道具「ペン」（原子筆）；而「レコード」是黑膠唱片。不正確。

答案：2

❹ 從「貼って」（貼上）這一線索，知道答案是「テープ」，指膠帶；而「テープレコーダー」（磁帶錄音機）指放卡帶的裝置。不正確。

答案：1

❺ 從「写真を撮りました」（拍了照片）這一線索，知道答案是「カメラ」（照相機）；而「ギター」（吉他）為弦樂器。不正確。

答案：1

❻ 從「書いた絵」（畫的圖畫）這一線索，知道答案是「絵」（圖畫）。

答案：1

❼ 從表示技能高超的「上手」（出色）這一線索，知道答案是樂器「ピアノ」（鋼琴）；而「フィルム」指底片。不正確。

答案：2

❽ 從「帰りたい」（想回去）中，回到自己祖國的「帰り（帰るます形）」（回去）這一線索，知道想回去的是自己國家的「国」（國家）；而「外国」（外國）自己國家以外的國家。不正確。

答案：2

12 學校

181 いみ vs. ことば

いみ【意味】

⑧（詞句等）意思，含意，意義

說明 某語言所表達的內容。也指某種表現或行為所表示的意圖或原因。

例句 「ゼロ」と 「零」の 意味は 同じですか。
／請問「zero」和「零」的意思相同嗎？

● 比較

ことば【言葉】

⑧ 語言，詞語

說明 表達自己思想或心情的工具，通常用聲音、文字等方式傳遞；又指單字或語句等組成語言要素的成分。

例句 彼の 話す 言葉は、英語です。／他講的語言是英語。

☞ 哪裡不一樣呢？

• 意味：指語言的內容。
• 言葉：單指語言。

182 えいご vs. ご

えいご【英語】

⑧ 英語，英文

說明 在以英國為首，美國、加拿大、澳洲、紐西蘭等廣大地區使用的語言。

例句 父は 毎日 英語の 新聞を 読んで います。
／爸爸每天都讀英文報紙。

● 比較

ご【語】

名·接尾 …語；語言

說明 接在國家的詞後面，表示那一國家的語言。又指由語音、詞彙和語法構成的一種符號系統。

例句 彼は、上手な 日本語を 話します。

／他說得一口流利的日語。

☞ 哪裡不一樣呢？

- **英語**：指英國等國所使用的國際語言。
- **語**：指語言。

---

183 がっこう vs. だいがく

がっこう【学校】

名 學校；上課

說明 把人們集中在一起，進行教育的地方。有小學、中學、高中、大學、職業學校等；有時指老師講課或學生聽課。

例句 息子は 四月から 学校の 先生に なります。

／我兒子從四月起將成為學校的老師。

● 比較

だいがく【大学】

名 大學

說明 在高中之上，學習專門之事的學校。日本有只念兩年的大學叫「短大」。

例句 大学の 先生という 仕事は、大変です。

／大學教授是一份很辛苦的工作。

☞ 哪裡不一樣呢？

- **学校**：指教育場所。
- **大学**：在高中之上的學校。

184 きょうしつ vs. クラス

きょうしつ【教室】

名 教室，研究室

説明 學校上課的房間。

例句 先生が 教室で 話して います。
／老師正在教室裡講話。

●比較

クラス【class】

名 （學校的）班級；階級，等級

説明 英文的 class，指學校的班級；或是指按照差異制定出的級別。

例句 この クラスは、大変 賑やかです。
／這個班級鬧哄哄的。

☞ 哪裡不一樣呢？

- 教室：指上課的房間。
- クラス：指上課的班級。

185 おしえる vs. じゅぎょう

おしえる【教える】

他下一 教授，指導；告訴

説明 向對方傳授知識或技術等，使其掌握；又指把自己知道的事情轉達給別人。

例句 どなたが 田中さんですか。教えて ください。
／請告訴我哪一位是田中先生。

比較

じゅぎょう【授業】

名・自サ 上課，教課，授課

說明 指在學校裡把學問或技術教給人們。

例句 あの　授業は、とても　面白いです。

／那堂課非常有意思。

☞ 哪裡不一樣呢？

• 教える：傳授知識等，不限場所。
• 授業：多用於在學校傳授學問等。

---

186 としょかん vs. こうえん

としょかん【図書館】

名 圖書館

說明 匯集書、雜誌、報紙、電影和錄影帶等，讓人們借閱的地方。

例句 図書館から、本を　借ります。

／向圖書館借書。

比較

こうえん【公園】

名 公園

說明 為了讓人休息、娛樂而建造的庭院式的地方。

例句 あの　公園は　きれいで　大きいです。

／那座公園既美又大。

☞ 哪裡不一樣呢？

• 公園：提供休息、玩樂等的場所。
• 図書館：提供閱讀書籍等的場所。

187　しんぶん vs. ニュース

しんぶん【新聞】

名 報紙

説明 把消息和話題等印刷出版，傳達給讀者的定期刊物。通常為日刊。

例句 新聞は、どこに　ありますか？／報紙在哪裡？

● 比較

ニュース【news】

名 新聞，消息

説明 新發生的事。也指該事的消息。

例句 この　ニュースを　どう　思いますか？／您對這則新聞有什麼看法？

☞ 哪裡不一樣呢？

- 新聞：書面，指報紙。
- ニュース：影像，指電視新聞。

188　はなし vs. かいわ

はなし【話】

名 話，說話，講話

説明 向別人說出來的，表達自己的感覺、想法的聲音。也指其內容。

例句 さっき　何の　話を　して　いましたか。／剛剛說了什麼呢？

● 比較

かいわ【会話】

名 會話；談話，對話

説明 兩人或兩個以上的人們之間相互交談；也指其談的話。

例句 私は　外国の　友達と　会話を　したり、一緒に　でかけたり
します。／我會和外國朋友聊聊天、一起出門逛逛。

• 話<ruby>はなし</ruby>：敘述事情，表達想法。
• 会話<ruby>かいわ</ruby>：與對方交談，分享想法。

189 くすり vs. びょうき

くすり【薬】

名 藥，藥品

説明 為了治病或治傷而飲用、敷用或注射的物質。

例句 これは 歯<ruby>は</ruby>が 痛<ruby>いた</ruby>い ときに のむ 薬<ruby>くすり</ruby>です。
／這是牙痛時吃的藥。

● 比較

びょうき【病気】

名 生病，疾病

説明 指身體有不正常的地方，感到疼痛或苦惱。也指這種狀態。

例句 お祖母<ruby>ばあ</ruby>さんは 重<ruby>おも</ruby>い 病気<ruby>びょうき</ruby>で 入院<ruby>にゅういん</ruby>して います。
／奶奶由於身染重病而正在住院。

☞ 哪裡不一樣呢？

• 薬<ruby>くすり</ruby>：治療疾病的物品。
• 病気<ruby>びょうき</ruby>：指疾病。

次の文の（　）には、どんな言葉が入りますか。1・2から最も適当なものを一つ選んでください。

實力測驗

Q 哪一個是正確的？

>> 答案在題目後面

1 辞書を 引きました。「覚える」という（　）が 分かりました。
1. 意味
2. 言葉

譯 我查了辭典後，瞭解了「記住」這個（詞語）的意思。
1. 意味：（詞語等）意思
2. 言葉：詞語

2 「（　）と 日本語と どちらが 好きですか。」「どちらも 好きです。」
1. 英語　　2. 語

譯 「（英文）和日文你喜歡哪一種？」「兩種都喜歡。」
1. 英語：英文
2. 語：…語

3 高校を 出て、（　）に 入ります。
1. 学校
2. 大学

譯 高中畢業後進入（大學）就讀。
1. 学校：學校
2. 大学：大學

4 上の（　）の 車が 高いですね。
1. 教室
2. クラス

譯 高（級）的汽車好貴呀。
1. 教室：教室
2. クラス：等級

5 （　）の 後で、外で 野球を しましょう。
1. 教える
2. 授業

譯 下（課）後，我們去外面打棒球吧。
1. 教える：指導
2. 授業：上課

6 音楽を 聴きながら、（　　）の
中を 散歩します。
1. 公園
2. 図書館

頑張ってね！！

譯 一邊聽著音樂，一邊在（公園）裡散步。
1. 公園：公園
2. 図書館：圖書館

7 新聞を 読んで、その（　　）を
知りました。
1. 新聞
2. ニュース

8 これは 私が 読んだ 本の 中で
いちばん 面白い（　　）の 本
です。
1. 話　　2. 会話

譯 看報紙後得知了那則（新聞）。
1. 新聞：報紙
2. ニュース：新聞，消息

譯 這在我讀過的書當中是（內容）最有
意思的一本。
1. 話：內容
2. 会話：對話

9 毎日 夜 遅くまで 仕事を して、
（　　）に なりました。
1. 薬
2. 病気

譯 每天晚上都工作到深夜，結果（生病）了。
1. 薬：藥
2. 病気：生病

MEMO

❶ 從「『覚える』という」（「記住」這個）這一線索，知道答案是「言葉」（詞語）單指語言；而「意味」（意思）指語言的內容。不正確。

答案：2

❷ 從表示從同一範疇、事物中選出一個的句型「と～と～どちらが～」（…和…和，哪個…），知道比較適合的答案是同一範疇的「英語」（英文）；而「語」（…語）指語言。不正確。

答案：1

❸ 從「高校を出て」（高中畢業後）這一線索，知道要就讀的是「大学」（大學）；而「学校」（學校）指教育場所。不正確。

答案：2

❹ 從「高い」（昂貴）這一線索，知道答案是指按照差異制定出級別的「クラス」（等級）；而「教室」（教室）指上課的房間。不正確。

答案：2

❺ 從「の後で」（之後）這一線索，知道答案要的是名詞的「授業」（上課）；而傳授知識的「教える」（指導）是動詞。不正確。

答案：2

❻ 從「音楽を聴きながら」（邊聽音樂）及「散歩します」（散步）這些線索，知道動作的場所是提供休息、玩樂的「公園」（公園）；而「図書館」（圖書館）是提供閱讀書籍等的場所。不正確。

答案：1

❼ 從「新聞を読んで」（看報紙）、「知りました」（得知）這些線索，判斷得知的是「ニュース」（新聞,消息）；而「新聞」指報紙。不正確。

答案：2

❽ 從「讀過的書」這一線索，知道表達書的內容是答案的「話」（內容），指敘述事情，表達想法；而「会話」（對話）是與對方交談，分享想法。不正確。

答案：1

❾ 從「每天晚上都工作到深夜」這一線索，知道答案是「病気」（生病）；而「薬」（藥）是治療疾病的藥品。不正確。

答案：2

學習

190　しゅくだい vs. もんだい

しゅくだい【宿題】

名 作業，家庭作業

說明 由教師出的，讓學生在家中學習的問題。

例句 宿題の 作文が 書けなくて、泣きたく なりました。
／習題裡的作文寫不出來，都快急哭了。

● 比較

もんだい【問題】

名 問題；事項，課題

說明 為了瞭解學習者學了多少，和知識情況等出的，並要求學習者回答的題；也指某類困境，應該被人解決、討論的課題。

例句 では、昨日の 問題から、もう 一度 やりましょう。
／那麼，就昨天的問題再討論一次吧。

☞ 哪裡不一樣呢？

- 宿題：教師出給學生的問題。
- 問題：指等待解決的事物。

191　テスト vs. れんしゅう

テスト【test】

名 考試，試驗，檢查

說明 指考試和測驗。為了檢驗學習效果和工作能力，出測驗題來進行測驗。

例句 テストの 前に 勉強しました。／在考試前用功讀書了。

● 比較

れんしゅう【練習】

(名・他サ) 練習，反覆學習

説明 為使學問或技術等提高，反覆做同樣的事。

例句 まっすぐ 線を 引いて、字の 練習を します。
／劃上直線練習寫字。

☞ 哪裡不一樣呢？

- テスト：指測驗。
- 練習：指練習。

---

192 なまえ vs. みょうじ

なまえ【名前】

(名)（事物與人的）名字，名稱

説明 家族中每個人都給予的名稱，用來稱呼。日本最多的姓氏有「田中」、
「鈴木」和「高橋」等。也指事物的名稱。

例句 名前の 下に やりたい スポーツを 書いて ください。
／請把想要從事的運動寫在姓名的下方。

● 比較

みょうじ【苗字】

(名) 姓氏

説明 加在名字前面的姓，表明個人所屬的家族或家族系統的符號。指姓氏。

例句 あなたの 苗字の 読み方を 教えて ください。
／請教我貴姓的讀法。

☞ 哪裡不一樣呢？

- 名前：指全名。
- 苗字：指姓氏。

193 かたかな vs. ぶんしょう

かたかな【片仮名】

名 片假名

說明 假名的一種。日本平安時代初期，取漢字的一部份創造表音文字。例如：從「呂」創造出的「ロ」就是片假名的一種。

例句 「名前は　カタカナで　書いて　ください。」「はい、わかりました。」
／「名字請用片假名書寫。」「好的，我知道了。」

● 比較

ぶんしょう【文章】

名 文章，散文

說明 把思想和感情用文字表達出來的單篇文字作品。

例句 正しい　文章の　書き方を　習いたいです。
／我想要學習正確的寫作方式。

☞ 哪裡不一樣呢？

- 片仮名：來自於漢字的楷書。
- 文章：單篇文字作品。

194 さくぶん vs. ひらがな

さくぶん【作文】

名 作文

說明 指寫文章。特別是指小學或中學裡，上國文課時寫的文章。

例句 作文を　上手に　書きました。
／寫了一篇精采的作文。

● 比較

ひらがな【平仮名】

名 平假名

說明 假名的一種。主要是由簡化萬葉假名的草體而成的。

例句 平仮名は　やさしいが、漢字は　難しい。

／平假名很容易學，但是漢字很難背。

☞ 哪裡不一樣呢？

- 作文：寫文章。
- 平仮名：來自於漢字的草體。

195　やすみ vs. ひま

やすみ【休み】

名 休息；假日，休假，休息（時間）；停止營業；睡覺

說明 指停止學習或工作等，使身心得到休息；也指這種時間或日期；也指商店等停止營業；進入睡眠狀態。

例句 妻が　仕事で　夫が　休みの　日に　夕飯を　作ります。

／由於妻子在工作，因此先生在假日做晚飯。

● 比較

ひま【暇】

名・形動 時間，功夫；空閒時間，暇餘

說明 當形容詞時，指能夠自由支配時間的樣子；當名詞時，指沒有工作或義務的麻煩，自己可以自由支配時間。

例句 私には　ゴルフを　する　暇も　金も　ない。

／我可沒空也沒錢打高爾夫球。

☞ 哪裡不一樣呢？

- 暇：指空閒時間。
- 休み：指休息、放假時間。

実力テスト

做對了，往 😊 走，做錯了往 ❌ 走。

次の文の（　）には、どんな言葉が入りますか。1・2から最も適当なものを一つ選んでください。

實力測驗

Q 哪一個是正確的？
>> 答案在題目後面

1 子どもたちは 静かに （　）を して います。
1. 宿題
2. 問題

譯 孩子們正在安靜地做（作業）。
1. 宿題：家庭作業
2. 問題：（需要研究，處理，討論的）事項

2 毎日 1時間ぐらい テニスの （　）を します。
1. テスト
2. 練習

譯 我每天（練習）網球大約一個小時。
1. テスト：考試，試験
2. 練習：反覆學習，鍛鍊

3 あの 川の （　）を 知って いますか。
1. 名前
2. 苗字

譯 你知道那條河的（名字）嗎？
1. 名前：名字
2. 苗字：姓氏

4 （　）の 「ク」は、漢字の 「久」から 作りました。
1. 片仮名
2. 文章

譯 （片假名）的「ク」是由漢字的「久」變化而來的。
1. 片仮名：片假名
2. 文章：文章

5 「家族」と いう テーマで （　）を 書きました。
1. 作文
2. 平仮名

譯 我寫了一篇題目是「家人」的（作文）。
1. 作文：作文
2. 平仮名：平假名

6 明日、会社は （　）ですが、どこにも 行きません。
1. 暇
2. 休み

譯 明天公司雖然（不上班），但是我哪裡也不去。
1. 暇：空閒時間
2. 休み：休息，休假

解說及答案

❶ 從「をしています」（正在做）這一線索，知道答案是「宿題」（家庭作業），教師出給學生的問題；而「問題」（事項）指等待解決的事物。不正確。

答案：1

❷ 從「毎日1時間」（每天一個小時）跟「テニス」（網球）這一線索，知道答案是反覆學習的「練習」（練習）；而「テスト」（考試）指測驗。不正確。

答案：2

❸ 從問「那條河」這一線索，知道答案是事物的名稱的「名前」（名字）；而「苗字」（姓氏）指人的姓氏。不正確。

答案：1

❹ 從「ク」這一線索，知道答案是「片仮名」（片假名）；而「文章」（文章）是單篇文字作品。不正確。

答案：1

❺ 從「一篇題目是〈家人〉」這一線索，知道答案是「作文」（作文）；而「平仮名」（平假名）是來自於漢字的草體的日本文字。不正確。

答案：1

❻ 表示公司不上班要用停止工作等，使身心得到休息的「休み」（休息，不上班）；而「暇」（餘暇）是指空閒時間。不正確。

答案：2

文具用品

196 えん vs. おかね

えん【円】

(名・接尾) 日圓（日本的貨幣單位）；圓（形）

說明 日本的貨幣單位，計算日幣的詞；從中心到周圍每一點的距離都相等的形體。

例句 アメリカのは　千円ですが、日本のは　800 円です。
／美國製的要一千圓，而日本製的是八百圓。

● 比較

おかね【お金】

(名) 錢，貨幣

說明 金錢。一般最常只說成「金」，但是也常說成「お金」。

例句 お金が　たくさん　ほしいです。／我希望擁有龐大的財富。

☞ 哪裡不一樣呢？

- 円：指貨幣單位。
- お金：指貨幣、金錢。

197 ボールペン vs. ソープ

ボールペン【ball-point pen】

(名) 原子筆，鋼珠筆

說明 以小圓珠代替筆尖的書寫工具。

例句 ボールペンを　使って、かわいい　絵を　描きます。
／用原子筆畫出可愛的圖畫。

ソープ【soap】

名 肥皂

說明 用油脂和氫氧化納製成的洗滌用品，去汙力強。除了洗臉洗身體之外，還有洗滌用、藥用、工業用等各種不同的總類。

例句 体を 洗う ときは ソープを 使います。
／洗澡時用香皂。

☞ 哪裡不一樣呢？

- ボールペン：文具用品。
- ソープ：清潔用品。

---

198 ペン vs. まんねんひつ

ペン【pen】

名 筆，原子筆，鋼筆

說明 使用墨水，寫字或畫畫的書寫用具。

例句 手紙を 書く ときは 鉛筆より ペンで 書いた ほうが ていねいです。／寫信時比起鉛筆，使用鋼筆顯得更有禮貌。

● 比較

まんねんひつ【万年筆】

名 鋼筆

說明 寫字或畫圖的工具。具有使筆桿內裝的墨水，可自動從筆尖流出裝置的攜帶用鋼筆。

例句 万年筆で 漫画を 描く。
／用鋼筆畫漫畫。

☞ 哪裡不一樣呢？

- ペン：多數時候指原子筆，也包含鋼筆。
- 万年筆：特別指鋼筆。

199 コピー vs. かく

コピー【copy】

(名・他サ) 拷貝，複製，副本

説明 用機器將文件或圖樣印出同樣的副本。

例句 ノートを コピーしました。／影印了筆記。

● 比較

かく【書く】

(他五) 寫，書寫；寫作（文章等）

説明 使用鉛筆或原子筆等，記文字、記號或線條；創作文章等文學作品。

例句 手紙の 返事を 書きます。／寫回信。
てがみ　へんじ　　か

☞ 哪裡不一樣呢？

- コピー：複印。
- 書く：書寫。
  か

200 ざっし vs. じびき

ざっし【雑誌】

(名) 雜誌，期刊

説明 刊登報導、論文等，定期在每週、每個月或是每年出版的書。

例句 この 雑誌は おもしろいですが、高いです。
　　　ざっし　　　　　　　　たか
／這本雜誌雖然內容有意思，但是價格昂貴。

● 比較

じびき【字引】

(名) 字典，辭典

説明 「字典」的通俗説法。

例句 知らない 字が あって、字引を 引いて、調べました。
　　　し　　　　じ　　　　　じびき　ひ　　　しら
／看到不懂的字，查了字典。

• **雜誌**（ざっし）：每月或定期出的書。
• **字引**（じびき）：指字典。

201　じしょ vs. ほん

じしょ【辞書】

Ⓝ 字典，辭典

說明 把詞收集在一起，按五十音順或拉丁字母順排列，對每個詞都從發音、意義、用法等進行解說的書。

例句 人（ひと）に 聞（き）くより 辞書（じしょ）を 引（ひ）いた ほうが いい。
　　　／與其問人，不如查字典來得好。

● 比較

ほん【本】

Ⓝ 書，書籍

說明 有文字或圖書的冊子。

例句 本（ほん）を 見（み）ないで、答（こた）えなさい。／回答時請不要看書。

☞ 哪裡不一樣呢？

• **辞書**（じしょ）：指字典。
• **本**（ほん）：指書籍。

202　かみ vs. ノート

かみ【紙】

Ⓝ 紙

說明 用植物纖維等製造的，用來書寫或印刷等的薄而平的東西。

例句 丈夫（じょうぶ）で 薄（うす）い 紙（かみ）を 使（つか）います。
　　　／使用強韌而輕薄的紙張。

ノート【notebook 之略】

② 筆記本；備忘錄

說明 用於書寫筆記用的簿子；也指隨時記載，幫助記憶的本子。

例句 ノートに　おもしろい　ことを　いっぱい　書^かきました。
／在筆記本上寫滿了有趣的文字。

☞ 哪裡不一樣呢？

- 紙^{かみ}：可書寫的東西。
- ノート：書寫的本子。

14 実力テスト

做對了，往 走，做錯了往 ✗ 走。

次の文の（　）には、どんな言葉が入りますか。
1・2から最も適当なものを一つ選んでください。

 實力測驗　Q 哪一個是正確的？
>> 答案在題目後面

1 （　）は　1000円しか　あり
ません。
1. 円
2. お金

✗

譯 我身上的（錢）只有一千圓。
1. 円：日圓
2. お金：錢，貨幣

---

2 （　）で　顔から　体まで
洗います。
1. ボールペン
2. ソープ

✗

譯 我用（肥皂）從臉洗到身體。
1. ボールペン：原子筆
2. ソープ：肥皂

---

3 （　）に　インクを　入れる。
1. ペン
2. 万年筆

✗

譯 我把墨水注入（鋼筆）裡。
1. ペン：筆
2. 万年筆：鋼筆

---

4 日曜日は　手紙を　（　）、本を
読んだり　します。
1. コピーしたり
2. 書いたり

✗

譯 我星期天通常（寫）信或讀書。
1. コピーしたり：拷貝，複製
2. 書いたり：寫，書寫

---

5 喫茶店で　コーヒーを　飲みながら、
（　）を　読んで　います。
1. 雑誌
2. 字引

✗

譯 在咖啡廳裡一面喝咖啡一面看（雜誌）。
1. 雑誌：雜誌，期刊
2. 字引：字典

---

6 （　）を　使わないで　英語の
新聞を　読みました。
1. 辞書
2. 本

✗

譯 不使用（辭典）讀英文報紙。
1. 辞書：辭典
2. 本：書籍

---

7 （　）を　1枚　取って　ください。
1. 紙
2. ノート

✗

譯 請拿一張（紙）給我。
1. 紙：紙
2. ノート：筆記本

 がんばってください！！

214

解說及答案

❶ 從「我身上只有一千圓」這一線索，知道
答案是「お金」（貨幣），指貨幣、金錢；
而「円」（日圓）指貨幣單位。不正確。

答案：2

❷ 從「從臉洗到身體」這一線索，知道答案是
「ソープ」（肥皂），清潔用品；而「ボー
ルペン」（原子筆）是文具用品。不正確。

答案：2

❸ 從「インクを入れる」（注入墨水）這
一線索，知道答案是有貯存墨水裝置的
「万年筆」（鋼筆）；而「ペン」（筆）
指原子筆。不正確。

答案：2

❹ 從「手紙を」（信）這一線索，知道答案是
「書く」（書寫）；而「コピー」是複印。
不正確。

答案：2

❺ 從「喫茶店」（咖啡廳）跟「読んで」（看）
這些線索，知道在咖啡廳裡看的是「雑
誌」（雜誌）；而「字引」（字典）指字典。
不正確。

答案：1

❻ 從「使わないで」（沒有使用）跟「英語の
新聞を読みました」（讀了英文報紙）這些
線索，知道沒有使用的工具是「辞書」（辭
典）；「本」指書籍。不正確。

答案：1

❼ 從「1枚」中的量詞，知道答案是「紙」（紙）；
而書寫筆記用的簿子「ノート」（筆記本），
量詞為「冊」（本）。不正確。

答案：1

215

15 工作及郵局

203 がくせい vs. せいと

がくせい【学生】

名 學生

説明 上學校受教育的人。在日本嚴格説來，是指大學生或短大的學生。

例句 **学生**は、3人しか　いません。／只有三個學生。

● 比較

せいと【生徒】

名 學生

説明 在學校學習的人，特別是指在中小學學習的人。

例句 **教室**に、**先生**と　**生徒**が　います。
　　　／教室裡有老師和學生。

☞ 哪裡不一樣呢？

- **学生**：指大學生或短大的學生。
- **生徒**：指在中小學學習的人。

204 けいかん vs. せんせい

けいかん【警官】

名 警官，警察

説明 「警察官」的簡稱。做警察工作的公務員。多專指巡警。「お巡りさん」
　　　是比較親切的稱呼方式。

例句 **彼女**は　**婦人警官**です。／她是女警。

● 比較

せんせい【先生】

名 老師，師傅；醫生，大夫

說明 在學校等居於教育，指導別人的人；又指對高職位者的敬稱如：醫生、
政治家等。

例句 いすから 立って、先生に あいさつしました。。
／從椅子上站了起來向老師問好。

☞ 哪裡不一樣呢？

- 警官：在警署任職。
- 先生：指老師或對高職位者的稱呼。

205 おまわりさん vs. いしゃ

おまわりさん【お巡りさん】

名（俗稱）警察，巡警

說明 對「警官」（警察）的親切稱呼。

例句 知らないので、交番で おまわりさんに 聞いて ください。
／我不知道，請到派出所請教員警。

● 比較

いしゃ【医者】

名 醫生，大夫

說明 檢查生病或受傷的病患，並加以治療的人。也就是把治病、治傷做為
職業的人。

例句 医者に なって、病気の 人を 助けたいです。
／我希望成為醫師，救助生病的人。

☞ 哪裡不一樣呢？

- お巡りさん：在派出所任職的人。
- 医者：指以治病為業的人。

206 かいしゃ vs. きぎょう

かいしゃ【会社】
名 公司；商社

說明 以營利為目的，依照公司法，組織而成的法人。

例句 9時に 会社へ 行きます。／九點去公司。

● 比較

きぎょう【企業】
名 籌辦事業；企業，事業

說明 從事生產、製造、運銷及貿易等活動，以營利為目的的事業組織。

例句 私は 日本企業で 働きたいです。／我想在日商公司工作。

☞ 哪裡不一樣呢？

- 会社：依公司法組成的。指公司。
- 企業：從事經濟活動等的組織。指企業。

207 しごと vs. つとめる

しごと【仕事】
名 工作；職業

說明 指使用身體或頭腦工作；也指為了生活而從事的職務或工作。

例句 仕事の 前か 後に 電話を します。／在工作前或後打電話。

● 比較

つとめる【勤める】
他下一 工作，任職

說明 為了獲得金錢，成為某一組織的一份子，每天上班做一定的工作。

例句 父は 銀行に 勤めて います。
／家父目前在銀行工作。

☞ **哪裡不一樣呢？**

- **仕事**：指工作。名詞。
- **勤める**：指任職。動詞。

208 てがみ vs. はがき

てがみ【手紙】

名 信，書信，函

説明 把想傳達的事，或想跟對方問好，寫下來寄給別人的文書。

例句 **手紙を もらって、嬉しく なりました。**
／收到信後高興得不得了。

● 比較

はがき【葉書】

名 明信片

説明 在一定規格的紙上寫上信文，在另一面寫上對方的住址、姓名等，發出的信件。

例句 **結婚した ことを はがきで 知らせた。**
／用明信片上通知結婚的訊息。

☞ **哪裡不一樣呢？**

- **手紙**：有信封。
- **はがき**：無信封。

209 きって vs. きっぷ

きって【切手】

名 郵票

説明 寄信時用來代替金錢，貼在信封上的小紙片。

例句 **切手は、どこに 貼りますか？**／郵票要貼在哪裡呢？

きっぷ【切符】

名 票，車票

說明 乘坐交通工具，或看電影時，證明付過錢的票據。

例句 電車に 乗る 前に、切符を 買います。
／搭電車前先買車票。

☞ 哪裡不一樣呢？

- 切手：指郵票。
- 切符：指車票。

210 ふうとう vs. ポスト

ふうとう【封筒】

名 信封，封套

說明 裝書信或文件等郵寄的紙袋。

例句 きれいな 紙で 作った 封筒に 手紙を 入れました。
／把信放進了用漂亮的紙摺成的封套裡。

比較

ポスト【post】

名 郵筒，信箱

說明 郵局在路旁設立供人投信的筒狀設備。

例句 ポストに おもしろい 手紙が 入って いた。
／郵筒裡躺著趣味造型的信函。

☞ 哪裡不一樣呢？

- 封筒：裝信件的紙袋。
- ポスト：寄信的筒狀設備。

実力テスト

做對了，往 走，做錯了往 走。

次の文の（　　）には、どんな言葉が入りますか。1・2から最も適当なものを一つ選んでください。

實力測驗

Q 哪一個是正確的？

>> 答案在題目後面

1 アリさんは、東京大学（とうきょうだいがく）の（　　）です。
1. 学生（がくせい）
2. 生徒（せいと）

譯 阿里先生是東京大學的（學生）。
1. 学生：（主要指大專院校的）學生
2. 生徒：（中學，高中）學生

2 新（あたら）しい（　　）は やさしくて、学校（がっこう）が 楽（たの）しく なりました。
1. 警官（けいかん）
2. 先生（せんせい）

譯 新來的（老師）很溫柔，上學變得很有趣。
1. 警官：警察
2. 先生：老師

3 自転車泥棒（じてんしゃどろぼう）で（　　）に 捕（つか）まった。
1. お巡（まわ）りさん
2. 医者（いしゃ）

譯 （員警）抓到了自行車的竊賊。
1. お巡りさん：俗稱警察
2. 医者：醫生

4 風邪（かぜ）を 引（ひ）いて、（　　）を 休（やす）みました。
1. 会社（かいしゃ）
2. 企業（きぎょう）

譯 感冒了向（公司）請假。
1. 会社：公司
2. 企業：企業

5 （　　）疲（つか）れた 後（あと）は、テレビを 見（み）て すぐ 寝（ね）ます。
1. 仕事（しごと）で
2. 勤（つと）めて

譯 （工作）得很疲憊時，看看電視就馬上睡覺。
1. 仕事で：工作
2. 勤めて：（靜態的）任職

 頑張ってね！！

做對了，往 😃 走，做錯了往 ✖ 走。

がんばってください！！

6 封筒に （　）を 入れました。
1. 手紙
2. はがき

譯 把（信）放進了信封裡。
1. 手紙：信
2. はがき：明信片

7 駅では （　）を 売って います。
1. 切手
2. 切符

譯 車站會販售（車票）。
1. 切手：郵票
2. 切符：車票

8 （　）に 切手を 貼ります。
1. 封筒
2. ポスト

譯 在（信封）上貼郵票。
1. 封筒：信封
2. ポスト：郵筒

MEMO

❶ 從「東京大学」這一線索，知道答案是「学生」（學生），指大學生或短大的學生；而「生徒」（學生）指在中小學學習的人。不正確。

答案：1

❷ 從「讓人變得喜歡上學了」這一線索，知道答案是在學校教育學生的「先生」（老師）；而「警官」（警察）是從事警察工作的公務員。不正確。

答案：2

❸ 從「捕まった」（抓到了）這一線索，知道答案是從事警察工作的「お巡りさん」（警察）；而「医者」（醫生）是治療生病或受傷的病患的人。不正確。

答案：1

❹ 從「休みました」（請了假）這一線索，知道答案是「会社」（公司）；而「企業」（企業）是從事經濟活動等的組織。也指事業。一般不講「跟企業請假」。不正確。

答案：1

❺ 從「疲れた後は」（很疲憊）這一線索，知道答案是「仕事」，指工作；「勤める」指擔任職務。不正確。

答案：1

❻ 從「封筒に」（信封裡）跟「入れました」（放進了）這些線索，知道放入信封的是「手紙」（信），信有信封；而「はがき」（明信片）是不用信封的。不正確。

答案：1

❼ 「車站會販售」的是「切符」（車票）；而「切手」（郵票）的販售處一般是「郵便局」。不正確。

答案：2

❽ 需要「貼郵票」的是「封筒」（信封）裝信件的紙袋；而「ポスト」（郵筒）是寄信的裝置。不正確。

答案：1

Part 3・日常生活

Track 30

16 方向位置

211 にし vs. ひがし

にし【西】

名 西 , 西方 , 西邊

說明 方位之一。四個基本方向之一。太陽落下的方位。

例句 ここから　西に　行くと、川が　あります。
／從這裡往西走，有一條河。

比較

ひがし【東】

名 東 , 東方 , 東邊

說明 方位之一。四個基本方向之一。太陽升起的方向。

例句 太陽は　東から　西へ　動きます。／太陽由東向西運行。

☞ 哪裡不一樣呢？

- 西：西方。太陽落下的方位。
- 東：東方。太陽升起的方向。

212 きた vs. みなみ

きた【北】

名 北 , 北方 , 北邊

說明 方位名。四個基本方位之一。早晨面對太陽升起時左手的一方。

例句 北の　空に　星が　七つ　並んで　います。
／北方的天空分布著七顆星星。

みなみ【南】

ⓝ 南，南方，南邊

說明 方位名。四個基本方位之一。早晨面對太陽升起時右手的一方。

例句 **南の 風は 暖かい。北の 風は 冷たい。**
／南風溫暖，北風寒冷。

☞ **哪裡不一樣呢？**

- 北：北方。面對太陽升起時左手的一方。
- 南：南方。面對太陽升起時右手的一方。

213　うえ vs. そと

うえ【上】

ⓝ（位置）上面；上，高，好；表面，外面

說明 位置比基準高的一方；程度、地位、年齡、能力、數量等比較高；事物的表面、外側；相反詞是「下」。

例句 **英語は 姉の ほうが 上だ。**
／姊姊的英文能力在我之上。

そと【外】

ⓝ 外，外面；外面，表面；外頭，外面

說明 某一特定範圍以外的外部；相對於裡面的外邊；家以外的地方，外頭。

例句 **外では 雨が 降って います。**
／外面下著雨。

☞ **哪裡不一樣呢？**

- 上：指位置、程度、地位、年齡、能力、數量高。
- 外：指事物的外面。

した vs. へた

した【下】

(名)（位置的）下，下面；低，小；裡面

說明 把物體丟下時的降落方向，位置比基準低的一方；程度、地位、年齡、能力、數量等比較低；從外面看不見的裡面。相反詞是「上」。

例句 本の 下に ノートが あります。
／書下面有筆記本。

● 比較

へた【下手】

(名・形動)（技術等）不高明，不擅長，笨拙

說明 表示技術拙劣，做不好事情的樣子。沒有不愉快的暗示，只是客觀地敘述而已。

例句 私は、歌が 下手です。
／我的歌喉很差。

☞ 哪裡不一樣呢？

• 下：指位置、程度、地位、年齡、能力、數量低。
• 下手：指不擅長某事。

ひだり vs. みぎ

ひだり【左】

(名)左，左邊，左方；左手

說明 面向北時，靠西的一面。人體上位於心臟的那一側；一般人吃飯時拿碗的那一隻手。

例句 銀行の 左には、高い 建物が あります。
／銀行的左邊有一棟高大的建築物。

● 比較

みぎ【右】

② 右，右邊，右方；右手

説明 面向南則靠西的一面。人體沒有心臟的一側；一般人吃飯時拿筷子的那一隻手。

例句 道を 渡る 前に、右と 左を よく 見て ください。

／過馬路前請看清楚右左兩邊有無來車。

☞ 哪裡不一樣呢？

* 左：左邊。面向北時，靠西的一面。
* 右：右邊。面向南時，靠西的一面。

---

216 なか vs. ほか

なか【中】

② 裡面；其中；內部

説明 四面包圍著的物體的內側；又指許多事物之中；從外面看不到的內部。

例句 この 中で、どれが 一番 きらいですか？

／這裡面你最討厭的是哪一個呢？

● 比較

ほか【外】

(名・副助) 其他，另外；別的，旁邊；（下接否定）只有，只好

説明 除此之外的事或物；也指不是這個，是別的東西、人、地方等；下接否定，表示否定某物以外之意。

例句 外に なにか 質問は ありますか？

／還有沒有其他問題要發問？

☞ 哪裡不一樣呢？

* 中：之中。
* 外：之外。

217 まえ vs. むこう

まえ【前】

② （空間的）前，前面；前面，面前

説明 自然站立時，眼睛、鼻子所面對的方向。又指某一物體正前方的位置。

例句 車は、家の 前に 止まって います。

／車子停在家門前。

比較

むこう【向こう】

② 正對面；前面；那邊

説明 在自己正前方稍遠的地方；指從自己這一邊來看，隔著某物，越過它的前方；話題中所指的某處。

例句 この 橋の 向こうは 東京です。

／這座橋的另一邊是東京。

☞ 哪裡不一樣呢？

- 前：在前面。
- 向こう：在前面稍遠的地方。

218 あと vs. うしろ

あと【後】

② （地點）後面；（時間）以後；（順序）之後；（將來的事）以後

説明 指背面的方向，地點、位置的後面；現在之後，某時之後；某連續事物中，接下來的事物；過些時間以後。

例句 まず 飛行機に 乗って、その あと 電車と バスに 乗ります。

／先搭飛機，然後換乘電車和巴士。

うしろ【後ろ】

名 後面，背面；背後，背地裡

説明 與臉部相反的方向，與物體正面相反的方向；表面看不到的地方，事物朝里面的部分。

例句 郵便局は　スーパーの　後ろです。
／郵局位於超市後方。

☞ 哪裡不一樣呢？

- 後：用在地點、時間、順序、將來的事。
- 後ろ：用在方向、背後的事物。

実力テスト

做對了，往 😊 走，做錯了往 ✖ 走。

次の文の （　　） には、どんな言葉が入りますか。1・2から最も適当なものを一つ選んでください。

實力測驗

Q 哪一個是正確的？
>> 答案在題目後面

---

1 （　　）の 空から 日が のぼって 来ます。
1. 西
2. 東

譯 太陽從天空的（東方）升起。
1. 西：西邊
2. 東：東邊

---

2 台湾は 日本の （　　）に あります。
1. 北
2. 南

譯 台灣位於日本的（南方）。
1. 北：北邊
2. 南：南邊

---

3 山の （　　）に 白くて 大きい 建物が あります。
1. 上
2. 外

譯 山（上）有一棟大型建築物。
1. 上：上面
2. 外：外面

---

4 机の （　　）が 汚く なりました。
1. 下
2. 下手

譯 桌子（下面）變髒了。
1. 下：下面
2. 下手：不擅長

---

5 英語は （　　）から 書く。
1. 左
2. 右

譯 英文的寫法是從（左）到右。
1. 左：左邊
2. 右：右邊

6 「京都の　旅行は　みんな　行きますか。」「私は　行きませんが、（　　）の　人たちは　行きますよ。」
1. 中　2. ほか

頑張ってね！！

🈠「大家都去京都旅遊嗎？」「我不能去，但是（其他）人都會去喔。」
1. 中：其中
2. ほか：其他

7 危ないから、（　　）を　見て　歩きなさい。
1. 前
2. 向こう

🈠 走路時請看（前面），不然會發生危險。
1. 前：前面
2. 向こう：正對面

8 「公園の　（　　）に　何か　ありますか。」「小さい　山が　あります。」
1. 後　2. 後ろ

🈠「公園（後面）有什麼呢？」
「有一座小山丘。」
1. 後：後面
2. 後ろ：後面；背面

MEMO
_____
_____
_____
_____
_____

231

解說及答案

① 太陽升起的方位是「東」（東邊）；而「西」（西邊）是太陽落下的方位。不正確。

答案：2

② 「台灣位於日本」的是「南」（南邊）；而「北」（北邊）。不正確。

答案：2

③ 從「山の」（山的）這一線索，知道答案是指位置的「上」（上面）；而「外」（外面）是指事物的外面。不正確。

答案：1

④ 從「机の」（桌子的）這一線索，知道答案是指位置的「下」（下面）；而「下手」（不擅長）指不擅長某事。不正確。

答案：1

⑤ 英文是從左寫到右的，答案是「左」（左邊）；「右」（右邊）。不正確。

答案：1

⑥ 要表示「我不能去，但是（其他）人都會去」要用「ほか」（其他），表示除此之外的人事物；而「中」（其中）表示許多事物之中。不正確。

答案：2

⑦ 從「危ないから」（因為危險）跟「見て歩きなさい」（走路時要看）這些線索，知道答案是站立時面對的方向的「前」（前面）；而「向こう」（正對面）是在前面稍遠的地方。不正確。

答案：1

⑧ 從不會動的「公園の」（公園的）這一線索，知道答案是「後ろ」（後面），用在不會動的東西、場所的後面；「後」（後面）表示會移動的東西、時間等的後面。不正確。

答案：2

17

位置、距離、重量等

219　ちかく vs. となり

ちかく【近く】

(名・副) 附近，近旁；接近；（時間上）近期，即將

說明 其附近一帶；離某一為基準的地方不遠之處；也指時間上的靠近。

例句 家の　近くで、タクシーを　降りる。
／在家附近下計程車。

• 比較

となり【隣】

(名) 鄰居，鄰家；隔壁，旁邊；鄰近，附近

說明 左或右相連的位置。也指該位置的人。

例句 花屋は　郵便局の　隣に　ある。／花店在郵局隔壁。

☞ 哪裡不一樣呢？

• 近く：在附近不遠。
• 隣：左右相連的位置。

220　がわ vs. へん

がわ【側】

(名・接尾) …邊，…側；…方面，立場；周圍，外殼

說明 接在東西南北、左右或指示代名詞等詞後面，表示「…邊」；相對的
事物的某一方；包圍著中心部分的東西。

例句 玄関を　入って　左側が　台所です。／進玄關後左手邊是廚房。

233

へん【辺】

㊂ 附近，一帶；程度，大致

説明 表示大致的地點或程度的詞。「辺」一般不能單獨使用。

例句 財布は どの 辺で なくしましたか。

／錢包是在哪一帶弄丟的呢？

☞ **哪裡不一樣呢？**

- 側：有一定的範圍。例如：左邊（左側）、右邊（右側）。
- 辺：範圍較大。

221 そば vs. よこ

そば【側・傍】

㊂ 旁邊，近處，附近

説明 指近處、旁邊、附近，跟基準物之間的距離很少的地方。

例句 私の そばに いて ください。

／請留在我身邊。

よこ【横】

㊂ 橫向；橫，寬；旁邊；側面

説明 與地面平行左右的方向；也指其長度；還有相鄰在隔壁的意思；東西的側面之意。

例句 ドアの 横に 本棚が あります。

／門邊有書架。

☞ **哪裡不一樣呢？**

- そば：在旁邊附近。
- 横：在橫向旁邊。

222 かど vs. まるい

かど【角】

名 角；（道路的）拐角，角落

說明 物品一端的尖處；又指道路的拐角。

例句 机の 角を 丸く して ください。／請把桌角磨圓。

● 比較

まるい【丸い・円い】

形 圓形，球形

說明 呈現出圓形或球形的形狀。立體物用「丸い」，平面物用「円い」。

例句 いつごろ、月は 丸く なりますか？／請問月亮會在什麼時候變圓呢？

☞ 哪裡不一樣呢？

- 角：形狀為尖。
- 丸い・円い：形狀為圓。

223 いま vs. さき

いま【今】

名・副 現在，此刻；（表最近的將來）馬上；剛才

說明 現在的一瞬，此時此刻；也指包括離現在極近的未來或過去的詞。

例句 先生がたは、今 どこに いらっしゃいますか？
／老師們現在在哪裡呢？

● 比較

さき【先】

名 先，早，前頭；頂端，尖端；前面

說明 進行中的事物的最前頭。也指次序在前；細長物的最前端；行進中的前方。

例句 先に 帰りますので、あとは よろしく お願いします。
／我先回去了，後續事務麻煩你們了。

☞ **哪裡不一樣呢？**

- **今**：現在的一瞬；離現在極近的未來或過去。
- **先**：在進行的事物中，是最前面的。

224 キロ vs. メートル

キロ【(法) kilogramme 之略】

㊃ 千克，公斤

說明 重量單位，公斤的十分之一。

例句 この 牛は 重さが 700 キロ あります。
／這頭牛重達七百公斤。

●比較

メートル【mètre】

㊃ 公尺，米

說明 國際公制的長度單位。一公里等於 1000 公尺，也簡稱為「キロ」。符號是「km」。

例句 そこから あそこまで、10 メートル あります。
／從那裡到更遠那邊是十公尺。

☞ **哪裡不一樣呢？**

- **キロ**：重量單位，公斤。
- **メートル**：長度單位，公尺。

225 キロ vs. グラム

キロ【(法) kilo mêtre 之略】

㊃ 一千公尺，一公里

說明 國際公制的長度單位。一公里等於一千公尺，也簡稱為「キロ」。符號是「km」。

例句 ここから 隣の 町まで 200キロメートルぐらいです。
／從這裡到鄰鎮大約距離兩百公里。

● 比較

グラム 【(法) gramme】

名 公克

説明 國際公制的重量單位。符號「g」。一公斤的千分之一。克。

例句 三つで 200グラムです。／三個共二百公克。

☞ 哪裡不一樣呢？

- キロ：長度單位，公里。
- グラム：重量單位，公克。

226 はん vs. はんぶん

はん 【半】

名・接尾 一半；…半

説明 一半，一半的數量；指時間的30分。

例句 もう 5時半に なりました。／已經五點半了。

● 比較

はんぶん 【半分】

名 半，一半，二分之一

説明 二分之一。把全體平分成兩份時，其中的一份。

例句 急いで やって、かかる 時間を 半分に します。
／加速做完，只花了一半時間。

☞ 哪裡不一樣呢？

- 半：一半的數量；也指三十分鐘。
- 半分：指全體的二分之一。

227 つぎ vs. まえ

つぎ【次】

⒜ 下次，下回，接下來；第二，其次

說明 順序排在下一個，緊接在後面的；居某事物的第二地位。

例句 次の テストは、大丈夫でしょう。
　　／下次考試應該沒問題吧。

● 比較

まえ【前】

⒜（時間的）…前，之前

說明 前接時間詞，表示過去，也就是現在以前。

例句 それは、何年前の 話ですか？
　　／那是幾年前的事呢？

☞ 哪裡不一樣呢？

- 次：順序之後。
- 前：時間之前。

228 いくつ vs. いくら

いくつ【幾つ】

⒜（不確定的個數，年齡）幾個，多少；幾歲

說明 詢問可數的東西的數量，人的年齡有多大的詞。一般詢問個數、年齡及天數等。

例句 店の 人は 何を いくつ 出しますか。
　　／店員拿出幾件什麼東西呢？

● 比較

いくら【幾ら】

㊲（錢，價格，數量等）多少；（只有）一點兒

説明　詢問數量、價錢或份量的詞；不確定的數量、價錢或份量等，強調其多或少時用的詞。

例句　その　長_{なが}い　スカートは、いくらですか？

／那條長裙多少錢呢？

☞ 哪裡不一樣呢？

- いくつ：多用於詢問數量、年齡及天數。
- いくら：多用於詢問價錢、數量及份量。

17 実力テスト

做對了，往 😊 走，做錯了往 ✖ 走。

次の文の（　　）には、どんな言葉が入りますか。1・2から最も適当なものを一つ選んでください。

實力測驗
Q 哪一個是正確的？
>> 答案在題目後面

1（　　）に 高い マンションが立って、私の 部屋が 暗くなりました。
1. 近く　　**2.** 隣

😊

✖

譯 （隔壁）聳立著一棟高樓大廈，使我的房間變得很暗。
1. 近く：附近
2. 隣：隔壁

2 銀行は、この 角を 曲がって、左（　　）に あります。
1. 側
2. 辺

✖

譯 銀行在這個轉角過去的左（邊）。
1. 側：…邊，…側
2. 辺：附近，一帶

😊

3 紙を（　　）4センチ 切りました。
1. そば
2. 横

😊

✖

譯 把紙張裁成了（寬度）四公分。
1. そば：旁邊
2. 横：寬

4 駅を 出て、二つ目の（　　）を左に 曲がって ください。
1. 角
2. 丸い

✖

😊

譯 出站後，請在第二個（轉角）左轉。
1. 角：（道路的）拐角
2. 丸い：圓的

5 木村さんは（　　）どこに 住んでいますか。
1. 今
2. 先

✖

譯 木村小姐（現在）住在哪裡呢？
1. 今：現在
2. 先：之前

6 ホテルは、この 道を 400（　　）
いって 右側に あります。
1. キロ
2. メートル

頑張ってね！！

譯 旅館位於這條路四百（公尺）處的右邊。
1. キロ：公斤、公里
2. メートル：公尺

7 すみません。この 牛肉は 100
（　　） いくらですか。
1. キロ
2. グラム

8 宿題を まだ（　　）しか 書いて
いません。
1. 半
2. 半分

譯 不好意思，請問這種牛肉一百（公克）
多少錢呢？
1. キロ：公斤、公里
2. グラム：公克

譯 習題才做到（一半）而已。
1. 半：中途，一半
2. 半分：特指二分之一

9 友だちが 来る（　　）に 部屋を
きれいに します。
1. 次
2. 前

10 この リンゴは 一つ（　　）
ですか。
1. いくつ
2. いくら

譯 我在朋友來訪（之前）把房間整理乾淨。
1. 次：接下來
2. 前：之前

譯 這種蘋果一個（多少錢）呢？
1. いくつ：多少個
2. いくら：多少錢

❶ 從「使我的房間變得很暗」這一線索，知道答案是左右位置緊鄰的「隣」（隔壁）；而「近く」（附近）指在附近不遠。不正確。

答案：2

❷ 答案是「側」（…邊）有一定的範圍。例如：左邊（左側）、右邊（右側）；而「辺」（附近）表示大致的地點，所指範圍較大。不正確。

答案：1

❸ 從「4センチ」（四公分）這一線索，知道答案是指寬度的「横」（寬）；而「そば」（旁邊）是指跟基準物之間的距離很少的旁邊、附近的意思。不正確。

答案：2

❹ 從「左に曲がって」（左轉）這一線索，知道答案是道路拐角的「角」（拐角）；而「丸い」（圓的）是圓形或球形的形狀。不正確。

答案：1

❺ 表示「現在住在哪裡呢」，用「今」（現在），指現在，包括說話前後的一段時間；而「先」（之前）指次序在最前面。不正確。

答案：1

❻ 表示道路的長度用「メートル」（公尺）長度單位；而「キロ」有兩個意思：一是重量單位「キログラム」（公斤），一是長度單位「キロメートル」（公里）。都不正確。

答案：2

❼ 表示牛肉的重量用「グラム」（公克）重量單位；而「キロ」有兩個意思：一是重量單位「キログラム」（公斤），一是長度單位「キロメートル」（公里）。都不正確。

答案：2

❽ 從「宿題」（習題）這一線索，知道答案是表示全體的二分之一數量的「半分」（一半）；而「半」（二分之一）一般前面會加「數字＋量詞」，如「5時半」。且大多用在時間和距離上。不正確。

答案：2

❾ 答案是「前」（之前），表示某時間、動作之前；而「次」（接下來）表示順序之後。不正確。

答案：2

❿ 從詢問「這種蘋果一個…呢？」這一線索，知道答案是詢問價錢的「いくら」（多少錢）；而「いくつ」（多少個）多用於詢問數量、年齡及天數。不正確。

答案：2

意思相對的

229 つめたい vs. さむい

つめたい【冷たい】

形 冷，涼；冷淡，不熱情

說明 表示物體的溫度低超過限度，接觸時感覺溫度非常低的樣子。摸到冰塊的感覺；對對方漠不關心。

例句 冷蔵庫で、水を　冷たく　します。／把水放在冰箱冷藏。

● 比較

さむい【寒い】

形 （天氣）寒冷；冷

說明 表示氣溫非常低；又指氣溫低於限度，使全身感到又冷又不舒服的樣子。

例句 本屋の　前は　寒いから、会う　ところは　中に　しましょうか。

／書店前面太冷了，碰面的地點改到店裡面吧。

☞ 哪裡不一樣呢？

> • 冷たい：接觸低溫物體而感到冷。
> • 寒い：氣溫低而感到冷。

230 あたらしい vs. わかい

あたらしい【新しい】

形 新的，新鮮的；新的

說明 指產生之後沒有多久，時間過去不久的樣子；又表示事物、想法，初次出現的樣子。是客觀的表現。

例句 これ、私の　新しい　アパートの　電話番号です。

／這是我新家公寓的電話號碼。

わかい【若い】

㊝ 年紀小，有朝氣；幼稚；年輕

說明 用在人的場合指年齡小，精力充沛，經驗不足。強調相對來說年齡處於較小的狀態；幼稚不成熟；以年齡來看，顯得年輕。

例句 コンサートは　若い　人で　いっぱいだ。
／演唱會上擠滿了年輕人。

☞ **哪裡不一樣呢？**

- **新しい**：用在事物，表示新的。
- **若い**：用在年齡，表示年紀小的。

---

231 ふるい vs. わるい

ふるい【古い】

㊝ 以往，古老；過時，落後；不新鮮

說明 客觀地表示經過長久的年月；或表示與過去相同，感覺不到變化；不符合時下潮流。

例句 この　家は、とても　古いです。
／這棟房子的屋齡很老了。

わるい【悪い】

㊝ 不好，壞的；不好；差，壞；不好

說明 從道德上看不好、惡劣；機遇等不好；質量、能力等不好。各種各樣不好的狀態。

例句 悪い　映画は　子どもに　見せません。
／不讓孩子看不良的電影。

☞ **哪裡不一樣呢？**

- **古い**：客觀地表示經歷年月，老舊的狀態。
- **悪い**：主觀地表示惡劣、能力等不好的樣子。

232 あつい vs. ひろい

あつい【厚い】

�765 厚；（感情，友情）深厚

說明 從一面到相反的一面的距離大或深。至於多厚並沒有絕對的標準，一般會因東西的不同而有差異；感情深厚的樣子。

例句 ケーキを 厚く 切らないで ください。
／請不要把蛋糕切成厚片。

● 比較

ひろい【広い】

�765 （面積，空間，幅度）廣大，寬廣，寬闊；（範圍）廣泛

說明 面積、空間或幅度等大而寬敞的樣子；覆蓋範圍大。跟暗示整個量大的「大きい」（大）比較，「広い」暗示平面面積大。

例句 北海道は 九州より 広いです。
／北海道比九州遼闊。

☞ **哪裡不一樣呢？**

- 厚い：用在厚度。
- 広い：用在面積。

233 うすい vs. ほそい

うすい【薄い】

�765 薄；淺，淡；待人冷淡

說明 表示東西的厚度薄，沒有深度；又指顏色或味道淡；感情淡薄的樣子。

例句 パンを 薄く 切ります。
／把麵包切成薄片。

● 比較

ほそい【細い】

㊙ 細，細小，瘦削；狹窄

說明 形容細長的東西，如線、鉛筆、樹木、身體、手指或腳等，周圍的長度短；也指寬度窄小。

例句 山の 細い 道を 車で 通るのが 嫌です。
／我討厭開車行駛在山間的小路上。

☞ **哪裡不一樣呢？**

- 薄い：東西厚度薄。
- 細い：東西形狀細長。

---

234 あまい vs. からい

あまい【甘い】

㊙ 甜的；甜蜜的，甜美的

說明 具體地表示食物的味道，像白糖或蜂蜜那樣的味道；給人好感的，讓對方喜歡的。

例句 これは、甘い お菓子です。
／這是甜點。

● 比較

からい【辛い】

㊙ 辣，辛辣；鹹的；嚴格

說明 味覺的形容詞之一。嘴裡放進辣椒、芥末或咖哩粉似地，舌頭受到刺激，感覺火辣辣的；味道太鹹的；評價嚴格的。

例句 辛い ものが 大好きです。
／我最喜歡吃辛辣的食物。

☞ **哪裡不一樣呢？**

- 甘い：指甜味。
- 辛い：味道刺激，辣味；太鹹的。

246

235 いい・よい vs. けっこう

いい・よい【良い】

⑱ 好，佳，良好；可以，行

説明 表示各種各樣的良好狀態。質量或程度等優異、理想的樣子；又表示
答應對方希望的事。褒義詞。

例句 午前は いい 天気ですが、午後は 雨が 降ります。
／上午天氣還很好，下午卻下起雨來。

●比較

けっこう【結構】

⑱動·副 很好，出色；可以；(表示否定) 不用，不要；相當

説明 非常好、程度高的樣子。用在對結果或現象表示肯定和滿足的時候；
又表示「也可以」的意思；還有，禮貌地拒絕對方表示「不用了」；
也表示在一般程度之上。

例句 結構な ものを ありがとうございます。
／謝謝您做出如此講究的作品。

☞ 哪裡不一樣呢？

- いい：事物或行為有良好的狀態；又表示答應對方。
- 結構：結果或現象比想像中的好；又表示拒絕對方。

236 いそがしい vs. たいへん

いそがしい【忙しい】

⑱ 忙，忙碌

説明 要做的事情一個接著一個，沒有一時閒暇，忙得不可開交的樣子。

例句 仕事で 忙しかったです。
／那時工作忙得不可開交。

たいへん【大変】

(副・形動) 不得了；很，非常，太

說明 表示事物的程度十分嚴重的樣子。也指十分辛苦的樣子；也表示遠遠超過普通的程度。是一種比較口語的說法。

例句 ピアノを 2階に あげるのが 大変だ。
／要把鋼琴搬上二樓可是一件大工程。

☞ **哪裡不一樣呢？**

- 忙しい：事情緊接而來，沒有空閒時間。
- 大変：指事情程度甚大、十分嚴重、辛苦。

Track ◎ 33

237 きらい vs. いや

きらい【嫌い】

(形動) 嫌惡，厭惡，不喜歡

說明 不合乎自己的愛好。表示厭惡最一般的用語。原則上是貶義詞。相反詞是「好き」。

例句 好きか 嫌いか 教えて ください。
／請告訴我，你到底是喜歡還是討厭。

いや【嫌】

(形動) 討厭，不喜歡，不願意；厭煩

說明 很不願意接納，對事物或人不快的樣子。貶義詞。多半是主觀上的厭惡，有時候沒有明確的理由；也表示不願意繼續下去的心情。

例句 黒い シャツは 嫌です。白いのが いいです。
／我討厭黑色襯衫，喜歡白色的。

☞ **哪裡不一樣呢？**

- 嫌い：用於厭惡的事物。
- 嫌：用於不想要的事物。

すき vs. だいすき

すき【好き】

〈名・形動〉喜好，愛好；愛，產生感情

說明 表示心被特定的事物所吸引的樣子；也表示被人所吸引的樣子。相反
詞是「きらい」（討厭）。

例句 野菜が　好きな　人は　30人の　中で　3人でした。
　　　／喜歡吃蔬菜的人在每三十人之中佔三人。

● 比較

だいすき【大好き】

〈形動〉非常喜歡，最喜好

說明 表示心裡受到誘惑，非常喜歡的樣子。比「好き」程度更上一層。

例句 私は、お酒も　大好きです。
　　　／我也非常喜歡喝酒。

☞ 哪裡不一樣呢？

• 好き：喜歡程度小於「大好き」。
• 大好き：喜歡程度高於「好き」。前面不再接程度副詞，如：とても。

 おいしい vs. まずい

おいしい【美味しい】

〈形〉美味的，可口的，好吃的

說明 食物美味的樣子。「おいしい」一般對象是食物，也有例外，
　　　如：「おいしい空気」（新鮮空氣）。

例句 その　店の　ラーメンは、おいしいですか？
　　　／那家店的拉麵好吃嗎？

比較

まずい【不味い】

形 不好吃，難吃

說明 味道不好的樣子。具有直接表現味道不好的強烈語感。相反詞是「おいしい」（好吃）。

例句 この　料理は　まずいです。
／這道菜很難吃。

☞ 哪裡不一樣呢？

- おいしい：味道好。
- まずい：味道不好。

---

240 おおい vs. たくさん

おおい【多い】

形 多，多的

說明 表示數量或次數多到超過比較物或比較基準。

例句 兄弟が　7人ですか。多いですね。
／您有七個兄弟姊妹呀，好多喔。

比較

たくさん【沢山】

名・形動・副 很多，大量；足夠，不再需要

說明 當「副詞」時，表數量很多。當「形容動詞」時，表已經足夠，再也不需要。反義詞是「すこし」。

例句 雪が　たくさん　降ります。
／雪下得很大。

☞ 哪裡不一樣呢？

- 多い：指數量很多。
- たくさん：指數量很多；也指太多了，不再需要。

241 すくない vs. すこし

すくない【少ない】

形 少，不多

說明 數量小、僅有一點點。也指次數比一般少。

例句 最近 明るい ニュースが 少ないですね。
／最近沒什麼正面的新聞呢。

● 比較

すこし【少し】

副 少量，稍微，一點

說明 表示數量和程度的少，時間和距離短。相反詞是「たくさん」（很多）。

例句 彼は すぐに 来ますので、もう 少し 待って ください。
／他馬上就來了，請再稍等一下。

☞ 哪裡不一樣呢？

- 少ない：只指數量少。有時含有驚訝、意外、責備的語感。
- 少し：指某範圍中的一點點。

242 たかい vs. おおきい

たかい【高い】

形 （程度，數量，價錢）高，貴；（身材，事物等）高，高的

說明 表示程度，數量，價錢，比起其他事物都要高，需要的更多；也指在基準面的上面，離地面的距離大。

例句 こんなに 高い 本は、だれも 買わないでしょう。
／這麼貴的書，誰也不會買吧。

おおきい【大きい】

形（體積，身高，程度，範圍等）大，巨大；（數量）大，廣大

說明 物體的面積或體積，或者事物的規模、範圍，在其他之上。又指數量在別的之上。

例句 旅行の　かばんは　ありますか。大きくて　軽いのが　ほしいのですが。／這裡有賣旅行包嗎？我想要一只容量大且重量輕的。

☞ **哪裡不一樣呢？**

- 高い：指物體從上到下距離大或價格高。
- 大きい：指物體的面積、體積大或數量大。

---

243 かるい vs. ちいさい

かるい【軽い】

形 輕的，輕便的；（程度）輕微的；輕鬆的

說明 不需花費太大的力氣，很簡單地就能把東西移動或拿起；不是什麼了不起的程度；心中沒有任何負擔。

例句 こっちの　荷物の　ほうが　軽いです。
／這個行李比較輕。

ちいさい【小さい】

形 小的；微少，輕微，幼小的

說明 表示物體的面積和體積，或者事物的規模和範圍比別的量小；又指數量、程度比別的輕微，年齡幼小的。

例句 おじいちゃんは　体が　小さいが、とても　元気です。
／爺爺雖然身材瘦小，仍然十分老當益壯。

☞ **哪裡不一樣呢？**

- 軽い：體積輕。
- 小さい：體積小。

244 おもい vs. たいせつ

おもい【重い】

(形)（份量）重；沉重

說明 拿起或移動物體時，感到需要很大力量；也指心情不好。

例句 重い 荷物を 持ちました。
／帶了很重的行李。

比較

たいせつ【大切】

(形動) 重要，要緊；心愛，珍惜

說明 最重要，重要到不可缺少的程度；又指十分注意、關心的樣子。

例句 私の 大切な ものは、あれでは ありません。
／我最重要的東西不是那個。

☞ 哪裡不一樣呢？

- 重い：指物體具體份量重；心情不好。
- 大切：指心理上感到重要、關心。

Track ◎ 34

245 おもしろい vs. たのしい

おもしろい【面白い】

(形) 好玩；有趣，新奇；可笑的

說明 表示高興得心曠神怡；引起興趣的樣子。引起興趣是個人帶有主動的慾望，比「楽しい」表現得理智些；也指可笑的、滑稽的。

例句 面白い ことを 言う お兄さんが 好きだ。
／我喜歡說話風趣的哥哥。

たのしい【楽しい】

形 快樂，愉快，高興

説明 表示客觀的滿意的狀態，非常高興，心裡很興奮。

例句 みんなで 楽しく 日本語の 歌を 歌いました。
／大家一起開心地唱了日文歌。

☞ 哪裡不一樣呢？

- 面白い：主觀地對事物感到有趣、好笑。
- 楽しい：客觀地對事物感到滿足、高興。

---

246 せまい vs. つまらない

せまい【狭い】

形 狹窄，狹小，狹隘

説明 表示空間面積小，達不到所需的寬廣度。

例句 親と 一緒に 住むから、うちが 狭く なりました。
／我和父母同住，所以家裡變得很擁擠。

比較

つまらない

形 無趣，沒意思；無意義

説明 既沒趣也不可笑，不愉快的樣子；也表示沒有價值、無聊、荒謬。常用於日常會話。

例句 その 映画は、おもしろいか つまらないか 教えて ください。
／請告訴我那部電影有意思還是很無聊。

☞ 哪裡不一樣呢？

- 狭い：指空間面積小。
- つまらない：指心理感到無趣、沒有價值。

247 きたない vs. いや

きたない【汚い】

形 骯髒；(看上去) 雜亂無章，亂七八糟

說明 表示具體的或抽象的不清潔、弄髒的樣子；也表示不整潔、雜亂無章，使人感到不快的樣子。

例句 よく 洗いましたが、まだ 汚いです。
　　　／雖然洗過很多次了，還是很髒。

●比較

いや【嫌】

形動 討厭，不喜歡，不願意；厭煩

說明 很不願意接納，對事物或人不快的樣子。貶義詞。多半是主觀上的厭惡，有時候沒有明確的理由；也表示不願意繼續下去的心情。

例句 黒い シャツは 嫌です。白いのが いいです。
　　　／我不要黑色的襯衫，想要白色的。

☞ 哪裡不一樣呢？

• 汚い：指具體或抽象事物髒的狀態。
• 嫌：主觀上對事物的厭惡。

248 かわいい vs. きれい

かわいい【可愛い】

形 可愛，討人喜愛，小巧玲瓏；心愛，心疼

說明 小巧可愛，給人好感或討人喜歡的情況；也表示疼愛自己的孩子等。

例句 赤ちゃんの 小さい 手が かわいいです。
　　　／嬰兒的小手好可愛。

きれい【綺麗】

形動 漂亮，好看；整潔，乾淨

說明 表示客觀敘述視覺、感覺好，美的樣子；又表示乾淨而美觀俐落，使人感到舒服的樣子。

例句 あの 目の きれいな 方は どなたですか。
／請問那位擁有一雙美麗眼眸的人是誰呢？

☞ 哪裡不一樣呢？

- かわいい：主觀地感到討人喜愛的情況。
- きれい：客觀敘述人事物的美或乾淨的樣子。

---

249 しずか vs. にぎやか

しずか【静か】

形動 靜，安靜；平靜，沈穩；文靜

說明 表示聲音非常小，幾乎聽不到，寂靜無聲；又指動作不激烈、安穩，活動少的樣子；性情溫和老實。

例句 ちょっと 静かに して ください。／請安靜一點。

にぎやか【賑やか】

形動 熱鬧，繁華；有說有笑，鬧哄哄

說明 街上人多、繁盛活躍，有活力、騷動、熱鬧的樣子；也表示快活得又說又笑，歡鬧得有些煩人。

例句 そこは たくさん デパートが あって、人も たくさん いて、とても 賑やかでした。
／當初那裡有很多家百貨公司，人潮也相當擁擠，非常熱鬧。

☞ 哪裡不一樣呢？

- 静か：聲音安靜。
- 賑やか：聲音吵雜。

250 じょうず vs. できる

じょうず【上手】

名・形動（某種技術等）擅長，高明，厲害

說明 技術、技能高超的樣子。跟暗示對於技術高超的感動「うまい」相比。「上手」強調技術卓越。

例句 彼女は　料理が　とても　上手です。
／她的廚藝非常精湛。

● 比較

できる【出来る】

自上一　能，會，辦得到；做好，做完

說明 表示有能力或可能性做某事；某事被完成了，做好了。

例句 テストは　難しくて、全然　できませんでした。
／考題很難，我完全不會作答。

☞ 哪裡不一樣呢？

- 上手：擅長做某事。
- できる：做得到某事。

251 よわい vs. へた

よわい【弱い】

形 弱的；弱；不擅長

說明 表示力量不夠，不能依靠；也指作用力小；技術拙劣。

例句 弟は　体が　弱いから、毎日　運動を　します。
／弟弟體力欠佳，因此天天運動。

へた【下手】

名・形動（技術等）不高明，不擅長，笨拙

說明 表示技術拙劣，做不好事情的樣子。沒有不愉快的暗示，只是客觀地敘述而已。

例句 アメリカ人は　箸を　使うのが　下手だ。
／美國人不擅於使用筷子。

☞ 哪裡不一樣呢？

• 弱い：指體力、身體不好，精神薄弱的樣子。
• 下手：客觀地敘述技術拙劣的樣子。

252 ひくい vs. やすい

ひくい【低い】

形 低，矮；卑微，低賤

說明 低於某一標準面。也指從最下面到最上面的距離短；還表示等級或價值在其他事物之下。

例句 明日の　気温は、低いでしょう。
／明天的氣溫應該很低吧。

● 比較

やすい【安い】

形 便宜，（價錢）低廉

說明 只花一點錢就能買到，價錢相對不高的樣子。

例句 この　店の　ラーメンは　安いです。そして、おいしいです。
／這家店的拉麵很便宜，而且又好吃。

☞ 哪裡不一樣呢？

• 低い：指距離短；價值低。
• 安い：指價格低。

253 ちかい vs. みじかい

ちかい【近い】

㊟（距離）近，接近，靠近；（時間）快，將近

說明 地方、人或東西的空間距離小的樣子；又指時間的間隔小的樣子。

例句 山に 近い ところに 住みたいですね。
／我好想住在山邊喔。

● 比較

みじかい【短い】

㊟（時間）短少；（距離，長度等）短，近

說明 指從開始到結束經過的時間少的樣子；又從一端到另一端的距離短的樣子。

例句 なぜ 女の人は 短い スカートが 好きですか。
／為什麼女人喜歡穿短裙呢？

☞ 哪裡不一樣呢？

• 近い：事物空間的距離近；時間的間隔小。
• 短い：起點到終點的距離短；開始到結束時間少。

254 とおい vs. ながい

とおい【遠い】

㊟（距離）遠；（時間間隔）久遠；（關係）遠，疏遠

說明 指到那裡的距離長；也指去那裡很費時間的樣子；沒什麼交往，關係疏遠。

例句 遠い 国へ 行く 前に、先生に あいさつを します。
／在遠渡重洋之前向老師辭行。

ながい【長い】

㊫（距離）長；（時間）長久，長遠

說明 從一端到另一端的距離大的樣子；又指從開始到結束，經過的時間相當長的樣子。

例句 道は、どれぐらい　長いですか？

／那條路大約多長呢？

☞ **哪裡不一樣呢？**

- 遠い：事物空間的距離遠；時間的間隔遠。
- 長い：起點到終點的距離長；開始到結束時間長。

255　じょうぶ vs. つよい

じょうぶ【丈夫】

㊫（身體）健壯，健康；堅固，結實

說明 身體健康、結實的樣子；又指東西堅固，不容易損壞的樣子。

例句 この　靴は　安くて　丈夫ですよ。

／這雙鞋子雖然便宜，但是很耐穿喔。

つよい【強い】

㊫ 強大，有力，擅長的；猛，強烈；強壯，結實

說明 與其他相比，在力量、技術、能力等優越；又指作用於他物的力量或勢頭大；對某現象的耐力大。

例句 明日は　一日　風が　強いでしょう。

／明日全天風勢強大。

☞ **哪裡不一樣呢？**

- 丈夫：指身體結實，東西堅固。
- 強い：指身體結實，意志堅強；力量強大，能力優越；作用力大。

256 ふとい vs. あつい

ふとい【太い】

形 粗，肥胖

說明 字、線、鉛筆、木頭、手指、腳等線狀或棒狀物的周圍和寬度大。

例句 最近 足が 太く なりました。
／最近腿變粗了。

● 比較

あつい【厚い】

形 厚；（感情，友情）深厚，優厚

說明 從一面到相反的一面的距離大或深。至於多厚並沒有絕對的標準，一般會因東西的不同而有差異；感情深厚的樣子。

例句 最近は 厚い 本が よく 売れて います。
／最近大部頭的書賣況奇佳。

☞ 哪裡不一樣呢？

- 太い：周圍和寬度大或胖。
- 厚い：指距離大或深。

257 むずかしい vs. こまる

むずかしい【難しい】

形 難；困難，難辦；麻煩，複雜

說明 困難、難懂的樣子；表示要解決或實現某一事情，需要許多能力或勞力，或是即使付出勞力和能力也難以實現；繁瑣、麻煩的樣子。

例句 この 問題は、私にも 難しいです。
／這個問題對我來說也很難。

● 比較

こまる【困る】

(自五) 沒有辦法，感到傷腦筋，困擾；困難，窮困

説明 不知道該怎麼辦才好，希望有人能伸出援手；又指沒有錢或物品，遇到難以解決的事情而苦惱，希望有人能幫助。

例句 お金が なくて、困りました。
／沒有錢，不知道該怎麼辦才好。

☞ 哪裡不一樣呢？

- 難しい：事情困難，很難實現的樣子。
- 困る：遇到困擾的事物，希望有人能伸出援手。

---

258 べんり vs. やさしい

べんり【便利】

(形動) 方便，便利

説明 指做某事十分有用而且方便。常使用在一般生活會話中。

例句 この カメラは 簡単で 便利ですよ。
／這台相機操作容易、使用方便喔。

● 比較

やさしい【優しい・易しい】

(形) 溫柔；簡單，容易

説明 對人和藹可親；也表示做事時，不需要花費太多時間、勞力和能力的樣子。

例句 「彼女は どんな 人ですか。」「やさしくて 元気な 人です。」
／「她是個什麼樣的人呢？」「是個溫柔又活潑的人。」

☞ 哪裡不一樣呢？

- 便利：指做事方便。
- やさしい：指做事輕而易舉。

259 あかるい vs. げんき

あかるい【明るい】

形 明亮，光明；開朗活潑；鮮豔

説明 太陽或燈光等，光照充分，東西看得很清楚的狀態；也指人的性格
不受拘束，明朗快活的樣子；顏色鮮明不黯淡。

例句 明_{あか}るい 部屋_{へや}が いいと 思_{おも}います。
／我喜歡明亮的房間。

比較

げんき【元気】

名·形動 精神，朝氣，健康

説明 身體狀況良好，精力旺盛，生氣勃勃的樣子。

例句 おじいちゃんは もう 80 歳_{はちじゅっ さい}ですが、毎日_{まいにち} とても 元気_{げん き}
です。
／爺爺雖然已經高齡八十，但是每天都活力充沛。

☞ 哪裡不一樣呢？

- 明_{あか}るい：指個性活潑或光線明亮。
- 元気_{げん き}：指身體有活力。

260 はやい vs. はやい

はやい【早い】

形（時間等）先；早

説明 比標準時間提早；還不到時間，為時尚早。

例句 うちの ものは みんな 早_{はや}く 起_おきます。
／我們一家人全都很早起床。

はやい【速い】

㊙（動作等）迅速；快；（速度等）快速

説明 表示動作急速；又指做某事所需的時間短；移動、進展的速度很快。

例句 この 電車は 速いですね。
／這班電車開得真快呀。

☞ **哪裡不一樣呢？**

- 早い：指時間早。
- 速い：所需時間短；動作、速度快。

---

261 おそい vs. ゆっくり

おそい【遅い】

㊙（速度上）慢，緩慢；（時間上）遲的，晚到的；趕不上

説明 表示移動、進展的速度慢，做某事時比別人費時間；又表示時間已
經過了好久。已經來不急了，趕不上了。

例句 もっと 飲みたいですが、もう 時間が 遅いです。
／雖然還想繼續喝，可是已經很晚了。

● 比較

ゆっくり

㊙ 慢慢，不著急；舒適，安穩

説明 動作緩慢、不著急時間充裕的樣子；心情舒適、悠閒的樣子。

例句 ドアが ゆっくりと 閉まる。
／門緩緩地關上。

☞ **哪裡不一樣呢？**

- 遅い：指動作慢或花時間。
- ゆっくり：動作慢且不著急的樣子。

做對了，往 😊 走，做錯了往 ✖ 走。

次の文の（　）には、どんな言葉が入りますか。1・2から最も適当なものを一つ選んでください。

實力測驗

Q 哪一個是正確的？
>> 答案在題目後面

1 （　　）　なったから、ストーブを
つけましょう。
1. 冷^{つめ}たく
2. 寒^{さむ}く

譯　變（冷）了，開暖爐吧。
1. 冷たく：涼的
2. 寒く：寒冷的

2 山下^{やました}さんの　自転車^{じてんしゃ}は　（　　）
綺麗^{きれい}です。
1. 若^{わか}くて
2. 新^{あたら}しくて

譯　山下小姐的自行車既（新穎）又美觀。
1. 若くて：年輕的
2. 新しくて：新的

3 今日^{きょう}は　天気^{てんき}が　（　　）から、
傘^{かさ}を　持^もって　いきなさい。
1. 古^{ふる}い
2. 悪^{わる}い

譯　今天天氣（不好），記得帶傘出門。
1. 古い：老舊的
2. 悪い：壞的

4 この　アパートは　（　　）、窓^{まど}も
大^{おお}きいです。
1. 厚^{あつ}くて
2. 広^{ひろ}くて

譯　這棟公寓不僅空間（寬敞），窗戶也很大。
1. 厚くて：厚的
2. 広くて：寬廣的

5 この　上着^{うわぎ}は　（　　）ので、
あまり　暖^{あたた}かく　ないです。
1. 薄^{うす}い
2. 細^{ほそ}い

頑張ってね！！

譯　這件上衣很（薄），不怎麼暖和。
1. 薄い：單薄的
2. 細い：細小的

做對了，往 走，做錯了往 走。

6 この ケーキには 砂糖（さとう）が たくさん 入（はい）って います。とても （　） です。
1. 甘（あま）い　　**2.** 辛（から）い

譯　這個蛋糕裡放了非常多糖，非常的（甜）。
1. 甘い：甜的
2. 辛い：辣的

7 午後（ごご）からは （　） 天気（てんき）でした。
1. いい
2. 結構（けっこう）な

譯　從下午開始天氣（放晴）了。
1. いい：好的
2. 結構な：十分地

8 「きのうは、財布（さいふ）を 忘（わす）れて 困（こま）りました。」「そうですか。 （　） でしたね。」
1. 忙（いそが）しい　　**2.** 大変（たいへん）

譯　「昨天忘記帶錢包，傷透了腦筋。」 「這樣呀，真（糟糕）呢。」
1. 忙しい：忙碌的
2. 大変：不得了

9 娘（むすめ）が （　）がるので 旅行（りょこう）は やめます。
1. 嫌（いや）
2. 嫌（きら）い

譯　由於女兒（不願意），因此不去旅行了。
1. 嫌：不願意
2. 嫌い：討厭

10 音楽（おんがく）は あまり （　） では ありません。
1. 好（す）き
2. 大好（だいす）き

譯　我並不怎麼（喜歡）音樂。
1. 好き：喜歡
2. 大好き：非常喜歡

11 この 料理（りょうり）は （　）です。 また 食（た）べに きます。
1. おいしい
2. まずい

譯　這道菜很（好吃），我還會再來光顧。
1. おいしい：好吃的
2. まずい：難吃的

12 買（か）いたい 物（もの）が （　） ある。
1. 多（おお）く
2. たくさん

譯　我想買的東西有（很多）。
1. 多く：多的
2. たくさん：大量

頑張ってね！！

266

13 （　　）疲れたが、楽しい
一日（いちにち）でした。
1. 少（すく）ない
2. 少（すこ）し

譯 雖然（有點）疲累，卻是愉快的一天。
1. 少ない：少的
2. 少し：一點點

14 駅（えき）の 北（きた）に（　　）川（かわ）が
あります。
1. 高（たか）い
2. 大（おお）きい

譯 車站北邊有一條（大）河。
1. 高い：高的
2. 大きい：大的

15 おばは（　　）声（こえ）で 母（はは）と 話（はな）して
います。
1. 軽（かる）い
2. 小（ちい）さい

譯 阿姨正和媽媽（小）聲地講話。
1. 軽い：重量小，程度輕的
2. 小さい：小的，微少的

16 荷物（にもつ）に たくさん 服（ふく）を 入（い）れました。
とても（　　）なりました。
1. 重（おも）く
2. 大切（たいせつ）に

譯 行李裡面裝了很多衣服，結果變得非常
（重）。
1. 重く：沈重
2. 大切に：重要

17 あの 映画（えいが）は（　　）ないです。
つまらないです。
1. 面白（おもしろ）く
2. 楽（たの）しく

譯 那部電影沒有（意思），很無聊。
1. 面白く：有趣
2. 楽しく：快樂

18 この 映画（えいが）は（　　）です。
1. 狭（せま）かった
2. つまらなかった

譯 這部電影的內容（乏善可陳）。
1. 狭かった：狹小
2. つまらなかった：無趣

19 ずいぶん（　　）部屋（へや）だねえ。
掃除（そうじ）しなさい。
1. 汚（きたな）い
2. 嫌（いや）な

譯 這房間還真（髒）呀，給我打掃乾淨！
1. 汚い：雜亂無章
2. 嫌な：討厭，不喜歡

頑張ってね！！

做對了，往 😊 走，做錯了往 ✖ 走。

20 この 水は （　　）です。
1. かわいい
2. きれい

😊 ✖

譯 這裡的水很（清澈）。
1. かわいい：可愛
2. きれい：乾淨

21 ここは 図書館です。（　　）に 勉強して ください。
1. 静か
2. 賑やか

✖ 😊

譯 這裡是圖書館，請保持（安靜）用功讀書。
1. 静か：平靜
2. 賑やか：熱鬧

22 太郎は 絵を （　　）に 描きます。
1. できる
2. 上手

😊 ✖

譯 太郎的圖畫得（很好）。
1. できる：辦得到
2. 上手：擅長，厲害

23 若いとき 体が （　　）よく 会社を 休みました。
1. 弱くて
2. 下手

✖ 😊

譯 我年輕時身體（虛弱），時常向公司請假。
1. 弱くて：虛弱
2. 下手：不擅長，笨拙

24 この 店は はじめは （　　）ですが、だんだん 高く なりました。もう 買えません。
1. 低かった　　2. 安かった

😊 ✖

譯 這家店一開始很（便宜），後來愈變愈貴，買不起了。
1. 低い：低，矮
2. 安い：（價錢）低廉

25 私の 会社は 駅に （　　）です。とても 便利です。
1. 近い
2. 短い

✖ 😊

譯 我公司離車站很（近），交通十分便捷。
1. 近い：（距離，時間）近
2. 短い：短小的

26 （　　） 時間、飛行機に 乗りました。
1. 遠い
2. 長い

✖

譯 搭了很（久）的飛機。
1. 遠い：（距離）遠
2. 長い：（時間、距離）長

バンザーイ!!

頑張ってね！！

27 風が （ ）ですから。窓を
開けないで ください。
1. 丈夫
2. 強い

譯 風很（強），請不要開窗。
1. 丈夫：堅固，結實
2. 強い：強大，有力

28 暖かくて （ ）セーターを
買いました。
1. 太い
2. 厚い

譯 我買了暖和又（厚實）的毛衣。
1. 太い：肥胖的
2. 厚い：厚實的

29 この テストは （ ）ないです。
1. 困ら
2. 難しく

譯 這場考試並不（難）。
1. 困ら：感到傷腦筋
2. 難しく：困難

30 昨日の テストは （ ）なかった
です。
1. 便利では
2. やさしく

譯 昨天的考試並不（容易）。
1. 便利では：方便
2. やさしく：容易

31 （ ） 部屋が いいと 思います。
1. 明るい
2. 元気な

譯 我覺得（明亮的）房間不錯。
1. 明るい：明亮的
2. 元気な：精神的

32 時間が ありません。もう 少し
（ ）歩いて ください。
1. 早く
2. 速く

譯 來不及了！請稍微走（快）一點。
1. 早く：（時間）快，早
2. 速く：（速度）快速

33 まだ 時間が ありますから、
（ ） 食べて ください。
1. 遅い
2. ゆっくり

譯 時間還夠，請（慢慢）吃。
1. 遅い：緩慢的
2. ゆっくり：不著急

頑張ってね！！

解說及答案

❶ 從「開暖爐吧」知道答案要選表示氣溫非常低，使全身感到寒冷不舒服的「寒い」（寒冷的）；而「冷たい」（涼的）是指接觸低溫物體而感到冷。不正確。　答案：2

❷ 用在事物「自転車」，表示剛買沒多久的使用「新しい」（新穎）。　答案：2

❸ 從「記得帶傘出門」，知道今天的天氣不好，所以要用表示天氣狀態不好的「悪い」（壞的）。　答案：2

❹ 從「アパート」（公寓）這一線索，知道答案是用在面積的「広い」（寬廣的）；「厚い」（厚的）是用在厚度。不正確。　答案：2

❺ 從「上着」（上衣）這一線索，知道答案是表示東西厚度薄的「薄い」（單薄的）；「細い」（細小的）表示東西形狀細長。不正確。　答案：1

❻ 從「這個蛋糕裡放了非常多糖」這一線索，知道答案是「甘い」（甜的）；而「辛い」（辣的）表示味道刺激，辣味及太鹹的。不正確。　答案：1

❼ 「天氣放晴」用「いい天気」。「いい」（好的）表示事物有良好的狀態；而「結構」（十分地）表示結果或現象比想像中的好。語意不符。　答案：1

❽ 從「昨天忘記帶錢包」這一線索，知道答案是「大変」（不得了），指事情程十分嚴重、辛苦；而「忙しい」（忙碌的）表示事情緊接而來，沒有空閒時間。不正確。　答案：2

❾ 「がる」（覺得…）的主體一般是第三人稱，這裡是「娘」（女兒），且接續方式是【形容詞・形容動詞詞幹】＋がる，所以正確答案是「嫌」（形容動詞「嫌だ」詞幹是「嫌」）。　答案：1

❿ 從程度副詞「あまり〜ではありません」（不太…）這一線索，知道答案是「好き」（喜歡）；而「大好き」（非常喜歡）前面不接程度副詞。不正確。　答案：1

⓫ 從「また食べにきます」（還會再來光顧）這一線索，知道答案是味道好「おいしい」（好吃的）；而「まずい」（難吃的）表示味道不好。不正確。　答案：1

⓬ 從「買いたい物」（我想買的東西）這一線索，知道答案是「たくさん」（大量），指數量很多，含有主觀的感情要素在裡面；「多い」（多的）是客觀地指數量很多。較不符語意。　答案：2

⓭ 從「疲れた」（疲累）這一線索，知道答案是程度的少的「少し」（一點點）；而「少ない」（少的）指次數、數量少。不正確。　答案：2

⓮ 從「川」（河）這一線索，知道形容河川的是答案的「大きい」（大的），指物體的面積大；而「高い」（高的）指物體從上到下距離大。不正確。　答案：2

⓯ 從「声」（聲音）這一線索，知道答案是表示音量小的「小さい」（小的）；而「軽い」（輕的）指體積輕。不正確。　答案：2

⓰ 從「行李裡面裝了很多衣服」這一線索，知道答案是「重い」（沉重），指物體具體份量重；而「大切」（重要）指心理上感到重要、關心。不正確。　答案：1

⓱ 從「つまらないです」（很無聊）這一線索，知道答案是「面白い」（有趣），主觀地對事物感到有趣、好笑；而「楽しい」（快樂）是客觀地對事物感到滿足、高興。不正確。　答案：1

⓲ 從「映画」（電影）這一線索，知道答案是「つまらない」（無趣），指心理感到無趣、沒有價值；而「狭い」（狹小）指空間面積小。不正確。

答案：2

⓳ 從「掃除しなさい」（給我打掃乾淨）這一線索，知道答案是「汚い」（雜亂無章），指具體事物髒的狀態；而「嫌」（不喜歡）是指主觀上對事物的厭惡。不正確。

答案：1

⓴ 從「水」（水）這一線索，知道答案是「きれい」（乾淨），客觀敘述事物乾淨的樣子；而「かわいい」（可愛）是指表示主觀地感到討人喜愛的情況。不正確。

答案：2

㉑ 從「這裡是圖書館」這一線索，知道答案是「静か」（平靜），指聲音安靜；而「賑やか」（熱鬧）是指聲音吵雜。不正確。

答案：1

㉒ 從「に描きます」（畫得）這一線索，知道答案要接的不能是動詞，而是形容動詞的「上手」（擅長）擅長做某事；而「できる」（辦得到）表示做到某事，而且為動詞。不正確。

答案：2

㉓ 時常向公司請假，知道答案要的是指體力、身體不好的「弱い」（虛弱）。

答案：1

㉔ 從「後來愈變愈貴」這一線索，知道這家店一開始是價格低的「安い」（低廉）；而「低い」（矮）指距離短、價值低。不正確。

答案：2

㉕ 從「交通十分便捷」這一線索，知道答案是表示離車站距離近的「近い」（近的）；而「短い」（短小的）表示長度小，起點到終點的距離短。不正確。

答案：1

㉖ 從「時間」（時間）這一線索，知道答案是表示經過的時間相當長的「長い」（長的）；而「遠い」（遠的）表示事物空間的距離遠，時間的間隔遠。不正確。

答案：2

㉗ 指風雨的程度用「強い」（強大）；而「丈夫」（結實）指身體結實，東西堅固。不正確。

答案：2

㉘ 從「セーター」（毛衣）這一線索，知道答案是「厚い」（厚實的），指扁平物體上下兩個面距離較大的意思；而「太い」（肥胖的）指周圍和寬度大或胖。不正確。

答案：2

㉙ 從「テスト」（考試）這一線索，知道答案是表示困難、難懂，要解決或實現需要許多能力的「難しい」（困難）；而「困る」（感到傷腦筋）是指遇到困擾的事物，希望有人能伸出援手。不正確。

答案：2

㉚ 從「テスト」（考試）這一線索，知道答案是「やさしい」（容易），指考試輕而易舉，不需要花費太多時間和腦力；而「便利」（方便）指做事方便。不正確。

答案：2

㉛ 從「部屋」（房間）這一線索，知道答案是「明るい」（明亮的），指光線明亮；而「元気」（精神的）是指身體有活力。不正確。

答案：1

㉜ 從「時間がありません」（來不及了）這一線索，知道答案是「速い」（快速的），指動作速度快；而「早い」（早的）指時間早。不正確。

答案：2

㉝ 從「時間還夠」這一線索，知道答案是表示動作慢且不著急，時間充裕的「ゆっくり」（不著急）；而「遅い」（緩慢的）指動作慢，比別人費時間。而且動詞前面也不能直接接形容詞基本形。不正確。

答案：2

2 其他形容詞

262 あたたかい vs. やさしい

あたたかい【暖かい・温かい】

形 暖和的，溫暖的；暖和的，溫和的

說明 氣溫不冷不熱，感覺舒適；又指東西的溫度不涼，感覺舒適。

例句 明日は　いい　天気で、暖かく　なります。
／明天將是晴朗而溫暖的天氣。

● 比較

やさしい【優しい・易しい】

形 溫柔；簡單，容易

說明 對人和藹可親；表示學習或理解簡單易懂。做事時不需要花費太多
時間、勞力和能力的樣子。

例句 どの　問題が　やさしいですか？／哪一道問題比較簡單呢？

☞ 哪裡不一樣呢？

- **あたたかい**：指身體上感到的氣溫、溫度等的溫暖。
- **やさしい**：指性情溫柔，也指學習或做事輕而易舉。

263 あぶない vs. しんぱい

あぶない【危ない】

形 危險，不安全；靠不住的，令人擔心的；（形勢，病情等）危急

說明 即將要發生不好的事，令人擔心的樣子；要產生不好的結果，不可信賴、
令人擔心的樣子；身體、生命處於危險狀態。

例句 あっちは　危ないから、気を　つけて。／那邊危險，小心一點。

● 比較

しんぱい【心配】

（名・形動）擔心，不安，掛念；照顧，操心

說明 對現在還有未來即將發生的事感到不安，不知道該如何處理；也表示惦記著並給予照顧。

例句 なかなか　結婚しない　娘が　心配だ。

／女兒遲遲不結婚，真讓人擔心。

☞ 哪裡不一樣呢？

• 危ない：表示危險。
• 心配：表示擔心。

いたい vs. たいへん

いたい【痛い】

（形）疼痛；（因為遭受打擊而）痛苦，難過

說明 表示肉體上的痛苦；又表示因精神上遭受打擊的痛苦。

例句 靴が　小さくて、足が　痛い。

／鞋子太小，穿得腳好痛。

● 比較

たいへん【大変】

（副・形動）不得了；很，非常，太

說明 表示事物的程度十分嚴重的樣子。也指十分辛苦的樣子；也表示遠遠超過普通的程度。是一種比較口語的說法。

例句 病気に　なって、大変だった。

／生病以後，生活變成了一團糟。

☞ 哪裡不一樣呢？

• 痛い：肉體或精神上受到痛苦的樣子。
• 大変：指事情程度甚大、十分嚴重、辛苦。

ない vs. ゼロ

ない【無い】

㊒ 無，不在；沒，沒有

說明 表示事物不存在；沒有持有、擁有。

例句 **あれ、かぎが　ないですね。どこに　置^おいたんですか。**

　　／咦，沒有鑰匙耶？放到哪裡去了呢？

● 比較
_____

ゼロ【zero】

㊅（數）0；零分；零

說明 指正數和負數中間的數，這是實數，而不是「無」。考試或比賽沒有得分；什麼都沒有，或沒有價值。

例句 **この　ビジネスは　ゼロから　始^{はじ}めました。**

　　／這項事業當初是從零起步的。

☞ **哪裡不一樣呢？**

- **ない**：指事物不存在。
- **ゼロ**：有從頭（零）開始的意思。

次の文の（　）には、どんな言葉が入りますか。1・2から最も適当なものを一つ選んでください。

實力測驗

Q 哪一個是正確的？

>> 答案在題目後面

1 今日は　とても　（　）　一日（いちにち）でしたね。

1. 暖（あたた）かい

2. やさしい

譯 今天是非常（暖和的）一天呢。

1. 暖かい：溫暖的

2. やさしい：溫柔的

2（　）ですから、前（まえ）の　人（ひと）を押（お）さないで　ください。

1. 危（あぶ）ない

2. 心配（しんぱい）

譯 請不要推前面的人，這樣很（危險）。

1. 危ない：危險

2. 心配：擔心

3 雪（ゆき）で　庭（にわ）の　掃除（そうじ）が　（　）です。

1. 痛（いた）い

2. 大変（たいへん）

譯 下雪使得打掃庭院變得很（麻煩）。

1. 痛い：疼痛

2. 大変：麻煩

4 お金（かね）が　（　）から、旅行（りょこう）に行（い）きません。

1. ない

2. ゼロ

譯 因為（沒有）錢，所以沒辦法去旅行。

1. ない：沒有

2. ゼロ：（數）零

MEMO

解說及答案

❶ 從「一日」（一天）這一線索，知道答案是「暖かい」（溫暖的）指身體感到的氣溫溫暖；而「やさしい」（溫柔的）是指性情溫柔，也指學習或做事輕而易舉。不正確。

答案：1

❷ 從「請不要推前面的人」，知道答案是「危ない」（危險），表示危險，即將要發生不好的事；而「心配」（擔心）表示擔心、不安，不知道該如何處理。不正確。

答案：1

❸ 從「下雪使得打掃庭院」這一線索，知道答案是「大変」（麻煩），指事情程度甚大、十分辛苦；而「痛い」（疼痛）指肉體或精神上受到痛苦的樣子。不正確。

答案：2

❹ 「沒有錢」用「お金がない」。「ない」（沒有）指事物不存在；而「ゼロ」（零）是「無」的數字化，阿拉伯數字為「０」。有從頭（零）開始的意思。不正確。

答案：1

其他形容動詞

266　いや vs. はい

いや【嫌】

形動 討厭，不喜歡，不願意；厭煩

說明 很不願意接納，對事物或人不快的樣子。貶義詞。多半是主觀上的厭惡，有時候沒有明確的理由；也表示不願意繼續下去的心情。

例句 「もう 少し 食べないか。」「いや、もう お腹が いっぱいだ。」
／「要不要多吃一點？」「不了，已經很飽了。」

● 比較

はい

感 （回答）有，到；（表示同意）是的

說明 被叫到名字，回答對方的應答聲；同意對方的説法，或願意按照對方的意思做。

例句 「すみません。お茶 二つ ください。」「はい、お茶を 二つですね。」
／「不好意思，請給我們兩杯茶。」「好的，您們要點兩杯茶對吧？」

☞ 哪裡不一樣呢？

- 嫌：主觀的對事物的厭惡。
- はい：表應答、同意。

267　いちいち vs. いろいろ

いちいち【一々】

名・副 一一，一個一個；全部

說明 一個一個，逐一地；完全沒有遺漏，沒有例外。含有計較芝麻綠豆小事的語意。

例句 勉強する とき、いちいち 辞書を 調べるのは 大変だ。
／學習的時候，每一個生詞都要查辭典，實在很辛苦。

いろいろ【色々】

(名・形動・副) 各種各樣，各式各樣，形形色色

説明 種類繁多，富於變化，著重在各個事物的不同。廣泛地用在一般的口語中。

例句 いろいろ　ありますが、あなたは　どれが　好<ruby>き<rt>す</rt></ruby>ですか？
／這裡有各種款式，你喜歡哪一個呢？

☞ 哪裡不一樣呢？

- いちいち：指每個都要一一計較。
- いろいろ：指多個事物種類繁多，各自不同。

268 ほんとう vs. ほんとうに

ほんとう【本当】

(名・形動) 真正，真實，真（的）

説明 指實際上是那樣，確實不假。也指真東西。

例句 やったのは　<ruby>僕<rt>ぼく</rt></ruby>じゃないです。<ruby>本当<rt>ほんとう</rt></ruby>です。
／不是我做的！我沒説謊！

● 比較

ほんとうに【本当に】

(副) 真的，真實地

説明 用在確認程度很高，強調程度之甚的詞。

例句 あの　<ruby>背<rt>せ</rt></ruby>の　<ruby>高<rt>たか</rt></ruby>い　<ruby>魚屋<rt>さかなや</rt></ruby>さんは　<ruby>本当<rt>ほんとう</rt></ruby>に　<ruby>親切<rt>しんせつ</rt></ruby>だ。
／那位身材高大的魚販待客非常親切。

☞ 哪裡不一樣呢？

- <ruby>本当<rt>ほんとう</rt></ruby>：指事物的真實。
- <ruby>本当<rt>ほんとう</rt></ruby>に：指程度高。

269 ゆうめい vs. りっぱ

ゆうめい【有名】

形動 有名，聞名，著名

說明 指名字在報紙或電視常出現，廣為人知，引人注目的樣子。

例句 これが 宮崎駿の 有名な 作品です。

／這是宮崎駿的著名作品。

● 比較

りっぱ【立派】

形動 了不起，出色，優秀；漂亮，美觀

說明 形容人的行為時，指十分優秀；形容事物如建築物、宴會、物品等時，表示豪華、威嚴、高價等，一般不用在小東西上面。

例句 あなたの お父さんは、立派で すばらしいです。

／令尊相當傑出而了不起。

☞ 哪裡不一樣呢？

- **有名**：指知名度。
- **立派**：指人的行為優秀或建築物、物品價值高等。

3 実力テスト

做對了，往 😊 走，做錯了往 ✗ 走。

次の文の（　）には、どんな言葉が入りますか。1・2から最も適当なものを一つ選んでください。

實力測驗

Q 哪一個是正確的？
>> 答案在題目後面

1 「小林さんは　いませんでしたか。」
「（　）、いませんでした。」
1. いや
2. はい

✗

譯 「小林先生當時不在嗎？」
「（是的），他那時不在。」
1. いや：（表示否決）不
2. はい：（表示同意）是的

2 この　工場では　（　）な　国の
人が　働いて　います。
1. いちいち
2. いろいろ

✗

譯 這家工廠有來自（各個）國家的人工作。
1. いちいち：一個一個
2. いろいろ：各種各樣

3 「わたしは　テレビを　あまり
見ません。」「（　）ですか。」
1. 本当
2. 本当に

✗

譯 「我不太看電視。」「是（真的）嗎？」
1. 本当：真的
2. 本当に：真正地

4 この　国は　果物で　（　）だ。
1. 有名
2. 立派

✗

譯 這個國家享有水果王國的（盛名）。
1. 有名：有名
2. 立派：優秀

MEMO

解說及答案

❶ 針對詢問「小林先生當時不在嗎？」，回答說「他那時不在。」知道答案是「はい」（是的）表應答、肯定的說法；而「いや」（不）表示否決。不正確。

答案：2

❷ 答案是「いろいろ」（各種各樣）指種類繁多，各自不同；而「いちいち」（一個一個）指逐一地，完全沒有遺漏，且每個都要一一計較。不正確。

答案：2

❸ 答案是「本当」（真的），指實際上是那樣，確實不假；而「本当に」（真正地）強調程度高。不正確。

答案：1

❹ 答案是「有名」（有名），指廣為人知，知名度高；「立派」（優秀）指人的行為優秀或建築物、物品價值高等。不正確。

答案：1

意思相對的

270 およぐ vs. とぶ

およぐ【泳ぐ】

(自五)（人，魚等在水中）游泳；穿過，擠過

說明 人、動物或魚在水上或水中，用手腳划水前進；分開人群向前行走。

例句 一日 泳いで、とても 疲れました。
／一整天游泳下來，累壞了。

● 比較

とぶ【飛ぶ】

(自五)飛，飛行，飛翔；跳，越；跑

說明 浮在空中移動；也有縱身向空中躍起。也指從某物上面越過；也指火急、匆忙地往某處跑動。

例句 飛行機が 空を 飛んで います。／飛機遨翔天際。

☞ 哪裡不一樣呢？

- 泳ぐ：在水中移動。
- 飛ぶ：在空中移動。

271 さんぽ vs. あるく

さんぽ【散歩】

(名・自サ)散步，隨便走走

說明 指在家裡附近，為了散心或健康，漫步而行。

例句 毎晩、家の まわりを 散歩します。／每天晚上都在家附近散步。

● 比較

あるく【歩く】

自五 走路，步行

説明 用腳走路。表示具體的動作。

例句 前を 向いて 歩きましょう。
　　　／向著前方邁開步伐吧。

☞ 哪裡不一樣呢？

> • 散歩：指沒有目的地、悠閒走路的樣子。
>
> • 歩く：指走路。

---

272 はいる vs. いれる

はいる【入る】

自五 進，進入；加入；收入

説明 某事物由外面向裡面移動；參加組織或團體；成為自己所有或管理的東西。

例句 かばんに 何が 入って いますか？
　　　／提包裡裝著什麼東西呢？

● 比較

いれる【入れる】

他下一 放入，裝進，送進；新添；計算進去

説明 把某東西從外向裡放；使新加入；包括在一起。

例句 本を かばんに 入れます。
　　　／把書放進提包裡。

☞ 哪裡不一樣呢？

> • 入る：自動詞。某事物由外面向裡面移動。
>
> • 入れる：他動詞。把某東西從外往裡放。

でる vs. だす

でる【出る】

(自下一) 出來，出去；離開

說明 從裡面向外面移動。相反詞是「入いる」(進入)；還有為了到別處去，從那裡離開。

例句 家を　出た　あとで、雨が　降って　きました。
　　　／走出家門以後，下起雨來了。

● 比較

だす【出す】

(他五) 拿出，取出；寄出；派出

說明 使其從裡向外移動；又指郵寄信件或包裹；使其從某處到別處去。

例句 手紙は　三日　前に　出しました。
　　　／信在三天前就寄了。

☞ 哪裡不一樣呢？

- 出る：自動詞。從裡面向外面移動。
- 出す：他動詞。使其從裡向外移動。

いく・ゆく vs. でかける

いく・ゆく【行く】

(自五) 走；往，去；經過，走過

說明 鄭重的說法是「ゆく」。人或動物離開現在的所在地點；去某一目的地，或為某一目的而去；表示經過那裏。

例句 兄は　行きますが、私は　行きません。
　　　／哥哥要去，但是我不去。

●比較

でかける【出かける】

(自下一) 到…去,出去,出門;要出去

說明 因為有事,向著某處出發。又單純指離家出門到外面;正要從某處出去。

例句 出かけますか? 家に いますか?
／你想出門嗎?還是要待在家裡呢?

☞ 哪裡不一樣呢?

• 行く:離開目前地點,往目的地去。
• 出かける:因有事而外出。大多用於從家到外面。

---

275 くる vs. いく

くる【来る】

(自力) (空間,時間上的) 來,來到;到,到來

說明 某事物在空間或時間上,朝自己所在的方向接近;到了某時期,或某時間。

例句 日本語を 勉強しに 来ました。
／為了學習日文而來到了這裡。

●比較

いく【行く】

(自五) 走;往,去;經過,走過

說明 鄭重的說法是「ゆく」。人或動物離開現在的所在地點;去某一目的地,或為某一目的而去;表示經過那裏。

例句 先週、上野へ 桜を 見に 行った。
／上星期去了上野賞櫻。

☞ 哪裡不一樣呢?

• 来る:接近現在所在地。來。
• 行く:遠離現在所在地。去。

276 うる vs. かう

うる【売る】

(他五) 賣，販賣

說明 把東西、權利及創意等收錢以後交給對方。相反詞是「買う」。

例句 デパートで、かわいい　スカートを　売って　いました。
／我曾在百貨公司裡販賣可愛的裙子。

● 比較

かう【買う】

(他五) 買，購買

說明 支付金錢，把物品或權利變成自己的。相反詞是「売る」（賣）。

例句 車が　古く　なったので　新しいのを　買った。
／由於車子已經舊了，所以買了一輛新的。

☞ 哪裡不一樣呢？

- 売る：指賣。
- 買う：指買。

Track ◎ 39

277 おす vs. ひく

おす【押す】

(他五) 擠；推；壓，按

說明 向對面方向用力推；又指從後面用力，使其前進；從上面用力或重量往下壓。

例句 この　カメラは、ここを　押して　ください。
／這台相機請按這裡操作。

● 比較

ひく 【引く】

(他五) 拉，拖；翻查；感染（傷風感冒）

說明 使物體靠近自己的方向；又指在很多資料中裡查找出來；又指引入體內。

例句 辞書を 引きながら、英語の 本を 読みました。
／那時一邊查字典一邊閱讀英文書。

☞ 哪裡不一樣呢？

- 押す：往自己的反方向推。
- 引く：往自己的方向拉；也指感冒。

---

278 おりる vs. ふる

おりる 【下りる・降りる】

(自上一) 【下りる】（從高處）下來，降落；【降りる】（從車，船等）下來

說明 指人或物從高處向下方移動；也指從車、船等交通工具下來。

例句 バスを 降ります。
／從巴士下車。

● 比較

【降る】

(自五) 落，下，降（雨，雪，霜等）

說明 雨、雪等從天空落下。一般也用在很多細小的東西，從高高的地方落下之意。

例句 雪が 降って、寒いです。
／下雪了，好冷。

☞ 哪裡不一樣呢？

- 下りる・降りる：用於從高處或交通工具下來。
- 降る：從天空落下，多用於天氣。

279 のぼる vs. のる

のぼる【登る】

_{自五} 攀登（山）；登，上

說明 以自己的力量，從下往上（傾斜地）一步一步爬。又寫作「上る」；泛指人、動物或交通工具，從下往上，向高處去。

例句 土曜日は　子どもと　山に　登りました。
／星期六和孩子去爬了山。

● 比較

のる【乗る】

_{自五} 騎乘，坐；登上

說明 乘入電車、自用車等交通工具，置身於交通工具上；又指上到某物上面。相反詞是「降りる」。

例句 自転車に　上手に　乗ります。
／騎自行車的技術很好。

☞ 哪裡不一樣呢？

- 登る：由下往上，向高處移動。爬。
- 乗る：指上到某物上面。搭乘。

280 かす vs. かりる

かす【貸す】

_{他五} （錢、東西等）借出，借給，出租；幫助別人，出…

說明 以之後歸還為條件，請他人借出自己的東西，如錢或物品；讓自己的知識或能力對別人有幫助。

例句 傘を　貸して　ください。
／請借我傘。

比較

かりる【借りる】

他上一 （錢、東西等）借進，租用；借助

說明 在約定以後返還的條件下，使用他人的東西。也用在以金錢租用的情況；讓別人的知識或能力為自己所用。

例句 借りた 本は 一週間後 返して ください。

／借閱的書請於一星期後歸還。

☞ 哪裡不一樣呢？

• 貸す：借出金錢、物品。
• 借りる：借入金錢、物品。
---

281 すわる vs. つく

すわる【座る】

自五 坐，跪座；就（要職）

說明 使膝蓋彎曲，使腰部落下。含括坐椅子或坐地上。相反詞是「立つ」；也指就重要職位。

例句 この 本屋には 椅子も あって、座って 読んでも いいんです。

／這家書店還擺了椅子，可以坐下來看書沒關係。

比較

つく【着く】

自五 到，到達，抵達，寄到；席，入坐

說明 移動位置，到達某一場所、地點；人佔據某位子。

例句 駅に 着いて、電話を します。

／到車站後打電話。

☞ 哪裡不一樣呢？

• 座る：表示坐的動作。
• 着く：表示到達某地方。
---

282 たつ vs. おきる

たつ【立つ】

(自五) 立，站；站立；冒，升；出發

說明 物體不離原地，呈上下豎立的狀態；又指坐著、臥著的人或動物站起來；從下面向上升起；也指向目的地出發。

例句 みんなの 前に 立って、話しました。
　　　／站在大家的前面説話了。

● 比較

おきる【起きる】

(自上一)（倒著的東西）起來，立起來，坐起來；起床

說明 躺著的人或物立起來；又指睡醒及起身下床的意思。

例句 わたしは 毎朝 早く 起きます。
　　　／我每天早上都很早起床。

☞ 哪裡不一樣呢？

- 立つ：物體不離原地上下豎立。站立。
- 起きる：倒著的東西豎立起來。起床。

283 たべる vs. のむ

たべる【食べる】

(他下一) 吃

說明 把食物放到嘴裡咀嚼，嚥下去。

例句 食べたい 物は、何でも 食べて ください。
　　　／喜歡吃的東西請隨意享用。

● 比較

のむ【飲む】

(他五) 喝，吞，嚥，吃（藥）

[說明] 液體、氣體及粉粒等，嚥入體內的動作。

[例句] ちょっと　疲れましたね。何か　飲みませんか。
　　　　／有點累了吧？要不要喝點什麼？

☞ 哪裡不一樣呢？

• 食べる：需咀嚼。
• 飲む：不需咀嚼。

Track ◎ 40

かえす vs. かえる

かえす【返す】

(他五) 還，歸還，退還；退回，送回

[說明] 返還原處，拿回到原來的地方；又指從別人借來的東西，歸還給該人。

[例句] 図書館に　本を　返して　から、帰ります。
　　　　／先去圖書館還書以後再回家。

● 比較

かえる【帰る】

(自五) 回到，回來，回家；歸去

[說明] 人或動物回到原先的地方，或交通工具等回到原先的地方、原本該在的地方；回到自己的家或祖國。

[例句] 仕事は　まだ　終わりませんが、今日は　もう　帰ります。
　　　　／工作雖然還沒做完，今天就先回去吧。

☞ 哪裡不一樣呢？

• 返す：物品回到原處。
• 帰る：人或動物回到歸屬地。

285 ねる vs. やすむ

ねる【寝る】

（自下一）睡覺，就寢；躺下，臥

說明 身體橫躺著休息，不去思考任何事；又指人類或動物使身體橫臥。

例句 風邪を 引いて 寝て います。
／感冒了，正在睡覺。

● 比較

やすむ【休む】

（他五・自五）休息，歇息；停止；睡，就寢；請假，缺勤

說明 把工作或活動停下，使身心的疲勞得以解除；把一直做的事，停止一段時間；就寢睡覺；沒去上課、上班。

例句 風邪を 引いて、会社を 休みます。
／感冒了，向公司請假。

☞ 哪裡不一樣呢？

- 寝る：閉著眼讓身體休息。
- 休む：停下活動讓身體休息。

286 ぬぐ vs. とる

ぬぐ【脱ぐ】

（他五）脫去，脫掉，摘掉

說明 把衣服、鞋等穿在身上的東西去掉。相反詞：穿衣是「着る」、穿鞋是「履く」。

例句 ここで 靴を 脱いで ください。
／請在這裡脫下鞋子。

とる【取る】

(他五) 拿取，執，握；採取

說明 手的動作，用手拿著東西。為了某種目的，用手去拿過來；也指摘取蔬菜、水果，採集貝殼等動作。

例句 すみません、車の かぎを 取って ください。
／不好意思，麻煩把車鑰匙遞給我。

☞ **哪裡不一樣呢？**

• 脱く：將穿戴於身上的東西拿掉，如衣物等。
• 取る：用手拿著東西。

---

287 きる vs. つく

きる【着る】

(他上一)（穿）衣服

說明 為了禦寒或讓自己好看，而穿在身上。一般指手通過袖子，上半身或全身穿上之意。

例句 スーツを 着て、出かけます。
／穿上套裝出門。

比較

つく【着く】

(自五) 到，到達，抵達，寄到；入席，入坐

說明 移動位置，到達某一場所、地點；人佔據某位子。

例句 あなたは 昨日 何時に 家に 着きましたか。
／你昨天幾點到家的？

☞ **哪裡不一樣呢？**

• 着る：穿衣服。
• 着く：到達某場所。

うまれる vs. たんじょうび

うまれる【生まれる】

〔自下一〕 出生；誕生，產生

説明 從母體生出嬰兒來，或孵出蛋來；原來沒有的東西，初次出現。

例句 **あなたは、どちらで　生まれましたか？**
／請問你是在什麼地方出生的呢？

● 比較

たんじょうび【誕生日】

〔名〕 生日

説明 人出生的日子。而「誕生」除了人，也可以指動物的出生。還有，也用在組織、場所等新成立之日。

例句 **父の　誕生日に　ネクタイを　送った。**
／我在爸爸生日那天送了他領帶。

☞ 哪裡不一樣？

- 生まれる：指人及動物的出生；事物初次出現。
- 誕生日：指人及動物出生之日；組織、場所新成立之日。

しぬ vs. なくす

しぬ【死ぬ】

〔自五〕 死亡

説明 失去生命。因病或事故喪失生命。

例句 **死んだ　お祖母さんに　もう　一度　会いたいです。**
／我希望能與已過世的祖母再度見上一面。

● 比較

なくす【失くす・無くす】

他五 丟失；消除

説明 失去原本持有的東西；本來存在的事物消失了。

例句 地震で 大勢の 人が 家を なくした。
／許多人在地震中失去了家園。

☞ 哪裡不一樣呢？

• 死ぬ：動物等失去生命力。
• 無くす：失去所持事物。

290 おぼえる vs. わすれる

おぼえる【覚える】

他下一 記住，記得；學會，掌握

説明 透過見聞或學習記入腦中，而不忘記；也指努力掌握自己經驗過的事
或學過的事。

例句 平仮名は 覚えましたが、片仮名は まだです。
／平假名已經會了，但是還沒學片假名。

● 比較

わすれる【忘れる】

他下一 忘記，忘掉；遺忘，忘記；忘帶

説明 曾經記得的事，想不起來；應該做的事，因為一時疏忽而忘了；本來
應該拿來的東西，因為疏忽而忘記帶來了。

例句 私は、あなたを 忘れません。
／我沒有忘記你。

☞ 哪裡不一樣呢？

• 覚える：有記憶。
• 忘れる：沒有記憶。

291 ならう vs. べんきょう

ならう【習う】

他五 學習；模仿

說明 向別人學習學問、技藝等的做法。有接受指導之意；也指依樣子做，仿效的意思。

例句 母に 料理を 習いました。
／我向媽媽學了烹飪。

● 比較

べんきょう【勉強】

名・自他サ 努力學習，唸書

說明 指為掌握學問、知識和技能等而勤奮努力學習。

例句 この 本を 使って 勉強します。
／用這本書研讀。

☞ **哪裡不一樣呢？**

- 習う：向別人學習。
- 勉強：自主學習。

292 よむ vs. かく

よむ【読む】

他五 閱讀，看；唸，朗讀

說明 看文章、繪畫、圖表、符號等理解其意義；又指看著文字發出聲音。

例句 考えが 青いよ。いろんな 本を 読んで 勉強しなさい。
／你的想法太幼稚了！應當廣泛涉獵各種領域的書籍。

● 比較

かく【書く】

他五 寫，書寫；寫作（文章等）

說明 使用鉛筆或原子筆等，記文字、記號或線條，使之看得見；又指作文章或創作作品。

例句 ここには 何_{なに}も 書_かかないで ください。
／這一處請不要書寫任何文字。

☞ 哪裡不一樣呢？

- 読_よむ：看文章。
- 書_かく：寫文字。

---

293 わかる vs. しる

わかる【分かる】

自五 知道，明白；知道，了解；懂得，理解

說明 對於事物的意思、內容、情況，能分析其邏輯，並有條理地理解；不清楚的事情，弄懂了；理解人的心情和人情。

例句 先生_{せんせい}、4番_{よんばん}が 分_わかりませんでした。
／老師，我那時不懂四號選項是什麼意思。

● 比較

しる【知る】

他五 知道，得知；懂得，理解；認識

說明 對於事物的存在、發生，確實知道；對於事物的意思、內容、情況，能透過經驗或知識正確判斷，確實理解；見過面，能夠確定地辨識某人。

例句 森進一_{もりしんいち}という 歌手_{かしゅ}を 知_しって いる？
／你曉得一位名叫森進一的歌星嗎？

☞ 哪裡不一樣呢？

- 分_わかる：了解原本已經存在的事物之實態。
- 知_しる：經由知識、情報或經驗而來的「知道、了解」。

294 きく vs. しつもん

きく【聞く】

(他五) 聽，聽到；聽從，答應；詢問

說明 用耳朵感受音、聲、話等，理解其內容；答應要求；為了請教不明白的事情，詢問別人。

例句 日曜日は　本を　読んだり、音楽を　聞いたり　して　います。
／星期天通常看看書、聽聽音樂。

● 比較

しつもん【質問】

(名・自サ) 提問，詢問

說明 指把不懂的事，想知道的事、心裡懷疑的事等拿來問對方，請他說明。

例句 質問の　ある　人は　手を　あげて　ください。
／有問題的人請舉手。

☞ 哪裡不一樣呢？

- 聞く：指問的行為。
- 質問：指問題本身。

295 いう vs. はなす

いう【言う】

(自・他五) 說，講

說明 把心裡想的事，用語言表達。也包括經過整理的內容，又書面都可以用。類似「話す」。

例句 木村さんは、　明日　パーティーで　歌を　歌うと　いって
います。／聽說木村先生明天將在酒會上高歌一曲。

● 比較

はなす【話す】

他五 說，講；交談，商量

說明 用有聲語言傳達事情或自己的想法；也有與對方交談、溝通之意。

例句 彼に 何を 話しましたか？
／你跟他說了什麼？

☞ 哪裡不一樣呢？

- 言う：把心裡想的事，用語言表達。交談不一定要有對象。
- 話す：用有聲語言傳達想法；交談要有對象。

296 かく vs. かく

かく【書く】

他五 寫，書寫；寫作（文章等）

說明 使用鉛筆或原子筆等，記文字、記號或線條，使之看得見；又指作文章或創作作品。

例句 片仮名か 平仮名で 書く。
／請寫上片假名或平假名。

● 比較

かく【描く】

他五 畫，繪製

說明 事物、風景、人物及圖表等在紙上描繪出來。

例句 絵を 描くのは 下手ですが、見るのは 好きです。
／我畫得不好，但是喜歡欣賞繪畫。

☞ 哪裡不一樣呢？

- 書く：文字表現。
- 描く：圖形表現。

実力テスト

做對了，往 😊 走，做錯了往 ✕ 走。

次の文の（　）には、どんな言葉が入りますか。
1・2から最も適当なものを一つ選んでください。

實力測驗　Q哪一個是正確的？
>> 答案在題目後面

1
子供が　プールで　（　）います。
1. 泳いで
2. 飛んで

譯
孩童正在泳池（游泳）。
1. 泳いで：游泳
2. 飛んで：飛翔

2
はじめは　電車に　乗って、次は
バス、最後は　ここまで　（　）
きました。
1. 散歩して　　2. 歩いて

譯
一開始搭電車，接著換乘巴士，最後（步行）抵達了這裡。
1. 散歩して：散步
2. 歩いて：走路

3
先月、新しい　アパートに　（　）。
1. 入れました
2. 入りました

譯
上個月（搬進了）新公寓。
1. 入れました：放入
2. 入りました：進入

4
毎朝　何時に　家を　（　）か。
1. 出します
2. 出ます

譯
你每天早上幾點（離開）家門呢？
1. 出します：拿出
2. 出ます：離開

5
トイレに　（　）たい　人は、この
休み時間に　（　）きて　ください。
1. 行き、行って
2. 出かけ、出かけて

譯
想（去）廁所的人，請利用這段休息時間（前往）。
1. 行き、行って：去
2. 出かけ、出かけて：出去

6
「あしたも　来ますか。」
「いいえ、あしたは　（　）。」
1. 来ません
2. 行きません

譯
「你明天也來嗎？」
「不，明天（不來）。」
1. 来ません：不來
2. 行きません：不去

7
新聞を　（　）、お金を　払います。
1. 売って
2. 買って

譯
（買下）報紙後付錢。
1. 売って：賣出
2. 買って：購買

がんばってください！！

8 風邪（かぜ）を（ ）昨日（きのう）から 学校（がっこう）を 休（やす）んで います。
1. 押（お）して
2. 引（ひ）いて

譯 （得了）感冒，從昨天就向學校請假。
1. 押して：推，按
2. 引いて：感染（傷風感冒）

9 次（つぎ）の 山下公園（やましたこうえん）で バスを（ ）。
1. 降（お）ります
2. 降（ふ）ります

譯 將在下一站山下公園從巴士（下車）。
1. 降ります：（從車，船等）下來
2. 降ります：（雨，雪，霜等）落下

10 土曜日（どようび）は 子（こ）どもと 山（やま）に（ ）です。
1. 登（のぼ）ったん
2. 乗（の）ったん

譯 星期六我和孩子去（爬了山）。
1. 登ったん：攀登（山）
2. 乗ったん：騎乘，坐

11 先週（せんしゅう） 図書館（としょかん）から（ ） 辞書（じしょ）は この 辞書（じしょ）です。
1. 貸（か）した
2. 借（か）りた

譯 上星期向圖書館（借了）的辭典是這一本。
1. 貸した：借出
2. 借りた：借進

12 学生（がくせい）は ここの 椅子（いす）に（ ）ください。
1. 座（すわ）って
2. 着（つ）いて

譯 學生請（坐）在這裡的椅子上。
1. 座って：坐
2. 着いて：到達

13 私（わたし）は たいてい 朝（あさ） 8時（はちじ）に（ ）。
1. 立（た）ちます
2. 起（お）きます

譯 我通常早上八點（起床）。
1. 立ちます：站立
2. 起きます：起床

14 ご飯（はん）を 食（た）べた 後（あと）で、薬（くすり）を（ ）。
1. 食（た）べます
2. 飲（の）みます

譯 吃完飯以後（服用）藥物。
1. 食べます：吃
2. 飲みます：喝，吃（藥）

頑張ってね！！

做對了，往 😃 走，做錯了往 ❌ 走。

15 明日 図書館へ 辞書を （　） に
いきます。
1. 返し
2. 帰り

❌

譯 明天要去圖書館（歸還）辭典。
1. 返し：歸還
2. 帰り：回家

16 あなたは どうして 会社を
（　） か。
1. 寝ました
2. 休みました

❌

譯 你為什麼向公司（請了假）呢？
1. 寝ました：睡覺
2. 休みました：請假

17 「どうして 上着を （　） か。」
「暑かったからです。」
1. 脱ぎました
2. 取りました

❌

譯 「為什麼要把外套（脫了）呢？」
「因為很熱。」
1. 脱ぎました：脫去
2. 取りました：拿取

18 あの 白い 服を （　） いる
人が 田中さんです。
1. 着て
2. 着いて

❌

譯 （穿著）白色衣服的那個人是田中先生。
1. 着て：（穿）衣服
2. 着いて：到達

19 私は 南の 国で （　）。
1. 生まれました
2. 誕生日でした

❌

譯 我（出生於）南方的國度。
1. 生まれました：出生
2. 誕生日でした：生日

20 彼は 病気で （　）。
1. 死にました
2. 無くしました

❌

譯 他因病（過世了）。
1. 死にました：死亡
2. 無くしました：丟失；消除

21 学校に 本を （　） から、
宿題を しませんでした。
1. 覚えた
2. 忘れた

❌

譯 把課本（忘）在學校了，所以沒有寫作業。
1. 覚えた：記住
2. 忘れた：忘記

バンザーイ!!
頑張ってね！！

22 私は 田中さんから 漢字を（　　）。
1. 習いました
2. 勉強しました

頑張ってね！！

譯 我向田中先生（學習了）漢字。
1. 習いました：學習
2. 勉強しました：唸書

23 ここに 名前と 住所を（　　）ください。
1. 読んで
2. 書いて

譯 請在這裡（寫下）姓名和住址。
1. 読んで：閱讀
2. 書いて：書寫

24「明日、宿題を 忘れないでください。」「（　　）。」
1. 分かりました
2. 知りました

譯「明天請別忘了帶作業來。」
「（知道了）。」
1. 分かりました：明白了，瞭解了
2. 知りました：已經得知

25 日曜日は 家で 音楽を（　　）。
1. 聞きます
2. 質問します

譯 星期天會在家裡（聽）音樂。
1. 聞きます：聽
2. 質問します：提問

26 君の 国では 何語を（　　）か。
1. 言います
2. 話します

譯 在你的國家是用什麼語言（交談）呢？
1. 言います：說話
2. 話します：談話

27 日本語で 手紙を（　　）。
1. 書きます
2. 描きます

譯 我以日文（寫）信。
1. 書きます：書寫
2. 描きます：畫，描繪

解說及答案

❶ 從「プール」（游泳池）這一線索，知道答案是「泳ぐ」（游泳）；而「飛ぶ」（飛翔）是在空中移動。不正確。

答案：1

❷ 從「一開始搭電車，接著換乘巴士」這一目的性強的線索，知道答案是「歩く」（走路）；而「散歩」（散步）指沒有目的地、悠閒走路的樣子。不正確。

答案：2

❸ 從「新しいアパートに」（新公寓）這一線索，知道答案是「入る」（進入），表示某人事物由外面向裡面移動；而「入れる」（放入）把某東西，從外往裡放。不正確。

答案：2

❹ 「離開家門」用「家を出ます」（家）。答案是「出る」（離開），表示出去；而「出す」（拿出）有提交的意思。不正確。

答案：2

❺ 答案是「行く」（去），表示離開目前地點，往目的地去；而「出かける」（出去）表示因有事而外出，大多用於從家到外面。不正確。

答案：1

❻ 從「来ます」（來）這一線索，知道答案是「来る」（來），接近現在所在地；而「行く」（去）指遠離現在所在地。不正確。

答案：1

❼ 從「お金を払います」（付錢）這一線索，知道答案是「買う」（購買）；而「売る」指賣出。不正確。

答案：2

❽ 「感冒」是「風邪を引く」。答案是「引く」（感染）；而「押す」（推）指往自己的反方向推。不正確。

答案：2

❾ 「從巴士下車」用「バスを降ります」。答案是「降りる」（下來），用於從交通工具下來；而「降る」（落下）是從天空落下，多用於天氣。不正確。

答案：1

❿ 「爬山」用「山に登る」。答案是「登る」（攀登），表示由下往上，向高處移動；而「乗る」（騎乘）指上到某物上面。不正確。

答案：1

⓫ 從「図書館から」（向圖書館）這一線索，知道答案是「借りる」（借進），表示借入物品、金錢；而「貸す」（借出）是借出物品、金錢。不正確。

答案：2

⓬ 「坐在椅子上」用「椅子に座る」。答案是「座る」（坐），表示坐的動作；而「着く」（到達）表示到達某地方。不正確。

答案：1

⓭ 「八點起床」用「8時に起きます」。答案是「起きる」（起床），表示躺著的東西豎立起來；而「立つ」（站立）是物體不離原地上下豎立。不正確。

答案：2

⓮ 「吃藥」用「薬を飲みます」。答案是「飲む」（喝）而不是「食べる」（吃）。

答案：2

⓯ 「歸還辭典」用「辞書を返す」。答案是「返す」（歸還），表示物品回到原處；而「帰る」（回家）表示人或動物回到歸屬地。不正確。

答案：1

⓰ 「向公司請了假」用「会社を休みました」。答案是「休む」（請假），表示停下活動讓身體休息；而「寝る」（睡覺）是閉著眼讓身體休息。不正確。

答案：2

⓱「脱外套」用「上着を脱ぐ」。答案是「脱ぐ」（脱去），表示將穿戴於身上的衣物脫掉。

答案：1

⓲「穿衣服」用「服を着る」。答案是「着る」（穿）；而「着く」（到達）表示到達某場所。不正確。

答案：1

⓳ 答案是「生まれる」（出生）指人及動物的出生；而「誕生日」（生日）指人及動物出生之日。不正確。

答案：1

⓴ 答案是「死ぬ」（死亡），表示動物等失去生命力；而「無くす」（丟失）表示失去所持事物。不正確。

答案：1

㉑ 答案是「忘れる」（忘記），表示應該做的事，因為一時疏忽而忘了；而「覚える」（記住）表示透過見聞或學習記入腦中。不正確。

答案：2

㉒ 答案是「習う」（學習），指向別人學習，這裡是向「田中先生」學習；而「勉強」（唸書）表示自主學習。不正確。

答案：1

㉓ 從「ここに名前と住所を」（在這裡…姓名和住址）這一線索，知道答案是「書く」（書寫），寫文字；而「読む」（閱讀）是閱讀文章。不正確。

答案：2

㉔ 從「明天請別忘了帶作業來」這一線索，知道答案是「分かる」（明白），表示了解前面提醒的事物；而「知る」（知道）經由知識、情報或經驗而來的「知道、了解」。不正確。

答案：1

㉕「聽音樂」用「音楽を聞く」。答案是「聞く」（聽），指聽的行為；而「質問」（提問）指問對方自己想知道的事、心裡懷疑的事。不正確。

答案：1

㉖「用什麼語言交談」用「何語を話します」。答案是「話す」（談話），表示用有聲語言傳達想法。

答案：2

㉗「寫信」用「手紙を書く」。答案是「書く」（書寫），用文字表現；而「描く」（描繪）是用圖形表現。不正確。

答案：1

有自他動詞的

297 あく vs. あける

あく【開く】

（自五）開，打開；開始，開業

說明 關閉的東西開了，又指沒有障礙物阻擋，可以自由地進出了；商店等開始營業。

例句 風で 窓が 開いた。／窗戶被風吹開了。

・比較

あける【開ける】

（他下一）打開，開（著）；騰出；開業

說明 把關著的東西打開；又指把佔著地方的東西去掉使其有通路；商店等開始營業。

例句 誰かが ワインを 開けて、 飲んで しまった。／有人打開葡萄酒喝掉了。

☞ 哪裡不一樣呢？

- 開く：自動詞。關閉的東西開了。
- 開ける：他動詞。把關著的東西打開。

298 かかる vs. かける

かかる【掛かる】

（自五）懸掛，掛上；花費

說明 東西從上往下垂懸掛著。一般用假名書寫；也表示需要花費。

例句 どうして こんな 絵が 壁に かかって いるんですか？
／牆上為什麼要掛這種畫呢？

● 比較
_____

かける【掛ける】

他下一 掛在（牆壁），戴上（眼鏡）；打（電話）

說明 把東西牢牢地固定住，以免脫落。使穩固地成為那種狀態；又指打電話等取得聯繫。

例句 壁に コートが 掛けて あります。

／牆上掛著大衣。

☞ 哪裡不一樣呢﹖

* 掛かる：自動詞。東西從上往下垂懸掛著。
* 掛ける：他動詞。把東西牢牢地固定住。

---

299 きえる vs. けす

きえる【消える】

自下一 （燈，火等）熄滅，消失，失去，（雪等）融化

說明 光、顏色、形狀、聲音等不見了。原有的事物消失了。看得見的不見了、聽得見的聽不到了。

例句 風で ろうそくの 火が 消えた。

／風把燭火吹熄了。

● 比較
_____

けす【消す】

他五 熄掉，撲滅；關掉，弄滅

說明 滅掉光或火；關上電器用品（如電視電腦等以電驅動）的開關，使其不再運轉。

例句 電気を 消して から、うちを 出ます。

／關掉電燈後離開家門。

☞ 哪裡不一樣呢？

* 消える：自動詞。光、顏色、形狀、聲音等不見了。
* 消す：他動詞。滅掉光或火。

300 しまる vs. しめる

しまる【閉まる】

(自五) 關閉；關門，停止營業，關（店）

說明 開著的門窗等關起來；又指商店或銀行等，結束了當天的工作。

例句 店は　もう　閉まりました。
／店已經關了。

● 比較

しめる【閉める】

(他下一) 關閉，合上；打烊，歇業

說明 把開著的物體，如門窗等關閉起來；又指使事物告一段落，如商店或銀行結束當天的工作。

例句 戸を　閉めたのは　誰ですか？
／是誰把門關上的？

☞ 哪裡不一樣呢？

* 閉まる：自動詞。開著的門窗等關起來。
* 閉める：他動詞。把開著的門窗等關閉起來。

301 ならぶ vs. ならべる

ならぶ【並ぶ】

(自五) 並排，並列，列隊

說明 某物和其他物處於橫向相鄰的位置。又指 A 後是 B，B 後是 C，排成行列。

例句 駅の　前には、小さな　店が　並んで　いる。
／車站前有成排的小店。

● 比較

ならべる【並べる】

（他下一） 並排，並列；排列

說明 使某物和其他物處於橫向相鄰的位置；還有，排成行列的意思。

例句 玄関に 靴を 並べました。

／把鞋子擺在玄關了。

☞ 哪裡不一樣呢？

- 並ぶ：自動詞。某物和其他物處於橫向相鄰的位置。
- 並べる：他動詞。使某物和其他物處於橫向相鄰的位置。

---

302 はじまる vs. はじめる

はじまる【始まる】

（自五） 開始，開頭；發生

說明 開始以前完全沒有的事物，進入新的局面；出現原來沒有的現象。

例句 学校は 四月から 始まります。

／學期從四月開始。

● 比較

はじめる【始める】

（他下一） 開始，創始

說明 表示開始新的行動、事物，開始做。

例句 時間に なりました。試験を 始めます。

／時間到了，開始考試。

☞ 哪裡不一樣呢？

- 始まる：自動詞。開始以前完全沒有的事物。
- 始める：他動詞。開始新的行動。

次の文の（　　）には、どんな言葉が入りますか。1・2から最も適当なものを一つ選んでください。

實力測驗

Q 哪一個是正確的？

>> 答案在題目後面

➡

1 窓を（　　）、外を 見た。

1. 開いて
2. 開けて

 ✖

譯　把窗戶（打開）往外看。
1. 開いて：（自動詞）開
2. 開けて：（他動詞）打開

---

2 私は 夕べ 友達に 電話を（　　）。

1. 掛かりました
2. 掛けました

✖

譯　我昨晚給朋友（打了）電話。
1. 掛りました：懸掛
2. 掛けました：打（電話）

3 私は いつも 電気を（　　）寝ます。

1. 消えて
2. 消して

 ✖

譯　我習慣（關）燈睡覺。
1. 消えて：（自動詞）熄滅
2. 消して：（他動詞）關掉

---

4 「レストランは 開きましたか。」
「いいえ、まだ（　　）います。」

1. 閉まって
2. 閉めて

✖

譯　「餐廳已經開了嗎？」
「不，還是（關）著的。」
1. 閉まって：（自動詞）關閉
2. 閉めて：（他動詞）合上

5 写真を 撮りますから、（　　）ください。

1. 並んで
2. 並べて

 ✖

譯　要拍照了，請（並列）站好。
1. 並んで：（自動詞）排成行列
2. 並べて：（他動詞）排列擺放

---

6 音楽会は 何時に（　　）か知って いますか。

1. 始まる
2. 始める

✖

譯　你知道音樂會將在幾點（開始）嗎？
1. 始まる：（自動詞）開始
2. 始める：（他動詞）使開始

❶ 從「窓を」（窗戶）這一線索，知道答案是他動詞的「開ける」（打開），把關著的東西打開；而「開く」（開）為自動詞，關閉的東西開了。不正確。

答案：2

❷「打電話」用「電話をかける」。答案是「掛ける」（撥打），他動詞，指打電話等取得聯繫；而「掛かる」（懸掛）是自動詞，表示東西從上往下垂懸掛著。不正確。

答案：2

❸「關燈」用「電気を消す」。答案是「消す」（關掉），他動詞，滅掉光或火；而「消える」（熄滅）是自動詞，表示光、顏色、形狀、聲音等不見了。不正確。

答案：2

❹ 答案是「閉まる」（關閉），自動詞，指商店等，結束了當天的工作；而「閉める」（合上）是他動詞，表示讓商店結束當天的工作。不正確。

答案：1

❺ 答案是「並ぶ」（排成行列），自動詞，某物和其他物處於橫向相鄰的位置；而「並べる」（排列擺放）是他動詞，使某物和其他物處於橫向相鄰的位置。不正確。

答案：1

❻ 答案是「始まる」（開始），自動詞，表示事物的開始；而「始める」（使開始）是他動詞，使某事物開始新的行動。不正確。

答案：1

する動詞

303 する vs. なる

する

(自・他サ) 做，進行

說明 進行、從事某項工作或活動。

例句 仕事を して いるから、忙しいです。／我正在工作，所以很忙。

● 比較

なる【為る】

(自五) 成為，變成，當（上）；到

說明 變成別的事物或狀態；又指時間流逝，到了某個時期。

例句 いつか、花屋さんに なりたいです。
／我希望有一天能開一家花店。

☞ 哪裡不一樣呢？

- する：做某事。
- なる：成為某事物或狀態。

304 せんたく vs. そうじ

せんたく【洗濯】

(名・他サ) 洗衣服，清洗，洗滌

說明 指把髒衣服等洗乾淨。

例句 洗濯から 掃除まで、全部 やりました。
／從洗衣服到打掃全部做完了。

● 比較

そうじ【掃除】

名・他サ 打掃，清掃，掃除

説明 指用掃把掃，用抹布擦，把地方或東西弄乾淨。

例句 友達が　来る　前に　部屋を　掃除します。
　　／在朋友來訪之前打掃房間。

☞ 哪裡不一樣呢？

- 洗濯：將衣物洗乾淨。
- 掃除：使用道具將地方弄乾淨。

305 りょこう vs. かんこう

りょこう【旅行】

名・自サ 旅行，旅遊，遊歷

説明 指出門到外地去進行參觀。

例句 インドや　タイなど、東南アジアの　国を　旅行したいです。
　　／我想去印度或泰國之類東南亞國家旅行。

● 比較

かんこう【観光】

名 觀光

説明 周遊觀覽外地的景致、風物或名勝等。

例句 そこは　有名な　観光地です。
　　／那裡是知名的觀光勝地。

☞ 哪裡不一樣呢？

- 旅行：指出遠門進行參觀。
- 観光：指參觀古蹟等活動。

3 実力テスト

做對了，往 😊 走，做錯了往 ✖ 走。

次の文の（　　）には、どんな言葉が入りますか。1・2から最も適当なものを一つ選んでください。

實力測驗

Q 哪一個是正確的？
>> 答案在題目後面

1

私は　毎日　英語を　勉強（　　）。
1. します
2. なります

譯 我每天（研讀）英文。
1. します：做，進行
2. なります：成為，變成

2

玄関の　（　　）を　お願いします。
1. 洗濯
2. 掃除

譯 麻煩（打掃）玄關。
1. 洗濯：洗衣服
2. 掃除：打掃

GUSUN...

3

新婚（　　）は　ハワイに　行きました。
1. 旅行
2. 観光

譯 我們蜜月（旅行）去了夏威夷。
1. 旅行：旅行
2. 観光：觀光

MEMO

❶ 從「勉強」（研讀）這一サ變動詞，知道
要接的是「します」。

答案：1

❷ 答案是「掃除」（打掃），表示使用道具
將地方弄乾淨；而「洗濯」（洗衣服）是
將衣物洗乾淨。不正確。

答案：2

❸ 「蜜月旅行」習慣用「新婚旅行」。答案是
「旅行」（旅行），指出遠門進行參觀；
而「観光」（觀光）指參觀古蹟等活動。

答案：1

其他動詞

306 あう vs. かかる

あう【会う】

(自五) 見面，會面；偶遇，碰見

說明 和別人見面；遇到某件事。

例句 日曜日の 午後 1時に 彼女と 会います。
／星期天下午一點要和她見面。

● 比較

かかる【掛かる】

(自五) 懸掛，掛上；花費

說明 用「お目にかかる」表示「会う」的謙虛說法。

例句 この 間、駅で 山田先生に お目に かかりました。
／前陣子在車站遇到了山田老師。

☞ 哪裡不一樣呢？

- 会う：普通形。
- かかる：「お目にかかる」是「会う」的謙讓語。

307 あがる vs. あげる

あがる【上がる】

(自五) 登，上；提高，上升

說明 低處向高處移動；地位、等級、層次、程度（成績、物價、人氣）等提升。
著重在一口氣上升，達到頂點的狀態。

例句 上に 上がると 海が よく 見える。／爬到上面就可以飽覽海景。

● 比較

あげる【上げる】

(他下一) 舉起，使升高；提高

說明 使向高處移動。抬。舉；又指程度（長度、重量、強度等）或價錢提高。

例句 分からない 人は 手を 上げて ください。
　　／不懂的人請舉手。

☞ 哪裡不一樣呢？

- 上がる：自動詞。向高處移動。
- 上げる：他動詞。使向高處移動。

---

 308 **あそぶ vs. やすみ**

あそぶ【遊ぶ】

(自五) 玩，遊玩；閒著，沒工作

說明 使精神愉快，做自己喜歡的、輕鬆的活動；又指不工作，閒待著。

例句 六本木ヒルズという ところで 遊びました。
　　／我們去了一處名為六本木之丘的地方遊覽。

● 比較

やすみ【休み】

(名) 休息；假日，休假，休息（時間）；停止營業；睡覺

說明 指停止學習或工作等，使身心得到休息；也指這種時間或日期；也指商店等停止營業；進入睡眠狀態。

例句 土曜日と 日曜日は 休みです。
　　／星期六和星期天是假日。

☞ 哪裡不一樣呢？

- 遊ぶ：以玩樂得到放鬆、休息。
- 休み：以停止活動得到休息。

309　あびる vs. あらう

あびる【浴びる】

他上一 淋，浴，澆；照，曬

說明 把涼水或熱水往身上澆、淋；也指陽光等光亮的東西，照射到身上。

例句 冷たい　水を　浴びて、風邪を　引いた。／淋了冷水後感冒了。

● 比較

あらう【洗う】

他五 沖洗，清洗，洗滌

說明 用水和洗滌劑等敲打、搓、揉去污的動作。

例句 石鹸で　洗いました。／用肥皂洗乾淨了。

☞ 哪裡不一樣呢？

- 浴びる：往身上澆淋。
- 洗う：用水和洗滌劑等洗淨。

310　ある vs. いる

ある【在る】

自五 在，存在

說明 表示無生命的東西、植物、事物等的存在。

例句 新聞は　テーブルの　上に　あります。／報紙擺在桌上。

● 比較

いる【居る】

自上一 （人或動物的存在）有，在；居住在

說明 人、動物等有生命的物體，在那裡可以看得見。指人或動物的存在；也指人或動物住在那裡。

例句 田中さんは　短い　スカートの　女性の　右に　います。
　　　／田中小姐在那位穿短裙的女士的右邊。

☞ 哪裡不一樣呢？

- **ある**：用於無生命。
- **いる**：用於有生命。

311 ある vs. もつ

ある【有る】

(自五) 有，持有，具有

說明 表示無生命的東西、植物、事物等的存在。

例句 鉛筆は　ありますが、ペンは　ありません。

／我有鉛筆，但是沒有鋼筆。

● 比較

もつ【持つ】

(他五) 拿，帶，持，攜帶

說明 用手拿著。又指東西帶在身上，或是拿在手上，或是放在口袋、皮包裡。

例句 百円玉を　いくつ　持って　いますか？／你身上有幾枚百圓硬幣呢？

☞ 哪裡不一樣呢？

- **ある**：東西的存在。
- **持つ**：東西的所有。

312 もうす vs. いう

もうす【申す】

(他五) 說，講，告訴，叫做

說明 「言う」、「話す」的謙語。下屬或晚輩對上司或長輩使用的詞。

例句 山田と　申しますが、あなたは　田上さんですか。

／敝姓山田，請問您是田上小姐嗎？

いう【言う】

[自·他五] 說，講

說明 把心裡想的事，用語言表達。也包括經過整理的內容，又書面都可以用。類似「話す」。

例句 木村さんは　今日は　来ないでしょう。忙しいと　言っていましたから。

／木村先生今天應該不會來吧。他說過自己很忙。

☞ **哪裡不一樣呢？**

• 申す：謙讓語。
• 言う：一般的說法。

313　いる vs. ほしい

いる【要る】

[自上一] 需要，必要

說明 需要費用、物品、時間等，沒有就會發生困難。一般大多用平假名「いる」。

例句 日本の　大学に　入るには　100万円　いります。

／要進入日本的大學就讀需要花費一百萬日圓。

● 比較

ほしい

[形] 要，想要

說明 希望成為自己的東西，想弄到手的樣子。

例句 友達は　だれもが　ほしいと　思います。

／我認為任何人都想要朋友。

☞ **哪裡不一樣呢？**

• いる：指必要。絕對需要的，不可或缺的。
• ほしい：指慾望。想弄到手。

314 うたう vs. おどる

うたう【歌う】

(他五) 唱歌

説明 把歌詞配上節奏和旋律，發出聲音。

例句 どちらの 歌を 歌いますか？／你要唱哪首歌？

● 比較

おどる【踊る】

(他五) 跳舞，舞蹈

説明 隨著節奏跳躍、旋轉，輕快地扭動身體。

例句 元気に よく 歌って、踊りましょう。／讓我們一起來大聲唱歌和跳舞吧！

☞ 哪裡不一樣呢？

- 歌う：唱歌。
- 踊る：跳舞。

315 おく vs. とる

おく【置く】

(他五) 放，置，擱

説明 基於某一目的，把東西放在某處。

例句 そこに、荷物を 置いて ください。／請把行李放在那邊。

● 比較

とる【取る】

(他五) 拿取，執，握；採取，摘

説明 手的動作，用手拿著東西。為了某種目的，用手去拿過來；也指摘取蔬菜、水果，採集貝殼等動作。

例句 「しょう油を 取って ください。」「はい、どうぞ。」
／「請把醬油遞給我。」「在這裡，請用。」

- **置く**：物品離開自己。
- **取る**：物品靠近自己。

316 おわる vs. とまる

おわる【終わる】

〔自五〕完畢，結束，終了

說明 事情或動作到了最後的階段，不再繼續下去，有「完了」之意。

例句 試験が　終わったら、ラーメンを　食べに　行きましょう。
／等考完試以後，我們一起去吃拉麵吧。

比較

とまる【止まる】

〔自五〕停，停止，停頓；中斷，止住

說明 人、交通工具和機器等動的東西停止活動力；也指發出的東西不出了，或連續的東西斷了。

例句 バスが　バス停に　止まりました。／巴士在站牌停了下來。

☞ 哪裡不一樣呢？

- **終わる**：持續的事物停止。
- **止まる**：人、交通工具和機器等動的東西停止。

317 しめる vs. かける

しめる【締める】

〔他下一〕勒緊，繫著

說明 好好纏起或用力繫住，使其不鬆弛或脫落。

例句 色の　きれいな　ネクタイを　締めました。
／繫了一條花色很美的領帶。

● 比較

かける【掛ける】

他下一 掛在（牆壁），戴上（眼鏡）；打（電話）

說明 把東西牢牢地固定住，以免脫落。使穩固地成為那種狀態；又指打電話等取得聯繫。

例句 教室に　絵が　かけて　あります。／教室裡掛著畫。

☞ 哪裡不一樣呢？

- 締める：纏起或繫住物品。
- 掛ける：用繩子等讓物品固定在某處。

318 かぶる vs. はく

かぶる【被る】

他五 戴（帽子等），（從頭上）蒙，（從頭上）套，穿

說明 拿薄又寬的東西，往頭或臉上放上覆蓋物。

例句 どうして　帽子を　被るのですか？
／為什麼要戴帽子呢？

● 比較

はく【履く・穿く】

他五 穿（鞋，襪，褲子等）

說明 穿。保護腳的鞋子、襪子等用「履く」，穿在下半身的褲子和裙子等用「穿く」。

例句 どんな　靴を　履きますか？
／穿什麼樣的鞋子呢？

☞ 哪裡不一樣呢？

- 被る：穿在頭部以上。
- 履く・穿く：穿在頭部以下。

きる vs. みがく

きる【切る】

他五 切，剪，裁剪，切傷

說明 用刀或剪刀等，刺傷或切斷連接的東西。

例句 紙を 小さく 切って ください。／請把紙張裁小。

● 比較

みがく【磨く】

他五 刷洗，擦亮

說明 用刷子等前後左右磨擦，使其光亮好看。

例句 顔を 洗って、歯を 磨きます。／洗臉刷牙。

☞ 哪裡不一樣呢？

- 切る：裁切物品。
- 磨く：刷淨、磨亮物品。

こたえる vs. きく

こたえる【答える】

自下一 回答，答覆；解答

說明 對對方的詢問或招呼，以語言或動作回答；又指分析問題，提出答案。

例句 質問に 答えて ください。／請回答問題。

● 比較

きく【聞く】

他五 聽，聽到；聽從，答應；詢問

說明 用耳朵感受音、聲、話等，理解其內容；答應要求；為了請教不明白的事情，詢問別人。

例句 ３０人の 子どもに 一番 好きな 食べ物を 聞きました。
／詢問了三十個小孩什麼是他們最喜歡的食物。

☞ **哪裡不一樣呢？**

- 答える：回答問題。
- 聞く：聆聽。也有提問之意。

321 さく vs. あく

さく【咲く】

（自五）開（花）

說明 花蕾展開。

例句 花が きれいに 咲きました。／花開得很漂亮。

● 比較

あく【開く】

（自五）開，打開；開始，開業

說明 關閉的東西開了，又指沒有障礙物阻擋，可以自由地進出了；商店等開始營業。

例句 鍵が かかって いて ドアが 開きません。
／門鎖著，打不開。

☞ **哪裡不一樣呢？**

- 咲く：花開的狀態。
- 開く：關閉的東西開了。

Track ◎ 46

322 さす vs. とる

さす【差す】

（他五）撐（傘等）；照射

說明 指把傘撐在頭上；又指光線照射。

例句 傘を さして、雨の 中を 歩きました。
／撐著傘在雨中漫步。

325

とる【撮る】

他五 拍（照片），攝影

說明 利用攝影器材將人或事物的形像記錄在軟片或卡帶上。

例句 山の 写真を 撮るのが 好きです。
　　／我喜歡拍攝山景。

☞ 哪裡不一樣呢？

- 差す：撐傘或光線照射。
- 撮る：指照相。

323 すう vs. ふく

すう【吸う】

他五 吸，抽，喝

說明 把氣體或液體從口、鼻吸入體內。從嘴巴進入的動詞有「吸う」（吸入）、「食べる」（吃）、「飲む」（喝）。

例句 父は たばこを 吸って います。
　　／爸爸正在抽菸。

ふく【吹く】

自五 （風）刮，吹；（緊縮嘴唇）吹氣

說明 空氣流動；也指噘著嘴或嘴對著細管等，用力吹氣的意思。

例句 海から 涼しい 風が 吹いて きました。
　　／從海上拂來了涼風。

☞ 哪裡不一樣呢？

- 吸う：氣體往內。
- 吹く：氣體往外。

324 すむ vs. いる

すむ【住む】

[自五] 住，居住

說明 確定家的地點，並在那裡生活。

例句 留学生たちは、ここに 住んで います。
／留學生們住在這裡。

●比較

いる【居る】

[自上一]（人或動物的存在）有，在；居住在

說明 人、動物等有生命的物體，在那裡可以看得見。指人或動物的存在；也指人或動物住在那裡。

例句 黒くて 大きな 魚が 2匹 います。
／有兩條既黑又大的魚。

☞ 哪裡不一樣呢？

- **住む**：指存在某處生活。
- **いる**：指存在。

325 たのむ vs. おねがいします

たのむ【頼む】

[他五] 請求，要求；點菜；依靠

說明 自己沒辦法做的事，或對自己而言太困難了，希望對方為自己做某件事；又指在餐廳等點菜；當做依靠。

例句 コーヒーを 頼んだ あとで、紅茶が 飲みたく なった。
／點了咖啡以後，卻想喝紅茶了。

おねがいします【お願いします】

寒暄 麻煩，請

說明 請求別人時，有禮貌的説法。懇求對方去做自己所期望的事。

例句 ５２円の 切手を ３枚と ８２円の 切手を ５枚
お願いします。
／請給我三張五十二圓的郵票和五張八十二圓的郵票。

☞ 哪裡不一樣呢？

- 頼む：自己無法處理的事，請求別人幫助。
- お願いします：請求別人做某事。語感上比「頼む」有禮貌。

---

326 ちがう vs. そう

ちがう【違う】

自五 不同，不一樣；錯誤，不對

說明 狀態不同、不一樣；又指和正確的有差異。

例句 東京の 言葉と 大阪の 言葉は、少し 違います。
／東京話和大阪話有點不一樣。

そう

感 （回答）是，沒錯

說明 表示對對方所説的話和態度同意的心情。

例句 そうです。これが 私ので、それが あなたのです。
／沒錯，這個是我的，那個是你的。

☞ 哪裡不一樣呢？

- 違う：表不對。或狀態不同。
- そう：表同意。

327 つかう vs. やる

つかう【使う】

他五 用，使用；花費

說明 為了某一目的，而使用某物或身體的一部分；也表示為某目的而花費了東西、時間、金錢，而使其起作用。

例句 どうぞ、その 辞書を 使って ください。

／這本辭典給您，敬請使用。

● 比較

やる

他五 做，進行；給予

說明 相當於「する」，也就是進行某項工作或活動。說法比較隨便；授受的「給」，除了給同輩或晚輩，也可以用在動植物上。

例句 この 仕事は、明日中に やります。

／這份工作將在明天之內完成。

☞ 哪裡不一樣呢？

* **使う**：使用某物達成某目的。
* **やる**：做某件事。

328 つかれる vs. なくす

つかれる【疲れる】

自下一 疲倦，疲勞

說明 由於耗費了體力和精神，精力變得不足。用在肉體跟精神兩方面。

例句 電車の 中で 英語を 勉強すると、目が 疲れませんか。

／在電車上研讀英文，眼睛不累嗎？

● 比較

なくす【無くす・失くす】

他五 丟失；消除

說明 失去原本持有的東西；本來存在的事物消失了。

例句 大事（だいじ）な　お金（かね）を　なくして、困（こま）りました。
／遺失了重要用途的錢，不知如何是好。

☞ 哪裡不一樣呢？

- 疲（つか）れる：喪失體力和精神。
- なくす：喪失所持事物。

329　つくる vs. はる

つくる【作る】

他五 做，製造；創造；創作

說明 加工（一般是用手操作的）原料、材料，製成新的物品；造出全新的東西；也指進行文學藝術的創造。

例句 晩（ばん）ご飯（はん）は、作（つく）って　あります。
／晩飯已經做好了。

● 比較

はる【貼る・張る】

他五 貼上，糊上，黏上

說明 用漿糊等黏上。

例句 切手（きって）が　貼（は）って　あります。
／已經貼上郵票了。

☞ 哪裡不一樣呢？

- 作（つく）る：製造物品。
- 貼（は）る・張（は）る：使某物附著在物體上。

330 つける vs. つく

つける【点ける】

他下一 點（火），點燃；扭開（開關），打開

說明 指使火著起來：又指打開電燈、電視、暖爐等電器的開關。

例句 暗いから、電気を　つけました。／屋裡很暗，所以開了電燈。

●比較

つく【着く】

自五 到，到達，抵達，寄到；入席，就座

說明 移動位置，到達某一場所、地點；人佔據某位子。

例句 わたしが　家に　着いたのは　8時でした。／我是在八點回到了家裡。

☞ 哪裡不一樣呢？

• つける：打開物品開關。點燃。

• 着く：到達某地方。

331 あるく vs. はしる

あるく【歩く】

自五 走路，步行

說明 用腳走路。表示具體的動作。

例句 町の　中を　歩くのが　好きです。／我喜歡在街上散步。

●比較

はしる【走る】

自五 （人，動物）跑步，奔跑；（車，船等）行駛

說明 人或動物以比步行快的速度移動腳步前進；人和動物以外的物體，如汽車以高速移動之意。

例句 車が　町を　走ります。／車子在路上行駛。

☞ **哪裡不一樣呢？**

- **歩く**：用腳走路。
- **走る**：指跑，用腳快速向前移動。別受中文「走」的影響。

332　ひく vs. あそぶ

ひく【弾く】

他五 彈奏（樂器）

説明 用鋼琴或小提琴、吉他等弦樂器演奏。

例句 私は ピアノを 弾く 仕事を したいです。
／我想要從事能夠彈奏鋼琴的工作。

● 比較

あそぶ【遊ぶ】

自五 玩，遊玩；閒著，沒工作

説明 使精神愉快，做自己喜歡的、輕鬆的活動；又指不工作，閒待著。

例句 若者が 多くて、賑やかな 渋谷で 遊びたいです。
／我想到年輕人聚集、繁華熱鬧的澀谷玩。

☞ **哪裡不一樣呢？**

- **弾く**：指演奏樂器。
- **遊ぶ**：指玩樂。

333　まがる vs. まっすぐ

まがる【曲がる】

自五 彎曲；拐彎

説明 指變得不直，彎曲的樣子；又指不直走，往左或往右轉，改變行進的方向。

例句 次の 角を 曲がって、右側の 三つ目の 建物です。
／下個轉角拐過去後，右手邊的第三棟建築物。

比較

まっすぐ【真っ直ぐ】

(副・形動) 筆直，不彎曲；直接

說明 一點兒也不彎曲的樣子；又指中途哪兒也不去，一直朝著目的地前進。

例句 酒屋に 着くまで この 道を まっすぐ 行きなさい。
／請沿著這條路直走，就能抵達酒舖了。

☞ 哪裡不一樣呢？

- 曲がる：彎曲。
- まっすぐ：筆直。

まつ vs. まちあわせ

まつ【待つ】

(他五) 等候，等待

說明 盼望人、事物的到來，盼望早日實現。

例句 あなたは、まだ あの 人を 待って いるの？
／你還在等著那個人嗎？

比較

まちあわせ【待ち合わせ】

(名) 等候，碰頭

說明 事先決定好場所跟時間，在那裡等候對方到來。

例句 東京駅の 前で 待ち合わせしましょう。
／我們在東京車站前面會合吧。

☞ 哪裡不一樣呢？

- 待つ：等待人事物的到來。
- 待ち合わせ：約定好時間場所，等待人來。

みる vs. みせる

みる【見る】

(他上一) 看，觀看；瀏覽，觀看

說明 用眼睛感覺物體的形狀、顏色等；透過視覺來判斷事物的內容。

例句 天気が　よくて、遠くまで　よく　見えます。
／天氣很好，能夠清楚看到遠處。

● 比較

みせる【見せる】

(他下一) 讓…看，給…看

說明 在別人面前拿出某物，使別人能夠看見。

例句 舌を　出して　医者に　見せました。／伸出舌頭讓醫師診察了。

☞ 哪裡不一樣呢？

- 見る：自己看見。
- 見せる：讓別人看見。

なく vs. よぶ

なく【鳴く】

(自五)（鳥，獸，蟲等）叫，鳴

說明 鳥獸昆蟲等動物發出的聲音。人的哭聲則用漢字「泣く」。

例句 猫が、　おなかが　すいて　鳴いて　います。／貓咪肚子餓得喵喵叫。

● 比較

よぶ【呼ぶ】

(他五) 呼喚，招呼；喊，叫，邀請，叫來；叫做，稱為

說明 為引起對方注意而呼喚；又指發出聲音、打電話或寫信等，叫對方過來；（某事物）稱為。

例句 誰かを　呼んで　ください。／請找人過來！

☞ 哪裡不一樣呢？

- 鳴く：無言語。
- 呼ぶ：有言語。

337 わたす vs. わたる

わたす【渡す】

他五 交給，交付；送到

說明 從一人手裡移交到另一人手裡；又指把人或物越過某一空間，從這邊送到那邊。

例句 あなたの お姉さんに この 手紙を 渡して ください。
／請把這封信轉交給令姊。

● 比較

わたる【渡る】

自五 渡，過（河）

說明 搭乘交通工具、走路或是游泳，通過路、河川、海等到達另一側。

例句 船に 乗って、川を 渡ります。
／搭船渡過河川。

☞ 哪裡不一樣呢？

- 渡す：交給他人。
- 渡る：越過某地到另一側。

実力テスト

做對了，往 😊 走，做錯了往 ✖ 走。

次の文の（　）には、どんな言葉が入りますか。
1・2から最も適当なものを一つ選んでください。

實力測驗　Q 哪一個是正確的？
>> 答案在題目後面

1 エレベーターの 中で 社長に （　）
ので ていねいに 頭を 下げた。
1. 会った
2. かかった

譯 因為在電梯中（遇到）社長，禮貌地向社長鞠躬致意。
1. 会った：遇到
2. かかった：懸掛

2 手を （　）、道を 渡ります。
1. 上げて
2. 上がって

譯 （舉）起手穿越馬路。
1. 上げて：（他動詞）舉起
2. 上がって：（自動詞）提高，上升

3 一週間の （　）を 取って、
沖縄を 旅行しました。
1. 遊ぶ
2. 休み

譯 請了一個星期的（休假），去沖繩旅行了。
1. 遊ぶ：遊玩
2. 休み：休假

4 シャツを （　）ください。
1. 浴びて
2. 洗って

譯 請（清洗）襯衫。
1. 浴びて：淋，浴
2. 洗って：洗滌

5 部屋に だれか （　）か。
1. ありました
2. いました

譯 有誰（來過）房間嗎？
1. ありました：（無生命的東西，植物）存在
2. いました：（人或動物）存在

6 今晩、パーティーが （　）か
どうか 教えて ください。
1. ある
2. 持つ

譯 請告訴我今晚到底（有）沒有派對。
1. ある：有
2. 持つ：攜帶

7 「ありがとう」は 韓国語で
なんと （　）か。
1. 申します
2. 言います

譯 「謝謝」的韓語該怎麼（說）呢？
1. 申します：叫做，稱
2. 言います：說

がんばってください！！

336

8 医者は　経験が　（　　）。
1. いる
2. ほしい

譯　醫師（需要）經驗的累積。
1. いる：需要
2. ほしい：想要，慾望

9 歌を　（　　）ながら、歩き
ましょう。
1. 歌い
2. 踊り

譯　讓我們一面（唱歌），一面走路吧。
1. 歌い：唱歌
2. 踊り：跳舞

10 「ここには　自転車を　止めないで
ください。」「じゃ、どこに　（　　）か。」
1. 置きます
2. 取ります

譯　「請不要把自行車停在這裡。」
「那麼，可以（停放）在什麼地方呢？」
1. 置きます：放置
2. 取ります：拿取

11 学校が　（　　）から、野球を
しに　いきましょう。
1. 終わって
2. 止まって

譯　等課程（結束）後，一起去打棒球吧。
1. 終わって：結束
2. 止まって：停止；中斷

12 彼は　ネクタイを　（　　）います。
1. 締めて
2. 掛けて

譯　他（繫）著領帶。
1. 締めて：繫著
2. 掛けて：掛在（牆壁）

13 山下さんは　昨日は　赤い
スカートを　（　　）　いました。
1. 被って
2. 穿いて

譯　山下小姐昨天（穿）著一條紅裙子。
1. 被って：戴（帽子等）
2. 穿いて：穿（鞋，襪；褲子等）

14 弟は　歯を　（　　）　寝ました。
1. 切らないで
2. 磨かないで

譯　弟弟沒（刷）牙就睡了。
1. 切らないで：裁剪
2. 磨かないで：刷洗

頑張ってね！！

做對了，往 走，做錯了往 ✖ 走。

がんばってください！！

15 日本の 新しい 歌を よく
（　　）。
1. 答えます
2. 聞きます

譯　我常（聽）日本的新歌。
1. 答えます：回答
2. 聞きます：聽

16 花が たくさん（　　）公園が
きれいに なりました。
1. 咲いて
2. 開いて

譯　公園裡（開著）許多花，變得非常美麗。
1. 咲いて：開（花）
2. 開いて：打開

17 いつ この 写真を（　　）か。
1. 差しました
2. 撮りました

譯　你是什麼時候（拍了）這張照片的？
1. 差しました：撐（傘等）；插
2. 撮りました：拍（照片）

18 ここでは たばこを（　　）
ください。
1. 吸わないで
2. 吹かないで

譯　在這裡請（不要吸）菸。
1. 吸わないで：不吸
2. 吹かないで：不吹

19 この アパートの 一階は おじ
いさんが（　　）います。
1. 住んで
2. いて

譯　這棟公寓的一樓有個爺爺（住）在裡面。
1. 住んで：居住
2. いて：人或動物的存在

20 はじめまして。大島株式会社の
山田です。どうぞよろしく（　　）。
1. 頼みます
2. お願いします

譯　初次見面，我是大島股份有限公司的山田。
（請）多多指教。
1. 頼みます：請；委託，託付
2. お願いします：麻煩，請

21 「あなたは 韓国の 方ですか。」
「はい、（　　）です。」
1. そう
2. 違い

「你是韓國人嗎？」「對，我（是）。」
1. そう：是，沒錯
2. 違い：錯誤

22 「この 本を どうぞ。」「どうも
ありがとう。大切に （　　）。」
1. 使います
2. やります

譯 「這本書借您。」
「非常感謝，我會珍惜地（使用）。」
1. 使います：使用
2. やります：做

23 地震で 家を （　　） 人の
ために、お金を 集めて いる。
1. 疲れた
2. なくした

譯 我們正為了在地震中（失去了）家園
的災民而募款。
1. 疲れた：疲倦
2. なくした：失去

24 壁に 写真が （　　） あります。
1. 作って
2. 貼って

譯 牆壁上（貼）著照片。
1. 作って：創造
2. 貼って：貼上

25 ホテルは 空港から タクシーで
５０分ぐらいで （　　）。
1. つけます
2. 着きます

譯 從機場搭計程車大約五十分鐘即可
（抵達）旅館。
1. つけます：點燃
2. 着きます：到達

26 車が 街の 中を （　　） います。
1. 歩いて
2. 走って

譯 汽車正在路上（奔馳）。
1. 歩いて：走路
2. 走って：（車，船等）行駛

頑張ってね！！

做對了，往 走，做錯了往 走。

バンザーイ!!

がんばってください！！

27 明日の 日曜日、どこかへ
（　　）に いきませんか。
1. 弾き
2. 遊び

譯 明天是星期日，要不要去哪裡（玩一玩）
呢？
1. 弾き：彈奏
2. 遊び：遊玩

28 東京から 台東まで （　　）
飛ぶ 飛行機は ない。
1. 曲がる
2. まっすぐ

譯 沒有從東京（直達）台東的航班。
1. 曲がる：拐彎
2. まっすぐ：筆直不彎曲

29 「あなたも 手伝って ください。」
「ちょっと （　　） ください。手を
洗って から 手伝います。」
1. 待って　　2. 待ち合わせ

譯 「麻煩你也來幫忙。」「請稍（等）
一下，我去洗了手再來幫忙。」
1. 待って：等待
2. 待ち合わせ：等候，碰頭

30 夜は テレビを （　　）から、
寝ます。
1. 見て
2. 見せて

譯 我晚上（看）電視以後才睡覺。
1. 見て：看
2. 見せて：讓…看

31 誰かが 君を （　　） いるよ。
1. 鳴いて
2. 呼んで

譯 有人在（叫）你喔！
1. 鳴いて：（鳥，獸，蟲等）叫，鳴
2. 呼んで：呼叫，招呼

32 あの 橋を （　　）、学校へ
行きます。
1. 渡して
2. 渡って

譯 我（走過）那座橋去學校。
1. 渡して：交給
2. 渡って：渡（河、橋）

❶ 答案是「会う」（見面），表示遇到某人；「お目にかかる」（見到您）是「会う」的謙讓語，而只用「かかる」沒有見面的意思。不正確。

答案：1

❷ 「舉起手」用「手を上げる」。答案是「上げる」（舉起），他動詞，使向高處移動；而「上がる」（提高）是自動詞，指向高處移動。不正確。

答案：1

❸ 「請假」用「休みを取る」。答案是「休み」（休假），表示停止活動得到休息；而「遊ぶ」（遊玩）表示玩樂得到放鬆、休息。不正確。

答案：2

❹ 答案是「洗う」（洗滌），表示用水和洗滌劑等洗淨；而「浴びる」（淋）指往身上澆淋。不正確。

答案：2

❺ 從「だれか」（有誰）這一線索，知道答案是用於有生命的「いる」（在）；而「ある」（在）用於無生命。不正確。

答案：2

❻ 從「パーティー」（派對）這一線索，知道答案是「ある」（有），表示事物的存在，也就是「到底有沒有派對」；而「持つ」（攜帶）表示東西的所有。不正確。

答案：1

❼ 「用韓語說」用「韓国語で言う」。答案是「言う」（說）。

答案：2

❽ 答案是「いる」（需要），指必要，絕對需要的，不可或缺的；而「ほしい」（想要）指慾望，想把某東西弄到手。不正確。

答案：1

❾ 「唱歌」用「歌を歌う」。答案是「歌う」（唱歌）；而「踊る」是跳舞。不正確。

答案：1

❿ 答案是「置く」（放置），表示基於某一目的，把東西放在某處；而「取る」（拿取）表示為了某種目的，用手去拿過來。不正確。

答案：1

⓫ 答案是「終わる」（結束），表示持續的事物結束；而「止まる」（停止）表示人、交通工具和機器等動的東西停止。不正確。

答案：1

⓬ 「繫領帶」用「ネクタイを締める」。答案是「締める」（繫著），表示纏起或繫住物品；而「掛ける」（懸掛）是用繩子等讓物品固定在某處。不正確。

答案：1

⓭ 答案是「穿く」（穿），用在穿褲子、鞋子等下半身的衣物；而「被る」（戴）是穿戴在頭部以上。不正確。

答案：2

⓮ 答案是「磨く」（刷洗），刷淨、磨亮物品；而「切る」（裁剪）是指裁切物品。不正確。

答案：2

⓯ 答案是「聞く」（聽）聆聽；而「答える」（回答）回答問題。不正確。

答案：2

⓰ 「花開」用「花が咲く」。答案是「咲く」（開），用在花開的狀態；而「開く」（打開）表示關閉的東西開了。不正確。

答案：1

⓱ 答案是「撮る」（拍攝），指照相；而「差す」（撐）指撐傘或光線照射。不正確。

答案：2

⓲ 答案是「吸う」（吸入），把氣體或液體從口、鼻吸入體內，氣體往內；「吹く」（吹〈氣〉）表示噘著嘴吹氣，氣體往外。不正確。

答案：1

⑲ 答案是「住む」（居住），指存在某處生活；而「いる」（在）指存在。不正確。

答案：1

⑳ 初次見面，習慣的寒暄語用「請多多指教」，日語是「どうぞよろしくお願いします」。答案是「お願いします」（麻煩）。

答案：2

㉑ 從「はい」（對）這一線索，知道答案是「そう」（是），表示同意；而「違う」（錯誤）表不對，不同意。不正確。

答案：1

㉒ 「珍惜地使用」用「大切に使う」。答案是「使う」（使用），使用某物達成某目的；而「やる」（做）指做某件事。不正確。

答案：1

㉓ 從「家を」（家園）這一線索，知道答案是「なくす」（失去），表示喪失所持事物；而「疲れる」（疲倦）指喪失體力和精神。不正確。

答案：2

㉔ 從「壁に」（牆壁上）這一線索，知道答案是「貼る」（貼上），使某物附著在物體上；而「作る」（製造）是指製造物品。不正確。

答案：2

㉕ 答案是「着く」（到達）表示到達某地方；而「つける」（點燃）指使火燃燒，或是打開物品開關。不正確。 答案：2

㉖ 「車が」（汽車）這一線索，知道答案是交通工具快速向前移動的「走る」（行駛）。別受中文「走」的影響喔；而「歩く」（走路），表示用腳走路。不正確。

答案：2

㉗ 從「要不要去哪裡？」這一線索知道答案是表示玩樂的「遊ぶ」（遊玩）；而「弾く」（彈奏），是指演奏樂器。不正確。

答案：2

㉘ 從「飛ぶ」（飛）這一線索，知道答案是「まっすぐ」（筆直），表示筆直不彎曲，也就是直飛；而「曲がる」表示彎曲。不正確。

答案：2

㉙ 「請稍等一下」用「ちょっと待ってください」。答案是「待つ」（等待），表示等待人事物的到來；而「待ち合わせ」（等候，碰頭），是約定好時間場所，等待人來。不正確。

答案：1

㉚ 「看電視」用「テレビを見る」。所以答案是「見る」（看），表示自己看見；而「見せる」（讓…看），是讓別人看見。不正確。

答案：1

㉛ 從「誰か」（有人）這一線索，知道答案是人發出聲音呼叫對方的「呼ぶ」（呼叫）；而「鳴く」（鳴叫），是鳥獸昆蟲等動物發出的聲音。不正確。

答案：2

㉜ 答案是「渡る」（渡），表示越過某地到另一側，這裡是「走過那座橋去學校」；而「渡す」（交付），指交給他人。不正確。

答案：2

時候

338　あさって vs. おととい

あさって【明後日】

名 後天

說明 今天的下下一天。明天的第二天。

例句 郵便局へは、明後日 行きます。／後天再去郵局。

● 比較

おととい【一昨日】

名 前天

說明 昨天的前一天。念法比較特別喔！

例句 一昨日、誰かと 会いましたか？

／前天和誰見過面了嗎？

☞ 哪裡不一樣呢？

> * 明後日：今天的後兩天。
> * 一昨日：今天的前兩天。

339　あした vs. きのう

あした【明日】

名 明天

說明 今天的下一天。「あした」稍鄭重的說法是「明日」（明日）。只是「明日」還有不遠的將來之意。

例句 今日も 明日も 仕事です。／今天和明天都要工作。

きのう【昨日】

② 昨天；過去

説明 昨天的前一天：也表示不久前記憶猶新的過去。念法比較特別喔！

例句 **昨日、友達と けんかしました。**
／昨天和朋友吵架了。

☞ 哪裡不一樣呢？

- **明日**：今天的後一天。
- **昨日**：今天的前一天。

---

340 きょう vs. いま

きょう【今日】

② 今天

説明 現在正置身於其中的這一天。

例句 **昨日は 暑かったです。今日も 暑いです。**
／昨天很熱吧，今天也好熱。

いま【今】

② 現在，此時，此刻；副 馬上，剛才

説明 現在的一瞬，此時此刻；也指包括離現在極近的未來或過去的詞。

例句 **「今は 何を して いますか。」「音楽を きいて います。」**
／「現在在做什麼呢？」「我正在聽音樂。」

☞ 哪裡不一樣呢？

- **今日**：指現在過的這一天。
- **今**：現在的一瞬間；接近過去和未來間。

341 まいしゅう vs. まいにち

まいしゅう【毎週】

名 每個星期，每週，每個禮拜

說明 每一個星期。全部的週。

例句 **毎週、どんな スポーツを しますか？**／請問每週都做什麼樣的運動呢？

● 比較

まいにち【毎日】

名 每天，每日，天天

說明 沒有特定的一天，同一情況連續好幾天。

例句 **毎日、うちから 会社まで 歩いて います。**／每天都從家裡走路到公司。

☞ 哪裡不一樣呢？

- **毎週**：每一週。
- **毎日**：每一天。

342 あさ vs. ひる

あさ【朝】

名 早上，早晨；早上，午前

說明 天亮後一直到上午十點左右的數小時；有時指從天亮到正午這一段時間。

例句 **忙しいから、朝から 何も 食べて いません。**
／因為很忙，從早上到現在什麼都沒吃。

● 比較

ひる【昼】

名 白天，白晝；中午；午飯

說明 從日出到日落的一段時間；又指正午前後一段時間；又指午飯。

例句 **昼休みが 終わって、午後の 仕事が 始まった。**
／午休結束後開始了下午的工作。

☞ 哪裡不一樣呢？

• 朝（あさ）：中午十二點以前。
• 昼（ひる）：中午十二點。

343 けさ vs. あさ

けさ【今朝】

名 今天早上

說明 今天早晨。

例句 夜（よる） 遅（おそ）くまで お酒（さけ）を 飲（の）んで いたので、今朝（けさ）は 頭（あたま）が 痛（いた）い。
／由於喝酒直到深夜，今天早上鬧頭痛。

●比較

あさ【朝】

名 早上，早晨；早上，午前

說明 天亮後一直到上午十點左右的數小時；也有時指從天亮到正午這一段時間。

例句 朝（あさ）は 食事（しょくじ）を 作（つく）ったり、お弁当（べんとう）を 作（つく）ったり して、忙（いそが）しい。
／早上既要做早餐又要做飯盒，忙得很。

☞ 哪裡不一樣呢？

• 今朝（けさ）：指今天早上。
• 朝（あさ）：指早上。

344 まいあさ vs. まいばん

まいあさ【毎朝】

名 每天早上

說明 每一個早晨。這裡的「每（まい）」是「每一個」的意思囉！

例句 私（わたし）たちは、 毎朝（まいあさ） 体操（たいそう）を して います。／我們每天早晨都做體操。

比較

まいばん【毎晩】

图 每天晚上

説明 每一個晚上。所有的晚上。

例句 彼は 毎晩 遅くまで 起きて います。
／他每天晚上都熬夜。

☞ 哪裡不一樣呢？

- 毎朝：指每個早上。
- 毎晩：指每個晚上。

 ごぜん vs. ごご

ごぜん【午前】

图 上午，午前

説明 從天亮到正午之間。又指從夜裡十二點到正午之間。

例句 午前 10 時に、先生と 会います。
／在上午十點和老師見面。

比較

ごご【午後】

图 下午，午後，後半天

説明 從正午到日落之間。也指從正午到夜裡十二點這段時間。

例句 午後に 仕事を します。
／在下午工作。

☞ 哪裡不一樣呢？

- 午後：中午十二點後。
- 午前：中午十二點前。

346　ゆうがた vs. ゆうべ

ゆうがた【夕方】

名 傍晚

説明 從開始日落到周圍變暗的一段時間。大約在下午五點到七點之間。

例句 商店街は　夕方に　なると　にぎやかだ。
／商店街每到傍晚總是熙來攘往。

●比較

ゆうべ【夕べ】

名 昨天晚上，昨夜；傍晚

説明 「きのうの夜」，就是昨天晚上；接近晚上的時候。

例句 彼は　夕べ　遅くに　電話を　かけて　きました。
／他昨晚深夜打了電話來。

☞ 哪裡不一樣呢？

- 夕方：指傍晚。
- 夕べ：指昨晚；也指傍晚。

347　ばん vs. よる

ばん【晩】

名 晚，晚上

説明 一天裡大約由日落，到人們就寢的這段時間。

例句 二人で　映画を　見に　行った　あの　晩から　彼女が
好きに　なった。／自從兩人一起去看了電影的那一晚就喜歡上她了。

●比較

よる【夜】

名 晚上，夜裡

説明 從日落到第二天日出前的一段黑暗的時間。

例句 朝から ずっと 仕事でしたから、夜は、ゆっくり 休みたい です。／從早上開始都在工作，所以晚上想要好好休息。

☞ 哪裡不一樣呢？
- 晩：從日落到就寢。
- 夜：從日落到日出前。

348 はじめ vs. いちばん

はじめ【初め】

名 開始，開頭，起頭

說明 最初的時候。一般指在時間上最早的意思。

例句 初めは、何も わかりませんでした。／一開始，我什麼都不懂。

●比較

いちばん【一番】

名・副 最初，第一；最好，最優秀

說明 表示某一順序中的第一個；表示在眾多之中最好的。

例句 誰が 一番 頭が いいですか？／誰最聰明呢？

☞ 哪裡不一樣呢？
- 初め：用於事物的一開始。
- 一番：用於順序開頭或程度最好。

349 じ vs. じかん

じ【時】

名 …時

說明 時間單位。接在時間詞的後面，表示「…點」、「…時」。

例句 母は 1時に 帰りました。／媽媽 1 點回來的。

じかん【時間】

接尾 …小時，…點鐘

說明 計算時間的單位。表示花了多少時間。

例句 東京から　京都まで　2時間　かかります。
／從東京到京都要花兩個小時。

☞ 哪裡不一樣呢？

- 時：時間的單位，接在時間後面表示「幾點」。
- 時間：計算時間的單位。用了多少時間。

350　いつ vs. なんじ

いつ【何時】

代 何時，幾時，什麼時候

說明 表示不定時或關於時間的疑問。通常用平假名「いつ」。

例句 誕生日は　いつですか。
／你生日是哪一天呢？

● 比較

なんじ【何時】

代 幾點鐘

說明 不知道時間，詢問確切時間的詞。

例句 毎朝　何時に　会社に　行きますか。
／每天早上幾點去公司呢？

☞ 哪裡不一樣呢？

- いつ：詢問時間或時期。
- 何時：詢問「幾點幾分幾秒」的時間。

351 じかん vs. とき

じかん【時間】

㊂ 時間，功夫

說明 指過去、現在、未來無止境地延續的時間。也指某一段時間。

例句 時間が 遅いから、帰りませんか？

／時間不早，要不要回去了？

● 比較

とき【時】

㊂（某個）時候，時候

說明 表示時期、時候；也表示某個特定的時刻。

例句 私は 電車に 乗って いる とき、だいたい 英語を 勉強します。

／我搭電車時通常會研讀英文。

☞ 哪裡不一樣呢？

- **時間**：指某一段時間。
- **とき**：指某個時期。時間點。

実力テスト 做對了，往 😃 走，做錯了往 ✖ 走。

次の文の（　）には、どんな言葉が入りますか。
1・2から最も適当なものを一つ選んでください。

實力測驗 Q 哪一個是正確的？
>> 答案在題目後面

---

1 今日は　月曜日、（　）は
水曜日です。
1. 明後日
2. 一昨日

✖

 今天是星期一，（後天）是星期三。
1. 明後日：後天
2. 一昨日：前天

😃

---

2 今日の　つぎは　（　）です。
1. 昨日
2. 明日

✖

 今天過後是（明天）。
1. 昨日：昨天
2. 明日：明天

😃

---

3 （　）　何時ですか。
1. 今日
2. 今

✖

 （現在）幾點？
1. 今日：今天
2. 今：現在

😃

---

4 父は　（　）日曜日に　釣りに
行きます。
1. 毎週
2. 毎日

✖

 爸爸（每星期）天都去釣魚。
1. 毎週：每個星期
2. 毎日：每天

😃

---

5 （　）の 12時に　お客さんと
食事します。
1. 朝
2. 昼

✖

 （中午）12點要和客人共進午餐。
1. 朝：早上
2. 昼：中午

😃

---

6 「おはようございます」は　（　）
人と　会った　ときに　いいます。
1. 今朝
2. 朝

✖

 「早安」是人們在（早晨）見面時的問
候語。
1. 今朝：今天早上
2. 朝：早上

😃

---

7 （　）　歯を　磨いて　から
寝ます。朝は　磨きません。
1. 毎朝
2. 毎晩

✖

 我（每晚）刷牙之後睡覺，早上不刷。
1. 毎朝：每天早上
2. 毎晩：每天晚上

がんばってください！！

352

8 今日は 朝から 昼まで
（　）中が 忙しかったです。
1. 午後
2. 午前

譯　今天從早上到中午的（上午時段）忙得
不可開交。
1. 午後：下午
2. 午前：上午

9 （　）は 7時間ぐらい
寝ました。
1. 夕方
2. 夕べ

譯　我（昨天晚上）睡了七個小時左右。
1. 夕方：傍晚
2. 夕べ：昨天晚上

10 昨日は 仕事で、（　）遅く
帰りました。
1. 晩
2. 夜

譯　昨天因為工作，直到（半夜）才回到家裡。
1. 晩：晚上
2. 夜：夜裡

11 いつが （　） 忙しいですか。
1. 一番
2. 初め

譯　請問什麼時候（最）忙錄呢？
1. 一番：第一；最
2. 初め：開始

12 家から 会社まで、1（　）半
ぐらいです。
1. 時
2. 時間

譯　從家裡到公司大約一個半（小時）。
1. 時：…時
2. 時間：…小時

13 お父さんは 来週 （　）が
暇ですか。
1. いつ
2. 何時

譯　爸爸下星期（什麼時候）有空呢？
1. いつ：何時
2. 何時：幾點鐘

14 出かける （　）は ドアを
閉めて くださいね。
1. 時間
2. とき

譯　外出（時）請關門喔。
1. 時間：時間
2. とき：（某個）時候

頑張ってね！！

❶ 從「今天是星期一」這一線索知道「星期三」是「明後日」（後天），指今天的後兩天；而「一昨日」（前天），指今天的前兩天。不正確。

答案：1

❷ 答案是「明日」（明天），指今天的後一天；而「昨日」（昨天），指今天的前一天。不正確。

答案：2

❸ 答案是「今」（現在），表示這個時候，指說話的時候；而「今日」（今天），指現在過的這一天。不正確。

答案：2

❹ 從「日曜日に」（星期天）這一線索，知道答案是指每一週的「毎週」（每個星期）；而「毎日」是每一天。不正確。

答案：1

❺ 從「12時に」（12點）這一線索，知道符合的答案是「昼」（中午），指中午十二點；而「朝」（早上），是中午十二點以前。不正確。

答案：2

❻「おはようございます」是早晨見面時的問候語，所以答案是「朝」（早上）；而「今朝」指今天早上。不正確。

答案：2

❼「早上不刷牙」這一線索，知道答案是每個晚上的「毎晩」；而「毎朝」指每個早上。不正確。

答案：2

❽ 從「今天從早上到中午的」這一線索，知道答案是「午前」（上午），指中午十二點前；而「午後」（下午），是中午十二點後。不正確。

答案：2

❾ 從「睡了七個小時左右」這一線索，知道答案是「夕べ」（昨晚），指昨天晚上；而「夕方」（傍晚），一般指傍晚。不正確。

答案：2

❿「直到半夜」用「夜遅く」。答案是從日落到日出前的「夜」（夜裡）；而「晩」（晚上），表示從日落到就寢。不正確。

答案：2

⓫ 答案是「一番」（最），表示再也沒有比這個更高程度了；而「初め」（開始），用在事物的一開始。不正確。

答案：1

⓬ 從「從家裡到公司大約」這一線索，知道答案是計算時間單位，表示用了多少時間的「時間」（…小時）；而「時」（…時），是時間的單位，接在時間後面表示「幾點」。不正確。

答案：2

⓭ 答案是詢問時間是什麼時候的「いつ」（何時）；而「何時」（幾點鐘），是詢問「幾點幾分幾秒」的時間。不正確。

答案：1

⓮ 從「請關門喔」這一動作，知道是指某一時間點的「とき」（時候），也就是外出的時候；而「時間」（時間），指某一段時間。不正確。

答案：2

年、月份

352　こんげつ vs. せんげつ

こんげつ【今月】

名 這個月

說明 「この月」（這個月）、「今の月」（現在這個月）。

例句 今月は、元気に 楽しく 仕事しましょう。
／這個月就好好提起精神，開心的工作吧。

●比較

せんげつ【先月】

名 上個月

說明 這個月的前一個月。這裡的「先」可以説是「上一個」的意思囉！

例句 先月の 旅行は、いかがでしたか？
／上個月的旅行好玩嗎？

☞ 哪裡不一樣呢？

- 今月：指這個月。
- 先月：指上一個月。

353　らいげつ vs. らいしゅう

らいげつ【来月】

名 下個月

說明 這個月的下個月。這裡的「来」就是「下一個」的意思囉！

例句 来月は 十一月ですね。／下個月是十一月吧。

355

らいしゅう【来週】

⑧ 下星期

説明 現在這一週的下一週。這裡的「来」就是「下一個」的意思囉！

例句 テストは　来週です。
／考試將在下週舉行。

☞ 哪裡不一樣呢？

- 来月：指下個月。
- 来週：指下一週。

354　まいげつ・まいつき vs. まいとし・まいねん

まいげつ・まいつき【毎月】

⑧ 每個月

説明 每一個月。這裡的「毎」就是「每一個」的意思囉！

例句 毎月の　三十日は、お休みです。
／每個月的三十號是公休日。

まいとし・まいねん【毎年】

⑧ 每年

説明 每一年。所有的年。這裡的「毎」就是「每一個」的意思囉！

例句 うちは　家族で　毎年　パリに　行きます。
／我們全家每年都去巴黎。

☞ 哪裡不一樣呢？

- 毎月：每個月。
- 毎年：每一年。

355　おととし vs. きょねん

おととし【一昨年】

㊂ 前年

説明　「去年の前の年」（去年的前一年）。

例句　一昨年、ここに　来ました。／我前年來過這裡了。

●比較

きょねん【去年】

㊂ 去年

説明　今年的前一年。這裡的「去」就想成是「前一個」的意思囉！

例句　2002年から　去年まで、大学で　勉強しました。
　　　／我自二〇〇二年到去年為止在大學就讀。

☞ 哪裡不一樣呢？

- 一昨年：去年的前一年。
- 去年：今年的前一年。

356　ことし vs. らいねん

ことし【今年】

㊂ 今年

説明　現在，自己正在生活著的這一年。

例句　あなたは、今年　いくつですか？／你今年幾歲呢？

●比較

らいねん【来年】

㊂ 明年

説明　今年的下一年。這裡的「來」就想成是「下一個」的意思囉！

例句　来年から　再来年まで、アメリカに　留学します。
　　　／從明年開始到後年將在美國留學。

☞ 哪裡不一樣呢？

- **今年**：指這一年。
- **来年**：指下一年。

357 さらいねん vs. ねん

さらいねん【再来年】

② 後年

說明 今年的下下一年。

例句 **再来年までに　日本語が　上手に　なりたいです。**
／希望後年能夠學好日文。

● 比較

ねん【年】

② 年

說明 計算年數的量詞。

例句 **3年　勉強した　あとで、仕事を　します。**
／讀書三年以後就去工作。

☞ 哪裡不一樣呢？

- **再来年**：今年的下下一年。
- **年**：計算年數。

2 実力テスト

做對了，往 😊 走，做錯了往 ✖ 走。

次の文の（　）には、どんな言葉が入りますか。1・2から最も適当なものを一つ選んでください。

實力測驗
Q 哪一個是正確的？
>> 答案在題目後面

1 いまの 月は 「（　）」と いいます。
1. 今月（こんげつ）
2. 先月（せんげつ）

譯 這個月叫做「（本月）」。
1. 今月：這個月
2. 先月：上個月

2 「（　）試験が あります。」
「何曜日に ありますか。」
1. 来月（らいげつ）
2. 来週（らいしゅう）

譯 「（下星期）有考試。」「是星期幾呢？」
1. 来月：下個月
2. 来週：下星期

3 この 会社では（　）一日（ついたち）と 十五日が 給料日（きゅうりょうび）です。
1. 毎月（まいげつ）
2. 毎年（まいねん）

譯 這間公司（每個月的）一號和十五號是發薪日。
1. 毎月：每個月
2. 毎年：每年

4 （　）子どもが 生（う）まれました。今月で 1歳3ヶ月（いっさいさんかげつ）です。
1. 一昨年（おととし）
2. 去年（きょねん）

譯 （去年）孩子出生了，到這個月滿一歲三個月。
1. 一昨年：前年
2. 去年：去年

5 弟（おとうと）は 去年（きょねん）生（う）まれました。
（　）1歳（いっさい）に なります。
1. 今年（ことし）
2. 来年（らいねん）

譯 弟弟去年出生了，（今年）滿一歲。
1. 今年：今年
2. 来年：明年

6 （　）に 一度（いちど）海外旅行（かいがいりょこう）に 行（い）きます。
1. 再来年（さらいねん）
2. 年（ねん）

譯 （每年）去國外旅遊一趟。
1. 再来年：後年
2. 年：年

解說及答案

❶ 從「いまの月は」（這個月）這一線索，知道答案是這個月的「今月」；而「先月」（上個月），指上一個月。不正確。

答案：1

❷ 從「是星期幾呢？」這一線索，知道「有考試」的是「来週」（下星期）；而「来月」（下個月），指下一個月。不正確。

答案：2

❸ 從「一號和十五號」這一線索，知道「公司發薪日」是「毎月」（每個月）；而「毎年」表示每一年。不正確。

答案：1

❹ 從「到這個月滿一歲三個月」這一線索，知道「孩子出生」的是今年的前一年「去年」（去年）；而「一昨年」（前年），是去年的前一年。不正確。

答案：2

❺ 從「弟弟去年出生了」這一線索，知道「滿一歲」的是「今年」（今年）；而「来年」（明年），指下一年。不正確。

答案：1

❻ 從「に一度」（一趟）這一線索，知道答案是計算年數的「年」（年）；而「再来年」（後年），是今年的下下一年。不正確。

答案：2

代名詞

358 あれ vs. これ

あれ

⟨代⟩ 那，那個，那人，那裡

說明 指示遠離說話者和聽話者的人、事物、場所的詞。

例句 これは　あれとは　違<small>ちが</small>います。／這個和那個不一樣。

●比較

これ

⟨代⟩ 這，這個，這人，這裡

說明 指示離說話者近的人、事物、場所的詞。

例句 これは　汚<small>きたな</small>いから、きれいなのを　ください。
　　　／這個是髒的，請給我乾淨的。

☞ **哪裡不一樣呢？**

- **あれ**：離説話者遠的人、事物、場所。
- **これ**：離説話者近的人、事物、場所。

359 その vs. それ

その

⟨連體⟩ 那…，那個…

說明 從說話者的角度來看，指聽話者近處的人或東西等事物的詞。

例句 その　家<small>いえ</small>には、誰<small>だれ</small>か　住<small>す</small>んで　います。／那間屋子住著什麼人呢？

● 比較

それ

代 那，那個，那人，那裡

說明 從說話者的角度來看，指離聽話者近的人、事物、場所的詞。

例句 これが 終わった あとで、それを やります。
　　／這個做完以後去做那個。

☞ 哪裡不一樣呢？

• その：為連體詞。後面接名詞。不可以當主詞。

• それ：為指示代名詞。可以當主詞。

---

360 どの vs. どれ

どの

連體 哪個，哪…

說明 連體詞。指不能明確確定的事物時使用的詞。

例句 学生は どの ページを 開けますか。
　　／學生打開的是哪一頁呢？

● 比較

どれ

代 哪個

說明 不定稱的指示代名詞。在三個以上的限定範圍的事物中，指示不確定人、事物、場所的詞。

例句 どれか、好きな ものを 取って ください。
　　／請拿一個你喜歡的。

☞ 哪裡不一樣呢？

• どの：連體詞。後面接名詞。不可以當主詞。

• どれ：指示代名詞。可以當主詞。

361 ここ vs. こちら

ここ

代 這裡

說明 指示代名詞的近稱。指説話人目前所在的地方，也指靠近説話人的地方。

例句 ここで 車を 降ります。／在這裡下車。

● 比較

こちら

代 這邊，這裡，這方面；我，我們；這位

說明 指離説話者近的地方。也指該處的物體；也指説話者或屬於説話者一方的人；也指身旁的尊長。口語為「こっち」。

例句 お客様、こちらへ どうぞ。／這位貴賓，請往這邊走。

☞ 哪裡不一樣呢？

• ここ：指説話者所在位置。

• こちら：指離説話者近的地方。

362 そこ vs. そちら

そこ

代 那兒，那邊

說明 指離聽話者近的地方。或離聽話者比較近的地方。

例句 そこは どんな 所ですか？／那裡是什麼樣的地方呢？

● 比較

そちら

代 那裡，那邊，那個；您，那位

說明 指離聽話者近的地方或事物；也指聽話者或聽話者一方的人。口語為「そっち」。

例句 そちらは、どなたですか？／那一位是誰呢？

☞ 哪裡不一樣呢？

• そこ：離聽話者近的位置。
• そちら：指向聽話者近的方向。

363 あそこ vs. あちら

あそこ
⑭ 那邊，那裡

說明 場所指示代名詞。指離說話者和聽話者都遠，但雙方都能看得到的地方。

例句 あそこの プールは、広（ひろ）くて きれいです。／那裡的泳池既寬敞又漂亮。

● 比較

あちら
⑭ 那兒，那裡；那個；那位

說明 指示離說話者，和聽話者都遠的方向的詞；也是指示在該方向上，存在的物體的詞；在較遠的地方的第三者。

例句 あちらは、小林（こばやし）さんという 方（かた）です。／那一位是小林先生。

☞ 哪裡不一樣呢？

• あそこ：指地方。
• あちら：指方向。

364 どこ vs. どちら

どこ
⑭ 何處，哪兒，哪裡

說明 指示不定或不明的地方的場所指示代名詞。

例句 二人（ふたり）は お昼（ひる）ご飯（はん）を どこで 食（た）べますか。
／你們兩個要在哪裡吃午飯呢？

● 比較

どちら

㈹ 哪裡；哪個；哪位

説明 指示方向，地點，事物，人等不定或不明的方向的詞；從兩個以上的事物中選擇一個；還有「哪一位」的意思。口語為「どっち」。

例句 温かいのと　冷たいのと、どちらに　しますか。
　　　／熱的和冰的，要哪一種呢？

☞ 哪裡不一樣呢？

- どこ：指場所。
- どちら：指方向。

---

365 あの vs. この

あの

（連體）那，那裡，那個

説明 連體詞。指示遠離説話者和聽話者的事物。一般用在指示方向、地點、事物、人等。

例句 この　店でも、あの　店でも　売って　います。
　　　／不論在這家店或是那家店均有販售。

● 比較

この

（連體）這…，這個…

説明 連體詞。指示離説話者近的事物。

例句 この　薬は　まだ　開けて　いません。
　　　／這盒藥還沒有打開。

☞ 哪裡不一樣呢？

- あの：離説話者和聽話者遠的事物。
- この：離説話者近的事物。

366 こんな vs. あんな

こんな

(連體) 這樣的，這種的

説明 靠近在自己的事物，或自己周遭的情況，是這樣的。

例句 誰^{だれ}も、こんな ことは しませんよ。／誰都不會做這種事喔。

● 比較

あんな

(連體) 那樣的，那種的

説明 指説話者和聽話者雙方都知道的事物，變成那種狀態，是那樣的。

例句 あんな 高^{たか}い 指輪^{ゆびわ}は 買^かわない。／那麼貴的戒指我才不買。

☞ 哪裡不一樣呢？

• こんな：只有説話者知道。

• あんな：説話者和聽話者都知道。

367 どんな vs. なに・なん

どんな

(連體) 什麼樣的

説明 對人事物的狀態或程度有疑問、不確定的樣子。

例句 あなたの お父^{とう}さんは どんな 人^{ひと}ですか。／令尊是什麼樣的人呢？

● 比較

なに・なん【何】

(代) 什麼，何

説明 指不知道名稱、性質及對象等的事物的詞。

例句 君^{きみ}たちは、何^{なに}を 勉強^{べんきょう}して いるの？／你們正在研讀什麼呢？

☞ 哪裡不一樣呢？

- どんな：狀態或程度的不確定。
- 何（なに）：不知道名稱、性質及對象。

368 だれ vs. だれか

だれ【誰】

㈹ 誰，哪位

説明 詢問人的詞。指不知姓名的人或不清楚的人的詞。

例句 「昨日（きのう） 誰（だれ）と 会（あ）いましたか。」「会社（かいしゃ）の 人（ひと）と 会（あ）いました。」
／「昨天和誰見面了？」「和公司的同事見面了。」

● 比較

だれか【誰か】

㈹ 某人，有人

説明 指不特定的人的詞。知道有人但不特定是誰。

例句 外（そと）から 誰（だれ）かが うちの 中（なか）を 見（み）て いる。
／有人正從屋外窺看裡面。

☞ 哪裡不一樣呢？

- 誰（だれ）：詢問不知姓名等的人。
- 誰（だれ）か：知道有人詢問是誰。

3 実力テスト

做對了，往 😊 走，做錯了往 ❌ 走。

次の文の（ ）には、どんな言葉が入りますか。1・2から最も適当なものを一つ選んでください。

實力測驗

Q 哪一個是正確的？

>> 答案在題目後面

1

「木村さん、それは 何ですか。」
「（ ）ですか。」

1. あれ
2. これ

譯

「木村先生，那是什麼東西呢？」
「你問（這個）嗎？」
1. あれ：那個
2. これ：這個

2

「この ネクタイ 1本 いくらですか。」「（ ）は 1本 1000 円です。」

1. その　　2. それ

譯

「這一款領帶一條多少錢呢？」
「（那一款）是一條一千圓。」
1. その：那…
2. それ：那個

3

あそこに 女の 子が 3人いますが、小林さんは （ ）人ですか。

1. どの　　2. どれ

譯

那裡有三個女孩，小林同學是（哪個）呢？
1. どの：哪…
2. どれ：哪個

4

「李です。どうぞ よろしく。」
「中山です。（ ）こそ よろしく。」

1. ここ
2. こちら

譯

「敝姓李，請多指教。」
「敝姓中山，（也）請您指教。」
1. ここ：這裡
2. こちら：這邊，說話者這一方

5

「いい お天気ですね。どこかお出かけですか。」「ええ、ちょっと（ ）まで。」

1. そこ　　2. そちら

譯

「天氣真好呀，要出門嗎？」
「是呀，到（附近）辦個事。」
1. そこ：那裡，附近
2. そちら：那邊，那一方

6

「（ ）の 方は どなたですか。」「あの 方は この 学校の校長です。」

1. あそこ　　2. あちら

譯

「（那）一位是誰呢？」
「那位是這所學校的校長。」
1. あそこ：那裡
2. あちら：那邊，那一方

7 「もしもし、そちらは　桜大学_{さくらだいがく}
ですか。」「はい。そうです。
（　　）様_{さま}でしょうか。」
1. どこ　　**2.** どちら

頑張ってね！！

譯 「喂？請問是櫻大學嗎？」「是的，沒
錯，請問是（哪）位呢？」
1. どこ：哪裡
2. どちら：哪邊，哪一方

8 「（　　）人_{ひと}は　誰_{だれ}ですか。」
「えっ？どの　人_{ひと}ですか。」
「ほら、あそこに　立_たって　いる　人_{ひと}です。」
1. あの　　**2.** この

譯 「（那個）人是誰？」「什麼？哪個人？」
「那一個呀，就是站在那邊的人。」
1. あの：那個
2. この：這個

9 もう　（　　）時間_{じかん}ですから、彼_{かれ}は
たぶん　来_こないでしょう。
1. こんな
2. あんな

譯 都已經（這麼晚）了，他大概不來了吧。
1. こんな：這樣的
2. あんな：那樣的

10 （　　）が　ほしいか　言_いって
ください。
1. どんな
2. 何_{なに}

譯 你想要（什麼），告訴我。
1. どんな：什麼樣的
2. 何：什麼

11 あそこに　いる　男_{おとこ}の子_こは
（　　）ですか。
1. 誰_{だれ}
2. 誰_{だれ}か

譯 在那邊的男孩是（誰）呢？
1. 誰：哪位
2. 誰か：某人

解說及答案

❶ 如果AB兩人分開站立的情況下，A問「それ…」的時候，B的回答是「これ…」。因此，答案是是離B（木村先生）近的指示代名詞「これ」（這個）。

答案：2

❷ 如果AB兩人分開站立的情況下，A問「この、これ…」的時候，B的回答是「その、それ…」。再加上答案1的連體詞「その」後面要接名詞，而括號後面並沒有名詞，因此，答案是2的指示代名詞「それ」（那個，那一款），在這裡相當於「そのネクタイ」（那條領帶）。

答案：2

❸ 詢問特定的「三個女孩」中的哪一個，要用在特定的範圍內，詢問這個範圍內不確定的人事物的「どの」（哪…）。再加上同時是連體詞，後面要接名詞，這裡是「人」；而「どれ」（哪個）用在詢問不知道是哪一個的時候。而且後面不可以直接接名詞。不正確。

答案：1

❹ 表示「也請您指教」用「こちらこそよろしく」。答案是「こちら」。

答案：2

❺ 表示「到附近辦個事」用「ちょっとそこまで」。答案是「そこ」。

答案：1

❻ 如果AB兩人是站在一起的情況下，A問「あの、あちら…」的時候，B的回答是「あの、あちら…」。這裡的「あの、あちら…」是指離AB兩人都遠的人事物。因此答案指在遠處的第三者的「あちら」（那位）；而「あそこ」（那裡），指地方。不正確。

答案：2

❼ 答案是「どちら」（哪位），表示尊敬地詢問對方；而「どこ」（哪裡），是指場所。不正確。

答案：2

❽ 從A的第二句話中的「あそこ」（那邊）這一線索，知道答案是離A遠的「あの」（那個）。

答案：1

❾ 表示「已經這麼晚了」用「もうこんな時間」。所以答案是「こんな」（這樣的），表示這麼樣地，有預料之外的語感。

答案：1

❿ 答案是表示不知道是什麼東西的「何」（什麼）；而「どんな」（什麼樣的），表示狀態或程度的不確定。不正確。

答案：2

⓫ 答案是「誰」（哪位）用在詢問不清楚的對象，一般用在疑問句；而「誰か」（某人），表示知道有人，詢問是誰。一般用在肯定句。不正確。

答案：1

感嘆詞及接續詞

369　ああ vs. あっ

ああ

㊞（表驚訝等）啊，唉呀；（表肯定）哦；嗯

說明 對事物感到驚訝、悲傷、嘆息或喜悅時所發出的聲音；表示肯定、同意時的回答；也用在漫不經心的回答。

例句「ダンスの 相手に なって ください。」「ああ、いいですよ。」
／「請當我的舞伴。」「喔，好呀。」

● 比較

あっ

㊞ 啊，呀，哎呀

說明 吃驚或感動時發出的聲音；表示肯定、承諾時的回答。

例句「あの、財布が 落ちましたよ。」「あっ、すみません。」
／「請等一下，您的錢包掉了喔。」「啊，謝謝您！」

☞ 哪裡不一樣呢？

- **ああ**：長音。表驚訝等或肯定。
- **あっ**：促音。表驚訝等。

370　あのう vs. もしもし

あのう

㊞ 那個，請問，這位…；啊，嗯…

說明 為引起人注意時發出的聲音。又指說話時，躊躇不決或不能馬上說出下文。

例句 あのう、ちょっと すみません。トイレは どこでしょうか。
／不好意思，請問一下，廁所在什麼地方呢？

もしもし

感（打電話）喂；（叫住對方）喂

說明 用於打電話開始說話的時候；又用在叫住不認識的人時。

例句 もしもし、田中と　申しますが、中山さんは　いらっしゃいますか。／喂？敝姓田中，請問中山小姐在嗎？

☞ 哪裡不一樣呢？

- **あのう**：用在搭話開頭。
- **もしもし**：用在電話開頭。

371 いいえ vs. ええ

いいえ

感 不是，不對，沒有

說明 用在否定的時候，很恭敬地表示「そうではない」（不是這樣的）的意思。

例句 いいえ、私の　靴は　それでは　ありません。
／不，那不是我的鞋子。

● 比較

ええ

感（表肯定）是的，嗯；（表驚訝）哎呀，啊

說明 發降調時，表示肯定、承諾對方的話；發升調，表示驚訝或反問時發出的感嘆詞。

例句 「日曜日、家に　いましたか。」「ええ、一日中　部屋の　掃除をして　いましたよ。」
／「星期天你待在家裡嗎？」「是啊，一整天都在打掃房間喔。」

☞ 哪裡不一樣呢？

- **いいえ**：用於否認事物時。
- **ええ**：表同意（降調）；驚訝（升調）。

372 さあ vs. では

さあ

感（勸誘，催促）來；（躊躇遲疑）呀

説明 邀請、勸誘對方，或催促對方做什麼時使用的呼喚聲；躊躇不決遲疑時的聲音。

例句 さあ、ここで 電車を 降りましょう。／來，在這裡下電車吧。

● 比較

では

接續 那麼，那麼說，要是那樣

説明 轉換新話題時用的詞。

例句 では、どこかへ 一緒に 出かけましょう。
　　／那麼，一起出門找個地方逛一逛吧。

☞ 哪裡不一樣呢？

- さあ：用於邀約等時。
- では：用於轉換話題。

373 じゃ・じゃあ vs. それとも

じゃ・じゃあ

感 那麼（就）；那麼

説明 因為前面是這樣，所以會有後面的情況，做了後面的事；又表示跟前面的話題無關，用在轉變話題時。

例句 あなたは 25歳ですか。じゃあ、お姉さんは いくつですか？
　　／你是二十五歲喔，這麼說，令姊幾歲呢？

それとも

接續 還是，或者

說明 詢問兩者之中究竟是哪一個的接續詞。

例句 あなたは 行^いきますか。それとも 行^いきませんか。
　　／你會去嗎？還是不去呢？

☞ 哪裡不一樣呢？

- じゃ・じゃあ：轉換話題。
- それとも：選擇話題中出現的事物。

374　では vs. どうも

では

接續 那麼，那麼說，要是那樣

說明 轉換新話題時用的詞。

例句 では、どこかへ 一緒^{いっしょ}に 出^でかけましょう。
　　／那麼，找個地方一起出門走走吧。

● 比較

どうも

副 實在是，真是

說明 表示非常謝謝。加在感謝或謝罪等客套話前面，起加重語氣強調的作用。

例句 「キムさん、日本語^{に ほん ご}で 話^{はな}して ください。」「はい、どうも
　　すみません。」／「金先生，請使用日語。」「好的，不好意思。」

☞ 哪裡不一樣呢？

- では：用於轉換話題。
- どうも：加強語氣。

375 しかし vs. でも

しかし

(接續) 然而，但是，可是

說明 用來接續前後文。敘述跟前文相反，或無關的事時使用。

例句 車は 必要で ある。しかし 買う お金が ない。
／車子是必要的，但問題是沒有買的錢。

● 比較

でも

(接續) 可是，但是，不過；話雖如此

說明 用在敘述與前文中所預料的正相反的事項；對對方的話提出反論或進行辯解。

例句 でも、もう 食べたく ありません。
／可是，我已經不想繼續吃了。

☞ 哪裡不一樣呢？

- しかし：前文跟後文相反。為書面用語。
- でも：與前文所預料的相反。為口頭用語。

376 そうして・そして vs. それから

そうして・そして

(接續) 然後；而且，又，以及

說明 前一件事情之後，接著是下一件事情；又列舉幾個事物，然後進行補充。

例句 ハワイに 行きたいです。そして、泳ぎたいです。
／我想去夏威夷，還想在那裡游泳。

それから

接續 還有，再加上；其次，接著；（催促）後來怎樣

說明 用以對某事物進行追加；也表示繼一事情之後，又發生另一事情；也用在催促對方談話時。

例句 家に 帰って ご飯を 食べました。それから テレビを 見ました。
／回到家裡吃了飯，然後看了電視。

☞ 哪裡不一樣呢？

- そうして・そして：事物的接續。
- それから：事物的追加。

---

377 それでは vs. どうぞよろしく

それでは

接續 那麼，那就；如果那樣的話

說明 總結前文，並轉換話題；承接前面敘述的事情，並由此推斷出下面的作法或結果。

例句 それでは、もっと 大きいのは いかがですか？
／這樣的話，再大一號的如何呢？

● 比較

どうぞよろしく

寒暄 指教，關照

說明 初次見面，請對方以後多多關照時説的話。

例句 私が 山田で、 この 人が 鈴木さんです。どうぞ よろしく。
／敝姓山田，這位是鈴木小姐，請多指教。

☞ 哪裡不一樣呢？

- それでは：總結並轉化話題。
- どうぞよろしく：請對方多關照。

4 実力テスト

做對了，往 😊 走，做錯了往 ✖ 走。

次の文の（　）には、どんな言葉が入りますか。1・2から最も適当なものを一つ選んでください。

實力測驗
Q 哪一個是正確的？
>> 答案在題目後面

1 「こんな ところに ハンカチが ありますよ。」「（　）、私のです。」
1. ああ
2. あっ

譯：「怎麼會有手帕掉在這種地方呢？」「（啊），是我的！」
1. ああ：（表肯定）哦；嗯
2. あっ：（表驚訝等）啊

2 （　）、電話が 変わりました。田中でございます。
1. あのう
2. もしもし

譯：（喂？）電話轉接過來了，我是田中。
1. あのう：那個
2. もしもし：（打電話）喂；（叫住對方）喂

3 「手紙は もう 出しましたか。」「（　）、切手を 貼って から 出します。」
1. いいえ　　2. ええ

譯：「信已經寄了嗎？」「（沒有），等貼郵票後再寄。」
1. いいえ：用於否認事物時。
2. ええ：表同意(降調)、驚訝(升調)。

4 あっ、5時に なりましたね。（　）、今日の 授業は これで 終わりましょう。
1. さあ　　2. では

譯：啊，已經五點了喔。（那麼），今天的課程就到這裡結束吧。
1. さあ：（表示勸誘，催促）來
2. では：那麼

5 好きなのは A君ですか。（　）B君ですか。
1. じゃ
2. それとも

譯：妳喜歡的是A君嗎？（還是）B君呢？
1. じゃ：那麼（就）
2. それとも：還是

頑張ってね！！

做對了，往 走，做錯了往 走。

がんばってください！！

6 「この 辞書、（　　）ありが とう　ございました。」「いいえ、 どういたしまして。」
1. どうも　　2. では

譯　「（非常）感謝您借了我這部辭典。」 「別這麼說，不客氣。」
1. どうも：實在是
2. では：那麼

7 若かった　ときは、よく　テニスを したよ。（　　）、このごろは しないな。
1. しかし　　2. でも

譯　我年輕時常打網球，（但是）最近不打 了呢。
1. しかし：然而
2. でも：話雖如此

8 この 本を 先に 読んで、 （　　）、テストを　しましょう。
1. そして
2. それから

譯　先讀這本書，（然後）再去考試吧。
1. そして：接著
2. それから：然後

9 「食事は　まだです。」「（　　）、 いっしょに 食事を　しませんか。」
1. それでは
2. どうぞよろしく

譯　「我還沒吃飯。」「（既然如此）， 要不要一起用餐呢？」
1. それでは：既然如此
2. どうぞよろしく：指教，關照

MEMO
_____
_____
_____

解說及答案

❶ 對「自己的手帕怎麼會掉下來」這件事感到驚訝的是答案的「あっ」（啊）；而「ああ」（嗯；啊），用在肯定或同意對方時的回答，也用在感嘆的時候。不正確。

答案：2

❷ 答案是「もしもし」（喂），用在電話開頭；而「あのう」（那個），用在搭話開頭。不正確。

答案：2

❸ 從「等貼郵票後再寄」這一線索，知道答案是表示否定的「いいえ」（沒有）；而「ええ」（嗯），表示肯定對方的話。不正確。

答案：1

❹ 答案是「では」（那麼），用在轉換新話題的時候；而「さあ」（來），用在勸誘、催促對方的時候。不正確。

答案：2

❺ 答案是詢問兩者（Ａ君、Ｂ君）之中究竟喜歡的是哪一個的「それとも」（還是）；而「じゃ」（那麼），用在轉換新話題。不正確。

答案：2

❻ 「ありがとうございました」（感謝）這一線索，知道答案是加強感謝語氣的「どうも」（實在是）；而「では」（那麼），用在轉換新話題。不正確。

答案：1

❼ 由於「年輕時常打網球」，預料應該會持續這樣的習慣，但後文卻是「最近不打了」。因此，答案是與前文所預料的相反的「でも」（但是）；而「しかし」（然而），是表示前文跟後文相反的事。不正確。

答案：2

❽ 從「先讀這本書」跟「再去考試」這些線索知道，答案是「それから」（然後），有動作接續的意思；而「そして」（並且，接著），表示事物相繼接著的意思。不正確。

答案：2

❾ 答案是「それでは」（既然如此），表示承接前面敘述的事情，並由此推斷出下面的作法；而「どうぞよろしく」（指教），表示請對方多加關照。不正確。

答案：1

5 副詞、副助詞

378 あまり vs. とても

あまり【余り】

副（後接否定）不太…，不怎麼…；過分，非常

說明 後接否定形式，表示事物的程度不高的狀態。是一種委婉的否定。多用於消極的場合；也表示程度超過一般。

例句 丸い　かばんは　ものが　あまり　入らないです。
／圓形的皮包裝不了太多東西。

●比較

とても

副 很，非常；（下接否定）無論如何也…

說明 表示事物的程度非常之甚比一般還高。因為是説話者主觀上認為的程度之甚，所以一般內容都是跟説話者有關的事；下接否定，表示無論使用什麼方法，都不可能實現的心情。

例句 その　ドレス、とても　すてきですよ。
／那件洋裝非常漂亮喔。

☞ 哪裡不一樣呢？

- あまり：程度不高的狀態，後面接否定。
- とても：程度非常之甚，後面接肯定。

379 いつも vs. たいてい

いつも【何時も】

副 經常，隨時，無論何時

| 説明 | 表示不受時間、場合的限制，無論何時。 |

例句 いつも 兄と けんかします。
／我和哥哥經常吵架。

● 比較

たいてい【大抵】

（副）大部分，差不多，一般；（下接推量）多半

| 説明 | 表示一般傾向，幾乎都是。份量上要比「だいたい」更接近「全部」的「大部分」。大多用在可以一一數出來的事物上，而不是含糊不明確大致的數量上。還有一般、普通的意思。 |

例句 夜は たいてい、テレビを 見ながら ご飯を 食べます。
／晚上通常一邊看電視一邊吃飯。

☞ 哪裡不一樣呢？

- いつも：不受時間、場合的限制，總是。
- たいてい：一般傾向，幾乎都是，大部分。

380 すぐ vs. まっすぐ

すぐ

（副）馬上，立刻；（距離）很近

| 説明 | 指不浪費時間；距離非常近。 |

例句 車を 降りて すぐ、海に 行って 泳ぎました。
／下車後馬上衝進海裡游泳了。

● 比較

まっすぐ【真っ直ぐ】

（副・形動）筆直，不彎曲；直接

| 説明 | 一點兒也不彎曲的樣子；又指中途哪兒也不去，一直朝著目的地前進。 |

例句 手で まっすぐ 線を 引くのは 難しい。
／只用手很不容易畫出直線。

☞ 哪裡不一樣呢？

- **すぐ**：立刻進行某事。距離近。
- **まっすぐ**：一直朝著目的地前進。直而不彎。

381　ぜんぶ vs. みんな

ぜんぶ【全部】

名 全部，總共

說明 某個事物的全部，一個也不剩。

例句 二十歳は　もう　大人ですから、これからは　全部　自分で　やります。／二十歳已經是大人了，以後全部都要自己做。

● 比較

_____

みんな

副 全部；名 大家，各位

說明 當「副詞」時，表示在那裡所有的全部；當「代名詞」的時候，是向多數人打招呼。

例句 男の子は、みんな　電車が　好きです。／每一個男孩子都喜歡電車。

☞ 哪裡不一樣呢？

- **全部**：某事物的全部。
- **みんな**：存在那裡的全部。大家

382　たぶん vs. だいたい

たぶん【多分】

副 大概，或許

說明 表示對可能性相當大的事物的推測。推測的人是主觀的，不暗示有客觀的根據。

例句 夏休みは　たぶん、どこへも　遊びに　行かないでしょう。／暑假大概哪裡也不去玩吧。

● 比較

だいたい【大体】

副 大致，差不多

説明 頻率副詞。用在大致估計的情況下，著重於主要的部份，大概、差不多的意思。

例句 朝<small>あさ</small>は　だいたい　パンと　牛乳<small>ぎゅうにゅう</small>、それから　果物<small>くだもの</small>です。
／早上多半都吃麵包、牛奶，還有水果。

☞ 哪裡不一樣呢？

- たぶん：主觀推測可能性相當大。
- だいたい：客觀估計大致上的頻率。

383 だんだん vs. よく

だんだん【段々】

副 漸漸地

説明 動作在逐漸進行中，或狀態在逐步變化的樣子。

例句 日<small>ひ</small>が　沈<small>しず</small>んで　空<small>そら</small>が　だんだん　暗<small>くら</small>く　なりました。
／太陽下山，天色漸漸暗了下來。

● 比較

よく

副 經常，常常；非常，很；仔細地

説明 表示頻率很高；也表示行為狀態的程度很充分；也表示非常認真、仔細。

例句 今日<small>きょう</small>は　いい　天気<small>てんき</small>ですから、遠<small>とお</small>くまで　よく　見<small>み</small>えますね。
／今天天氣很好，連遠方也看得很清楚喔。

☞ 哪裡不一樣呢？

- だんだん：動作或狀態在變化。
- よく：頻率很高或行為狀態的程度充分。

384 ちょうど vs. ちょっと

ちょうど【丁度】

副 剛好，正好；正，整

說明 數量不多不少，大小正好，時間不快不慢；也表示數量、大小、時間、位置等與某基準相吻合。

例句 ちょうど テレビを 見て いた とき、誰かが 来た。
／我正在看電視的時候，突然有人來了。

● 比較

ちょっと【一寸】

副・感 一下子；一點點

說明 表示數量和程度的少、時間和距離的短；也比喻很少，意思跟「すこし」相近，但較口語。

例句 お金は ちょっとしか ありませんよ。
／我只有一點點錢喔。

☞ 哪裡不一樣呢？

- ちょうど：數量、時間等，剛剛好。
- ちょっと：數量、程度或時間、距離等，一點點。

Track ◉ 54

385 どうして vs. どう

どうして

副 為什麼，何故

說明 表示對理由的質疑。有時候有不以為然的心理。又可以說成「なぜ」。

例句 どうして お兄さんと けんかしますか？
／為什麼和哥哥吵架呢？

● 比較

どう

（副）怎麼，如何

說明 表示事物的狀態、方法、手段等帶有疑問心情。

例句 まだ、どうするか 決めて いません。
／還沒有決定該怎麼辦。

☞ 哪裡不一樣呢？

- どうして：主要問理由。
- どう：主要問狀態、手段、方法。

 386 ## ときどき vs. ながら

ときどき【時々】

（副）有時，偶爾

說明 並不是很頻繁地，而是中間隔一段時間，又重複去做同樣的事。

例句 日本には、ときどき 行きます。
／日本的話，我偶而會去。

● 比較

ながら

（接助）邊…邊…，一面…一面…

說明 表示同一主體同時進行兩個動作，此時後面的動作是主要的動作，前面的動作為伴隨的次要動作。

例句 働きながら、学校に 通って います。
／一面工作一面上學。

☞ 哪裡不一樣呢？

- ときどき：偶爾進行某事。
- ながら：同時進行兩件事。

387 いかが vs. なぜ

いかが【如何】
(副・形動) 如何，怎麼樣

說明 詢問對方的狀態、意見的詞；邀約對方詢問意願的詞。説法比「どう」更有禮貌。

例句 この 白い かばんは いかがですか。
／這個白色的皮包您覺得如何呢？

● 比較

なぜ【何故】
(副) 為何，為什麼

說明 不知道什麼原因造成那樣的結果，詢問理由的詞。

例句 「なぜ 食べないの？」「野菜が 嫌いだから。」
／「為什麼不吃呢？」「因為我討厭吃蔬菜。」

☞ 哪裡不一樣呢？

- いかが：詢問對方的狀態、意見。
- なぜ：詢問導致某狀態的理由。

388 また vs. まだ

また【又】
(副) 還，又，再；並且

說明 表示同一動作再做一次，同一狀態又反覆一次；又指附加某事項時用的詞。

例句 また、そちらに 遊びに 行きます。／再度去那邊玩。

● 比較

まだ【未だ】
(副) 還，尚；仍然

說明 某種狀態，還沒有達到基準點，或預定的階段；又指某種狀態不變，一直繼續著。

例句 まだ、なにも 飲んで いません。／我還什麼都沒喝。

☞ 哪裡不一樣呢？

• また：重複做某事。

• まだ：尚未預定做某事。

---

389 もう vs. もっと

もう

(副) 已經；另外，再；馬上就要

説明 表示某事已結束。該時已經過去的樣子；又表示「在這之上還要」的意思；又指時間或地方快要到了的樣子。

例句 もう あなたとは、友達では ありません。／你再也不是我的朋友了。

● 比較

もっと

(副) 更，再，進一步

説明 表示再加大現有的程度、狀態或數量的樣子。

例句 もっと きれいに なりたい。／真希望能變得更年輕漂亮一些。

☞ 哪裡不一樣呢？

• もう：事物的結束或極限。

• もっと：加大事物的程度或數量。

---

390 くらい・ぐらい vs. ころ・ごろ

くらい・ぐらい【位】

(副助)（數量或程度上的推測）大概，左右，上下

説明 數量、時間及程度上的推測或估計，表示大約那個量或期間。又念「ぐらい」。

例句 今日の 気温は、30 度ぐらいです。／今天的氣溫大約三十度。

● 比較
_____

ころ・ごろ【頃】

名・接尾（表示時間）左右，時候，時期

説明 籠統地指示某時間，包括其前後的詞。又念「ごろ」。

例句 兄は 10時ごろに 出かけました。
／哥哥在十點左右出門了。

☞ 哪裡不一樣呢？

• くらい・ぐらい：推測數量、程度或時間。
• ころ・ごろ：籠統地指時間或時期。

---

391 ずつ vs. だけ

ずつ

副助 每…，各…；表示反覆多次

説明 上接數量詞，表示平均分攤為同樣的數量的詞；又指反覆多次，每次數量相同。

例句 この お菓子と あの お菓子を 二つ ずつ ください。
／這種糕餅和那種糕餅請各給我兩個。

● 比較
_____

だけ

副助 只有…

説明 表示只限於某範圍，除此以外沒有別的了。與「だけ」相對的有「しか」（只有）一詞。「しか」下接否定，表示限定。常帶有因不足而感到可惜、後悔或困擾的心情。

例句 誕生日は 一年に 一日だけです。
／生日一年只有一次。

☞ 哪裡不一樣呢？

• ずつ：一個以上平均分配。
• だけ：只有一個。

5 実力テスト

做對了，往 😄 走，做錯了往 ✕ 走。

次の文の（　）には、どんな言葉が入りますか。
1・2から最も適当なものを一つ選んでください。

 實力測驗　Q 哪一個是正確的？
>> 答案在題目後面

1 テレビは（　　　）見ません。
1. あまり
2. とても

譯　我（很少）看電視。
1. あまり：（後接否定）不太…
2. とても：非常

2 彼は（　　　）明るい顔をして　いる。
1. いつも
2. たいてい

譯　他的表情（總是）非常開朗。
1. いつも：總是
2. たいてい：差不多

3 「いま（　　　）薬を　飲みますか。」
「いいえ、寝る　前に　飲みます。」
1. すぐ
2. まっすぐ

譯　「現在（立刻）服藥嗎？」
「不，在睡覺前服用。」
1. すぐ：立刻
2. まっすぐ：筆直不彎曲

4 パーティーには（　　　）で30人　来ました。
1. 全部
2. みんな

譯　派對（總共）來了三十個人。
1. 全部：總共
2. みんな：全，都：大家

5 彼女は（　　　）来ないでしょう。
1. たぶん
2. だいたい

譯　她（大概）不會來了吧。
1. たぶん：大概
2. だいたい：差不多

6 日本語の　意味が（　　　）分かりません。
1. だんだん
2. よく

譯　我不（太）懂日文的意思。
1. だんだん：漸漸地
2. よく：非常

7 仕事は（　　　）6時に　終わりました。
1. ちょうど
2. ちょっと

譯　工作（恰好）在六點結束了。
1. ちょうど：恰好
2. ちょっと：一點點

 がんばってください！！

做對了，往 走，做錯了往 走。

8 日本の　生活は　（　）ですか。
1. どう
2. どうして

譯 在日本的生活（如何）呢？
1. どう：如何
2. どうして：為什麼

9 父は　新聞を　読み（　）
ご飯を　食べます。
1. ときどき
2. ながら

譯 爸爸（一邊）看報一邊吃飯。
1. ときどき：有時
2. ながら：一面…一面…

10 「こちらの　スカートは　（　）
ですか。」
1. いかが
2. なぜ

譯 「這件裙子您覺得（如何）呢？」
1. いかが：如何
2. なぜ：為什麼

11 3階に　誰か　住んで　いますが、
（　）どんな　人か　知りま
せん。
1. また　　2. まだ

譯 三樓有人住，但是（還）不曉得是什麼
樣的住戶。
1. また：又，再
2. まだ：尚未

12 「コーヒー、（　）1杯　いかがで
すか。」「いいえ、けっこうです。」
1. もう
2. もっと

譯 「（再）來一杯咖啡如何？」「不了，
這樣就夠了。」
1. もう：再來
2. もっと：更加

13 橋本さんは　夕べ　1時間（　）
テレビを　見ました。
1. ぐらい
2. ごろ

譯 橋本先生昨晚（大約）看了一小時的電視。
1. ぐらい：（數量或程度上的推測）大概
2. ごろ：（表示時間、時候）左右

14 カタカナ（　）の　文は
読みにくい。
1. ずつ
2. だけ

譯 （只用）片假名書寫的句子很難讀懂。
1. ずつ：（表示均攤）各…
2. だけ：只有…

頑張ってね！！

解說及答案

❶ 答案是「あまり」（不太…），表示程度不高的狀態，後面要接否定；而「とても」（非常），表示程度非常之甚，後面要接肯定。不正確。

答案：1

❷ 答案是「いつも」（總是），表示無論何時何地，每天都如此；而「たいてい」（差不多），用在可以一一數出的事物上，表示幾乎都是，一週中有五天的感覺。不正確。

答案：1

❸ 答案是「すぐ」（立刻），表示立刻進行某事；而「まっすぐ」（筆直），是一直朝著目的地前進的意思。不正確。

答案：1

❹ 答案是「全部」（總共），表示某事物全部合計在一起；而「みんな」（全，都），表示存在那裡的所有的人。不正確。

答案：1

❺ 從「来ないでしょう」（不會來了吧）這一線索，知道答案是「たぶん」（大概），表示主觀推測可能性相當大；而「だいたい」（差不多），是客觀估計大致上的次數、頻率。不正確。

答案：1

❻ 答案是「よく」（非常），表示行為的程度非常充分；而「だんだん」（漸漸地），是動作或狀態在變化。不正確。

答案：2

❼ 答案是「ちょうど」（恰好），表示時間、數量等剛剛好；而「ちょっと」（一點點），表示數量、程度、時間或距離等只有一點點。不正確。

答案：1

❽ 答案是「どう」（如何），用在詢問事物的狀況如何；而「どうして」（為什麼），用在問理由。不正確。

答案：1

❾ 從動詞ます形的「読み」（閱讀）跟「ご飯を食べます」（吃飯）這兩個動作，知道答案是同時進行兩件事的「ながら」（一面…一面…）；而「ときどき」（有時），表示偶爾進行某事。不正確。

答案：2

❿ 答案是推薦對方某物，詢問對方意見的「いかが」（如何）；而「なぜ」（為什麼），是詢問導致某狀態的理由。不正確。

答案：1

⓫ 答案是「まだ」（尚未），後接否定，表示某事態在當時還沒有實現；而「また」（又，再），表示重複做某事，重複某狀態。不正確。

答案：2

⓬ 答案是「もう」（再來），表示在這之上還要的意思；而「もっと」（更加），表示加大事物的程度或狀態。不正確。

答案：1

⓭ 答案是推測「時間長度」的「ぐらい」（大概），也就是昨晚大約看了一小時的電視；而「ごろ」（左右），是籠統地指某「時刻」的前後。不正確。

答案：1

⓮ 答案是「だけ」（只有…），表示在某範圍內只有一個的意思，這裡是「只用片假名書寫的句子」；而「ずつ」（各…），上接數量詞，表示等分分配某個數量的意思。不正確。

答案：2

接頭、接尾詞及其他

392　お・おん vs. ご

お・おん【御】

接頭 您（的）… , 貴…

說明 接在體言或用言等和語之前（接在「訓讀」單字之前），表示尊敬。

例句 お金は、いくら ありますか？／你有多少錢呢？

● 比較

ご【御】

接頭 您（的）… , 貴…

說明 加在漢字詞（音讀字）前面，表示尊敬或鄭重；接在他人的行為或所持物等詞之前，表示尊敬；附在對方親屬等詞之前，表示尊敬。

例句 ご家族の みなさんは お元気ですか。／您府上一切安好嗎？

☞ 哪裡不一樣呢？

- お・おん：接在「訓讀」單字之前。表示尊敬。
- ご：接在「音讀」單字之前。表示尊敬。

393　じゅう vs. ちゅう

じゅう【中】

名・接尾 整個 , 全；期間

說明 表示整體範圍；表示整個期間或區域。

例句 一日中 孫の 相手を して、疲れました。
／一整天陪孫子玩，累壞了。

● 比較

ちゅう【中】

名・接尾 …期間；在…之中

說明 在某一時間之中；又指在做什麼事情的期間。

例句 勉強中だから、静かに して ください。
／我正在用功，請保持安靜。

☞ 哪裡不一樣呢？

- 中：前面多接名詞（期間）。表示整個期間或區域。
- 中：前面多接動作。表示在某一時間之中。

---

 394 **がつ vs. にち**

がつ【月】

接尾 …月

說明 接在數字後面，表示月份「…月」。

例句 リンゴは 九月に 赤く なります。
／蘋果在九月份會變紅。

● 比較

にち【日】

名 號，日，天（計算日數）

說明 接在數字後面，表示幾號「…號」。也指計算日數「…天」。

例句 十二月 三十一日に、日本に 帰ります。
／我會在十二月三十一日回到日本。

☞ 哪裡不一樣呢？

- 月：用於月份。
- 日：用於日期。

395 すぎ vs. まえ

すぎ【過ぎ】

接尾 超過…，過了…，過度

說明 上接動詞連用形，形容詞、形容動詞的詞幹，表示程度超過一般水準，超過限度的意思。

例句 夜　10時過ぎに、電話を　かけて　こないで　ください。
／過了晚上十點以後，請不要打電話來。

● 比較

まえ【前】

名 （時間的）…前，之前

說明 前接時間詞，表示過去，也就是現在以前。

例句 それは、何年　前の　話ですか？／那是幾年前的事呢？

☞ 哪裡不一樣呢？

- 過ぎ：超過時間。
- 前：時間以前。

396 がる vs. たい

がる

接尾 想，覺得…

說明 表示某人說了什麼話或做了什麼動作，而給說話人留下這種想法，有這種感覺，想這樣做的印象，「がる」的主體一般是第三人稱。

例句 息子が　おもちゃを　ほしがって　いたので、買って　あげました。
／由於兒子一直很想要玩具，所以買給他了。

● 比較

たい

助動 想，要（表示說話人、對方或第三者的希望）

說明 表示說話人（第一人稱）內心希望某一行為能實現，或是強烈的願望。

例句 休みの 日は ゆっくり 休みたいです。
／放假的日子希望能好好休息。

☞ 哪裡不一樣呢？

- がる：第三人稱給人的感覺。
- たい：第一人稱強烈的願望。

397 じん vs. ひと

じん【人】

接尾 …人

說明 某一國家的人。如：「アメリカ人」（美國人）、「外国人」（外國人）等。

例句 あの 人は、日本人です。／那個人是日本人。

● 比較

ひと【人】

名 人，人類

說明 最高等的動物。智能高，使用語言，經營社會生活。

例句 あそこにも 人が います。／那邊也有人。

☞ 哪裡不一樣呢？

- 人：指某國的人。
- 人：指人（類）。

398 ど vs. など

ど【度】

名・接尾 …次；…度

說明 上接數字，表示次數；也指溫度、角度及眼鏡等的單位。

例句 一年に 一度、旅行を します。／每年去旅行一趟。

● 比較

など【等】

(副助)（表示概括，列舉）…等

說明 表示並列了幾個同樣的東西，不僅只有所列出的這些，其他還有。

例句 日本料理には、寿司や 天ぷらなどが あります。
／日本料理中有壽司和炸蝦等品項。

☞ 哪裡不一樣呢？

• 度：指次數、溫度、眼鏡度數。
• など：並列了幾項相同事物外，暗示還有其他。

---

399 ほう vs. ほか

ほう【方】

(名) 部分，類型

說明 用於並列或相比較之物的一方。

例句 この 本の ほうが、面白いですよ。
／這本書比較有趣喔。

● 比較

ほか【外】

(名・副助) 其他，另外；別處，別的

說明 除此之外的事或物；也指不是這個，是別的東西、人、地方等。

例句 この 本屋、ほかの 本屋と 違うでしょう。
／這家書店和別家書店不一樣吧。

☞ 哪裡不一樣呢？

• ほう：互相比較後選擇另一項事物。
• ほか：除此之外的事物。

実力テスト

做對了，往 😄 走，做錯了往 ✖ 走。

次の文の（　　）には、どんな言葉が入りますか。1・2から最も適当なものを一つ選んでください。

實力測驗

Q 哪一個是正確的？
>> 答案在題目後面

1 （　　）客様が いらっしゃいました。
1. お
2. ご

✖

譯（貴）賓已經大駕光臨。
1. お：（訓讀）尊敬語及美化語
2. ご：（音讀）尊敬語及美化語

2 授業（　　）ですから、教室の ドアを 開けないで ください。
1. 中（ちゅう）
2. 中（じゅう）

✖

譯（現在正在）上課，請不要打開教室門。
1. ちゅう：正在…當中
2. じゅう：整個，全

3 一（　　）二日に 小さい 犬を 買いました。
1. 月（がつ）
2. 日（にち）

✖

譯 在一（月）二號買了小狗。
1. 月：…月
2. 日：…號

4 ご飯を 食べる（　　）に、この 薬を 飲みます。
1. 過ぎ（す）
2. 前（まえ）

✖

譯 在吃飯（之前）先服用這種藥。
1. 過ぎ：超過…
2. 前：之前

5 私は もっと 話し（　　）です。
1. たがる
2. たい

✖

譯 我還（想）跟你多聊聊。
1. たがる：想，覺得…（第三人稱）
2. たい：想要（第一人稱）

バンザーイ！！

頑張ってね！！

做對了，往 😃 走，做錯了往 ✖ 走。

がんばってください！！

6 どの（　）が 高橋さんですか。
1. 人 (じん)
2. 人 (ひと)

譯　哪個（人）是高橋小姐呢？
1. じん：（國籍）…人
2. ひと：人，人類

7 この ケーキには リンゴ、みかん
（　）の 果物 (くだもの) が いりますね。
1. 度 (ど)
2. など

譯　這個蛋糕裡放了蘋果和柳橙（之類）的
水果呢。
1. 度：…次；…度
2. など：…等

8 「白 (しろ) と 黒 (くろ) と どちらが 好 (す) きですか。」
「黒 (くろ) の（　）が 好 (す) きです。」
1. ほう　　2. ほか

譯　「白色和黑色，你喜歡哪一種？」
「我喜歡黑色（那種）。」
1. ほう：方面
2. ほか：其他，另外

バンザーイ!!

MEMO

❶ 從「客様」（客人）這一訓讀單字，知道答案是接在「訓讀」單字前，表示尊敬的「お」；而「ご」要接在「音讀」單字前，也是表示尊敬。不正確。

答案：1

❷ 答案是「中」（正在…當中），前接動作，表示在做某一動作中；而「中」（整個），前面多接期間或區域名詞，表示整個期間或區域。不正確。

答案：2

❸ 表達「一月二號」用「一月二日」，所以答案是「月」（…月），用在月份；而「日」（…號），用在日期。不正確。

答案：1

❹ 答案是表示某動作之前的「前」（之前）；而「過ぎ」（超過…），表示超過時間。不正確。

答案：2

❺ 看到「私」（我）這一線索，知道答案是「たい」（想要），表示第一人稱強烈的願望；而「がる」（覺得…），是第三人稱給人的感覺。不正確。

答案：2

❻ 答案是「人」（人），指人類；而「人」（…人），指某國的人。不正確。

答案：2

❼ 答案是「など」（…等），表示並列了幾個相同的東西，暗示還有其他；而「度」（…度），是指次數及溫度、眼鏡等的度數。不正確。

答案：2

❽ 答案是「方」（方面），表示互相比較後選擇另一項事物；而「外」（其他），表示除此之外的事物。不正確。

答案：1

30天就攻頂

差一點點，差很多！
N5易混單字絕對合格！情境分類比較大全

吉松由美, 小池直子, 林勝田 ◎合著

QR即學即用　08　　　　　　　[18K+QR碼線上音檔]

■ 發行人／林德勝

■ 著者／吉松由美・小池直子・林勝田

■ 出版發行／山田社文化事業有限公司
地址　臺北市大安區安和路一段112巷17號7樓
電話　02-2755-7622　　傳真　02-2700-1887

■ 郵政劃撥／19867160號　大原文化事業有限公司

■ 日語學習網站／ https://www.stsdaybooks.com/

■ 總經銷／聯合發行股份有限公司
地址　新北市新店區寶橋路235巷6弄6號2樓
電話　02-2917-8022　　傳真　02-2915-6275

■ 印刷／上鎰數位科技印刷有限公司

■ 法律顧問／林長振法律事務所　林長振律師

■ 書+QR碼／定價　新台幣449元

■ 初版／2025年3月

日語學習網站